宋人繪契丹人擄掠圖——原圖本為描繪東漢末年蔡文姬為匈奴人所擄，但畫家所反映的，其實是宋代契丹人殺掠宋人的情景。左上角宋人被殺死在地，擄掠的官兵均作契丹裝束，馬匹披甲。

宋人繪契丹人擄掠圖——本圖與前頁錄自同一圖卷。

宋人「山店風帘圖」——武俠小說中常有在旅途中小客店打尖飲食的描寫，此圖當即此等情景。

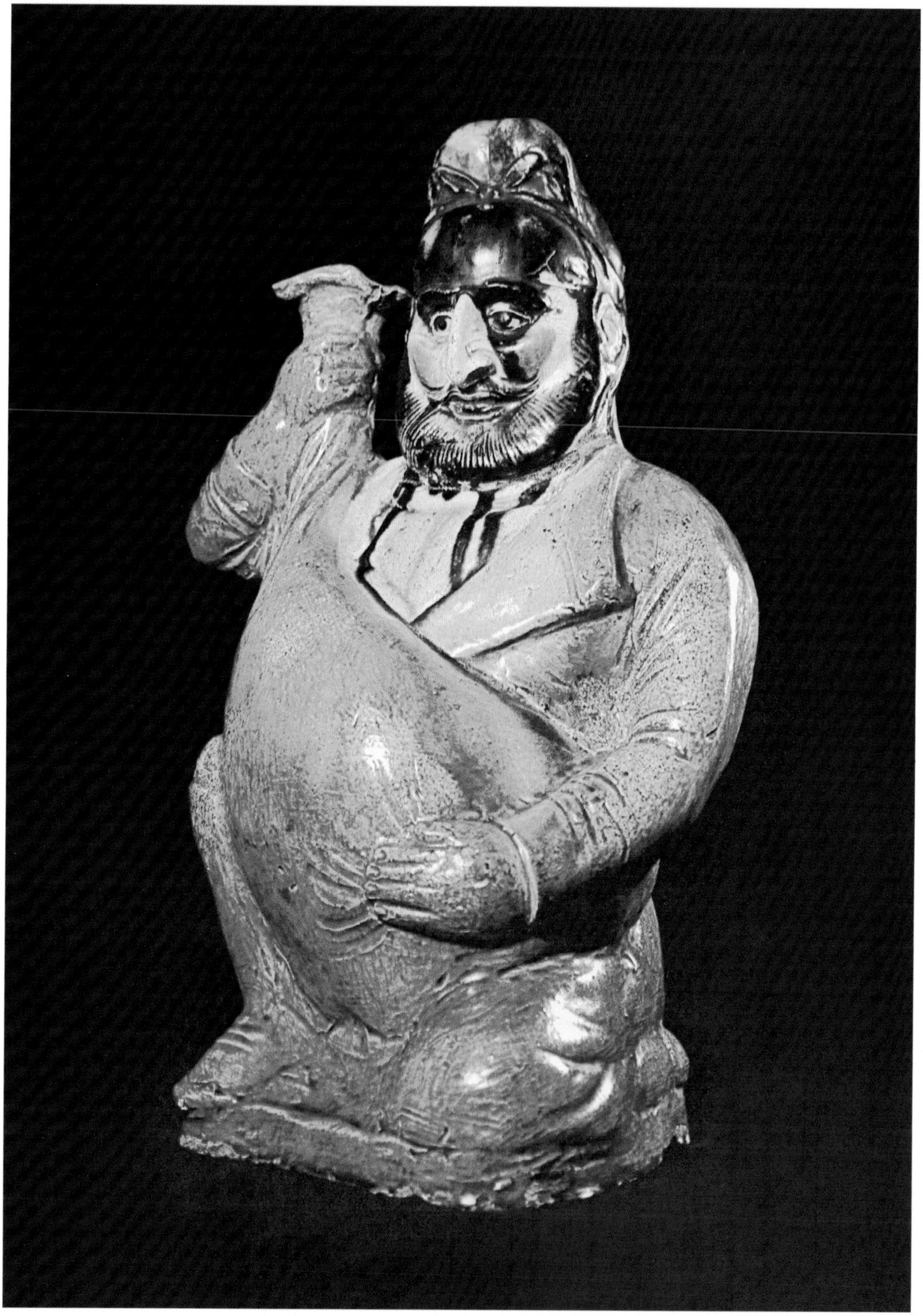

持皮酒袋胡人（陶器）——唐代彩陶，胡人表情生動，手持大皮酒袋。蕭峯及燕雲十八騎以皮酒袋盛酒，載於馬上，為中亞及北方民族流行之風習，至今猶存。

靈州附近之烽火台——宋時為西夏國所在地。後世「寧夏」之名由此而來。

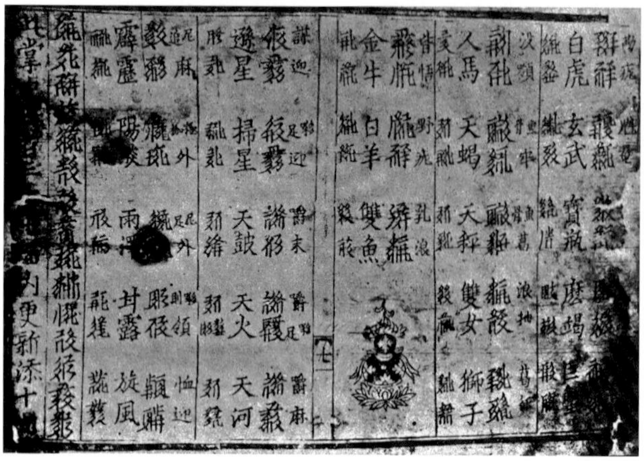

西夏文字（番漢合時掌中珠）——這是西夏文與漢字對譯字典中的一頁，一九〇七—八年間在俄國黑城出土，這一頁上主要是星座與氣象的名稱。中間大字：右為西夏文字，左為對應之漢字。兩旁小字：西夏字之旁以漢字注音，漢字旁以西夏字注音。

西夏「大安寶錢」及「天盛元寶」銅錢。西夏大安十二年即宋哲宗天祐元年，此銅錢與虛竹及夢姑同時。天盛已為南宋高宗時，其時西夏漢化較深，故銅錢上鑄漢字。

西夏文字之「陀羅尼經」——錄自六體文字《陀羅尼經》石刻。

吐蕃王棄宗弄贊——西藏寺廟中塑像，其右為其妻唐文成公主；其左為弄贊另一個妻子尼泊爾公主。中國與印度當時均以婚姻作為爭取吐蕃的外交手段。

敦煌壁畫「吐蕃王」——唐代壁畫。圖右僧人形相或與吐蕃國師鳩摩智相似。

吐蕃高僧圖——絹畫，圖中高僧題為班禪二世。

大字版

天龍八部

金庸

⑨會鬥少林

大字版金庸作品集㊾
天龍八部 (9)會鬥少林 「公元2005年金庸新修版」
The Semi-gods and the Semi-devils, Vol.9

作　　者／金　庸

封面設計／唐壽南　內頁插畫／王司馬

發 行 人／王 榮 文
出版・發行／遠流出版事業股份有限公司
臺北市中山北路一段11號13樓
電話／2571-0297　**傳真**／2571-0197　**郵撥**／0189456-1

□2005年11月16日　初版一刷
□2022年 3 月16日　二版五刷

大字版 每冊*380*元（本作品全十冊，共3800元）
〔另有典藏版共36冊（不分售），平裝版共36冊，新修版共36冊，新修文庫版共72冊〕

ISBN　978-957-32-8133-7（**套：大字版**）
ISBN　978-957-32-8131-3（**第九冊：大字版**）
Printed in Taiwan

YLib 遠流博識網
http://www.ylib.com　E-mail:ylib@ylib.com

目錄

（本書第九集及第十集十回回目，十句調寄〈水龍吟〉。）

蕭峯拔下皮袋塞子，將皮袋高舉過頂，微微傾側，一股白酒激瀉而下，蕭峯仰頭而飲。

四一　燕雲十八飛騎　奔騰如虎風煙舉

丁春秋殺害玄痛、玄難二僧，乃少林派大仇。少林羣僧聽說他到了少室山上，登時羣相鼓噪。玄生大呼：「今日須當人人奮勇，誅滅了這丁老怪，爲玄難、玄痛兩位師兄報仇。」

玄慈朗聲道：「遠來是客，咱們先禮後兵。」羣僧齊道：「是。」玄慈又道：「衆位師兄，衆位朋友，大家便出去瞧瞧星宿派和慕容氏的高招如何？」

羣雄早已心癢難搔，正在等他這句話。輩份較低、性子較急的青年英豪一窩蜂的奔了出去。跟著四大惡人、各路好漢、大理段氏、諸寺高僧，紛紛快步而出。但聽得乒乒嗆啷之聲不絕，慧字輩的少林僧將師父、師伯叔的兵刃送了出來。

玄慧虛空四代少林僧各執兵刃，列隊出寺。剛到山門門口，派在半山守望的僧人便奔來稟報：「星宿派徒衆千餘人，在半山亭中將慕容公子等團團圍住，惡鬥不休。」玄慈點了點頭，走到石板路上向山下望去，但見黑壓壓的都是人頭，只怕尚不止千餘之數。

呼喝之聲，隨風飄上山來：「星宿老仙今日親自督戰，自然百戰百勝！」「你們幾個么魔小醜，竟敢頑抗老仙，當眞大膽之極！」「快快拋下兵刃，哀求星宿老仙饒命！」「星宿老仙駕臨少室山，小指頭兒一點，少林寺立即塌倒。」

新入星宿派的門人，未學本領，先學諂諛師父之術，千餘人頌聲盈耳，少室山上一片歌功頌德。少林寺建刹已六百年，歷代羣僧所唸的「我佛如來世尊」之聲，六百年總和，還不及此刻星宿派衆門人對師父的頌聲洋洋如沸。「星宿老仙」之名，遠遠勝過了「阿彌陀佛」。丁春秋捋著白鬚，瞇起了雙睛，醺醺然，飄飄然，有如飽醉醇酒。

玄生氣運丹田，大聲叫道：「結羅漢大陣！」五百名僧衆應聲道：「結羅漢大陣！」紅衣閃動，灰影翻滾，五百名僧衆東一簇、西一隊，漫山遍野散了開來。

羣雄久聞少林派羅漢大陣之名，但一百多年來，少林派從未在外人之前施展過，除了本寺僧人之外，誰也未克得見。這時但見羣僧衣帽分色，或紅或灰，或黃或黑；兵刃不同，或刀或劍，或杖或鏟，人人奔跑如飛，頃刻間便將星宿派門人圍在垓心。

星宿派人數遠較少林僧爲多，但大多數是新收的烏合之衆，單獨接戰，多少也各自有點兒技藝。這等列陣合戰的陣仗，卻從來沒操練過，更加沒經歷過，不由得都慌了手腳，歌頌星宿老仙的聲音也不免大大減弱。不少人默不作聲，心中暗打主意，只待局面有變，便改而歌頌「少林聖僧」。

玄慈方丈朗聲說道：「星宿派丁先生駕臨少室山，是與少林派爲敵。各路英雄，便請作壁上觀，且看少林寺抗擊西來高人何如？」

河朔、江南、川陝、湖廣各路英雄紛紛呼叫：「星宿老怪爲害武林，大夥兒敵愾同仇，誅殺此獠！」各人抽出兵刃，欲與少林派並肩殺敵。

這時慕容復、鄧百川等已殺傷了二十餘名星宿派門人，眼見大援到來，當即躍開數丈，暫且罷手不鬥。星宿派衆門人心中栗六，也不上前進迫。

段譽東一竄，西一晃，衝入人叢，奔到王語嫣身旁，說道：「王姑娘，待會倘若情勢凶險，我再負你出去。」王語嫣臉上一紅，說道：「我既沒受傷，又沒給人點中穴道，我……我自己會走……」向慕容復瞧了一眼，又道：「我表哥武功高強，護我綽綽有餘。段公子，你還是出去罷。」

段譽心中老大不是味兒，心道：「我有甚麼本領，怎及得上你表哥武功高強？」但說就此出去，卻又如何捨得？訕訕的道：「這個……這個……啊，王姑娘，我爹爹也到了，便在外面。」他和王語嫣數度共經患難，長途同行，相處的時日不淺，但段譽從不向她提到自己的身分來歷。在他心目中，王語嫣乃是天仙，自己是塵世俗人，自己本來就不以王子爲榮，而在天仙眼中，王子和庶人又有甚麼分別？

王語嫣對段譽數度不顧性命的相救，內心也頗念其誠，意存感激，但對他這個人本身卻從來不放在心上，只知他是個學會了一門巧妙步法的書獃子，有幾手時靈時不靈的氣功劍法，他纏在身邊，表哥往往神色不愉，爲了怕表哥多心，只盼他離得越遠越好。這時忽聽他說爹爹來了，微覺好奇，說道：「你們父子倆有好久不見了，是不是？」

段譽喜道：「是啊！王姑娘，我帶你見我爹爹好不好？我爹爹見了你一定很喜歡。」王語嫣臉上又一紅，搖頭道：「我不見。」段譽道：「爲甚麼不見？」他見王語嫣不答，一心討她歡喜，道：「王姑娘，我的把兄虛竹也在這裏，他又做了和尚。還有，我的徒弟也來了，當眞熱鬧得緊。」王語嫣知道他的徒弟便是「南海鱷神」，但他爲甚麼會收了這天下第三惡人「兇神惡煞」爲徒，卻從來沒問過他，想起南海鱷神的怪模怪樣，嘴角邊不禁露出笑意。段譽見引得她微笑，心中大喜，此刻雖身處星宿派的重圍之中，但得王語嫣與之溫言說笑，天大的事也都置之度外。

少林羣僧布就羅漢大陣，左右翼衛，前後呼應。有幾名星宿派門人向西方衝擊，稍一交鋒，便即紛紛負傷。丁春秋吩咐：「大家暫且別動。」朗聲說道：「玄慈方丈，你少林寺自稱爲中原武林首領，依我看來，委實不足一哂。」

衆弟子羣相應和：「是啊，星宿老仙駕到，少林寺和尚一個個死無葬身之地。」

「天下武林，都源出於我星宿一派，只有星宿派的武功，才是眞正正統，符合規範，此外盡是邪魔外道。」「你們不學星宿派武功，終不免是牛鬼蛇神，自取滅亡。」突然有人放開喉嚨，高聲唱了起來：「星宿老仙，德配天地，威震寰宇，古今無比！」千餘人依聲高唱，更有人取出鑼鼓簫笛，或敲或吹，好不熱鬧。羣雄大都沒見過星宿派的排場，見了這等古怪陣仗，無不駭然失笑。

金鼓絲竹聲中，忽然山腰裏傳來羣馬奔馳之聲。蹄聲越來越響，不久四面黃布大旗從山崖邊升起，四匹馬奔上山來，騎者手中各執一旗，臨風招展。四面黃旗上都寫著五個大黑字：「丐幫幫主莊」。四乘馬在山崖邊一立，騎者翻身下馬，將四面黃旗插在崖上最高處。四人都是丐幫裝束，背負布袋，手扶旗桿，不發一言。

羣雄都道：「丐幫幫主莊聚賢到了。」眼見這四面黃旗傲視江湖的聲勢，擎旗人矯捷剽悍的身手，比之星宿派的自吹自擂，顯然更令人心生肅然之感。

黃旗剛豎起，一百數十匹馬疾馳上山，乘者最先的是百餘名六袋弟子，其後是三四十名七袋弟子、十餘名八袋弟子。稍過片刻，是五名背負九袋的長老，一個個都默不作聲的翻身下馬，分列兩旁。丐幫中人除了急報傳訊或身有要事之外，從不乘馬坐車，眼前這等排場，已與官軍或尋常江湖豪客無異，大反丐幫慣例。許多武林耆宿見了，都暗暗搖頭。

但聽得蹄聲答答，兩匹靑驄健馬並轡而來。左首馬上是個身穿紫衫的少女，明艷文秀，一雙眼珠子卻黯然無光。阮星竹一見，脫口叫道：「阿紫！」她忘了自己已改穿男裝，這一聲叫，露出了本來的女子聲音。

右首馬上乘客身穿百結錦袍，臉上神色木然，儼如殭屍。羣雄中有識之士一見，便知他戴了人皮面具，不欲以本來面目示人，均想：「這人想來便是丐幫幫主莊聚賢了。他要和少林派爭奪武林盟主，卻又如何不顯露眞相？」有的猜想：「看來此人是武林中的成名人物，莊聚賢只是個化名。他旣能做到丐幫幫主，豈是名不見經傳的泛泛之輩？」有的猜想：「多半這一戰他並無多大把握，倘若敗於少林僧之手，便仍遮臉而退，以免面目無光。」更有人猜想：「莫非他便是丐幫的前任幫主喬峯？他重掌丐幫大權，便來和少林派及中原羣雄爲難？」雖然也有人從「莊聚賢」三字聯想到了「聚賢莊」，但只由此而推想到喬峯，聚賢莊游氏兄弟已雙雙命喪喬峯之手，後來連莊子也燒成了白地，誰也猜想不到，這個丐幫新幫主竟是聚賢莊當年的少莊主游坦之。

阿紫聽到了母親的呼叫，她此刻身有要事，不欲即和母親相會，婆婆媽媽的述說別來之情，當下只作沒聽見，說道：「賢哥，這裏人多得很啊，我好像聽到有人在大唱甚麼『星宿老仙，德配天地，威震寰宇，古今無比。』丁春秋這小子和他的蝦兵蟹將，也都來了麼？」游坦之道：「不錯，他門下人數著實不少。」阿紫拍手笑道：「那好極了，倒省了我一番跋涉，不用千里迢迢的到星宿海去找他算帳。」這時步行的丐幫幫衆絡繹不絕的走上山來，都是五袋、四袋、三袋的弟子，列隊站在游坦之和阿紫身後。

游坦之低聲道：「人差不多到齊了。」阿紫向身後一揮手，兩名丐幫弟子各從懷內取出一團紫色物事，縛上木棍，迎風抖動，原來是兩面紫綢大旗，在空中平平鋪了開來，每面旗上都繡著六個殷紅如血的大字：「星宿派掌門段」。

兩面紫旗一展開，星宿派門人登時大亂，立時便有人大聲呼叫：「星宿派掌門乃丁老仙，四海週知，那裏有甚麼姓段的來作掌門人了？」「胡混冒充，好不要臉！」「掌門人之位，難道是自封的麼？」「那一個小妖怪自稱是本派掌門，快站出來，老子不把你搗成肉醬才怪！」說這些話的，都是星宿派新入門的弟子，至於摩雲子、追風子等舊人，自然均知阿紫的來歷，想起她背後有蕭峯撐腰，都不禁暗生懼意。

一衆僧侶和俗家英雄忽見多了個星宿派掌門人出來，既感駭異，也暗暗稱快，均想這干邪魔窩裏反，那再好也沒有了。

阿紫雙手拍了三拍，朗聲說道：「星宿派門下弟子聽者：本派向來規矩，掌門人之位，有力者居之。本派之中，誰的武功最強，便是掌門。半年之前，丁春秋和我一戰，給我打得一敗塗地，跪在地下向我磕了十八個響頭，拜我爲師，將本派掌門人之位，雙手恭恭敬敬的奉上。難道他還沒告知你們麼？丁春秋，你忒也大膽妄爲了，你是本派大弟子，該爲衆師弟的表率，怎可欺師滅祖，瞞騙一衆師弟？」她語音淸脆，一字一句說來，遍山皆聞。

衆人一聽，無不驚奇萬分，瞧她只不過是個十六七歲的幼女，雙目又盲了，怎能做甚麼掌門人？段正淳和阮星竹更相顧駭然。他們知道這個女兒出於丁春秋門下，刁鑽古怪，頑劣無比，但武功卻是平平，居然膽敢反徒爲師，去捋丁春秋的虎鬚，這事只怕難以收場。以大理國在少室山上的寥寥數人，實不足以與星宿派相抗，救她脫險。

丁春秋眼見當此羣雄畢集、衆目睽睽之下，阿紫居然打出「星宿派掌門」的旗號，是可忍孰不可忍？他胸中怒發如狂，臉上卻仍笑嘻嘻地一派溫厚慈和的模樣，說道：「小阿紫，本派掌門人之位，唯有力者居之，這句話倒也不錯。你覬覦掌門大位，想必是有些眞實功夫了，那便過來接我三招如何？」

突然間眼前一花，身前三尺處已多了一人，正是游坦之。這一下全然出其不意，以丁春秋眼力之銳，竟也沒瞧淸楚他是如何來的，心驚之餘，不由得退了一步。

他這一步跨中帶縱，退出了五尺，卻見游坦之仍在自己身前三尺之處，可知便在自己倒退這一步之時，對方同時踏上了一步，當然他是見到自己後退之後，這才邁步而前，後發齊至，不露形跡，此人武功之高，當眞令人畏怖。丁春秋見他一張死沉沉的木黃臉皮伸手可觸，已來不及開口質問：「我是要和阿紫比武，幹麼要你來橫加插手？」立即倒竄出去，一反手，抓住一名門人，便向他擲了過去。

游坦之應變奇速，立即倒躍丈許，也是反手一抓，抓到一名丐幫三袋弟子，運勁推出。那三袋弟子竟如是一件極大暗器，向丁春秋撲去，和那星宿派門人在半空中砰的一撞。旁人瞧了這般勁道，均想：「這兩名弟子只怕要撞得筋斷骨碎而死。」

那知二人一撞之下，只聽得嗤嗤聲響，跟著各人鼻中聞到一股焦臭，中人欲嘔，羣雄有的閉氣，有的後退，有的伸手掩鼻，有的立服解藥，均知丁春秋和莊聚賢都是以陰毒內勁使在弟子身上。那兩人一撞，便即軟垂的摔在地下，動也不動，早已斃命。

丁春秋和游坦之一招相交，不分高下，心中都暗自忌憚，同時退開數尺，跟著各自反手，又抓了一名弟子，向前擲出。那兩名弟子又在半空中一撞，發出焦臭，一齊斃命。

兩人所使的均是星宿派中一門陰毒武功「腐屍毒」，抓住一個活人向敵人擲出，其實一抓之際，已先將該人抓死，手爪中所餵的劇毒滲入血液，使那人滿身都是屍毒，敵人倘若出掌將那人掠開，勢非沾到屍毒不可。就算以兵刃撥開，屍毒亦會沿兵刃沾上手掌。甚至閃身躲避，或是以劈空掌之類武功擊打，亦難免受到毒氣的侵襲。

游坦之那日和全冠清結伴同行，他心無城府，閱歷又淺，不到一兩天便給全冠清套出了眞相。全冠清心想：「這人內力雖強勁無比，武功卻平庸之極，終究無甚大用。」

其後查知阿紫是星宿老怪丁春秋的門徒，靈機一動，便攛掇游坦之向阿紫習學星宿派武功，當著阿紫之面，卻將游坦之的武功誇得地上少有，天下無雙，要阿紫一一將所學武功試演出來，好讓游坦之指點。

游坦之和阿紫年紀都輕，一個痴，一個盲，立時墮入計中。阿紫將本門武功一項項的演將出來，並詳述修習之法。游坦之的「腐屍毒」功夫便由此學來。「腐屍毒」功夫的要旨，全在練成帶有劇毒的深厚內力，能將人一抓而斃，屍身上隨即沾毒，功夫本身卻並無別般巧妙。這道理星宿派門人個個都懂，就是練不到如此內力而已。

阿紫雖玲瓏剔透，但眼睛盲了，瞧不到游坦之臉上神情，而自己性命又確是這莊公子從丁春秋手下搶救出來的，再聽全冠清巧舌如簧，爲游坦之大肆吹噓，憑她聰明絕頂，也決計猜不到這位「武功蓋世的莊公子」，竟會來向自己偷學武藝。

阿紫每說一招，游坦之便依法試習，他身上既有冰蠶寒毒，又有神足經的上乘內功，兼具正邪兩家之所長，內力非同小可，同樣的一招到了他手中，發出來時便斷樹裂石、威力無窮。阿紫聽在耳中，自然欽佩無已。游坦之也傳授她一些神足經上的修習內功之法。阿紫照練之後，雖無多大進境，卻也覺身輕體健，筋骨靈活。其時游坦之早已明白，自己所以有此神功，與那本經書上怪僧的圖像大有關連，爲了要在阿紫跟前逞能，每日裏在無人之處勤練不輟。

其後全冠清設法爲游坦之除去頭上鐵罩，以人皮面具遮住他給熱鐵罩燙得稀爛的面目，然後攜同他去參與洞庭湖君山丐幫大會。以游坦之如此深厚內力、怪異武功，丐幫中自無人可與相抗，輕而易舉的便奪到了幫主之位。同時全冠清亦正式復歸丐幫，升爲九袋長老。游坦之雖當上幫主，幫中事務全憑全冠清吩咐安排。全冠清眼見幫中不服游坦之的長老、弟子仍然不少，大是隱憂，總不能一個個都殺了，於是獻議與少林派爭奪中原武林盟主，使丐幫幫主莊聚賢成爲天下武林第一人，憑此功績威望，自可壓服丐幫中心懷不平之人。

阿紫喜事好勝的性情，雖盲不改，全冠清這一獻議，大投所好。游坦之本不想做甚麼武林盟主，但阿紫既力贊其事，他便也依從遵行。全冠清精心策劃，縝密部署。邀請各路英雄好漢同時於十一月初十聚集少林寺，便是他的傑作。阿紫心想既有武功天下第一的莊聚賢撐腰，更何懼於區區星宿老怪，當即自封爲「星宿派掌門人」，命人做起紫旗，到少室山來耀武揚威。

丐幫一行來到少室山上，眼見山頭星宿派門人大集，這一著倒不在全冠清意料之中，便向游坦之進言，丁春秋一出口，立即上前動手，以免阿紫爲難。

丁春秋眼見對方厲害，立時便使出最陰毒的「腐屍毒」功夫。這功夫每使一招，不免犧牲一個門人弟子，但對方不論閃避或招架，都難免荼毒，任你多高明的武功，只有施展絕頂輕功，逃離十丈之外，方能免害。但一動手便即逃之夭夭，這場架自然打不成了。不料游坦之已從阿紫處學會了這門功夫，便犧牲丐幫弟子，抵禦丁春秋的進襲。他二人擲出一名弟子，跟著又擲一名弟子。但聽得砰砰砰響聲不絕，片刻之間，雙方已各擲了七名弟子，十四具屍體橫臥地上，臉上均一片烏靑，神情可怖，慘不忍睹。

星宿派弟子人人驚懼，拚命躲縮，以防給師父抓到，口中歌頌之聲仍然不斷，只不過聲音發顫，那裏還有甚麼歡欣鼓舞之意？

丐幫弟子見幫主突然使這等陰毒武功，雖說是被迫而爲，卻也大感駭異，均想：「本幫行事，素以仁義爲先，幫主如何能在天下英雄之前，施展這等爲人不齒的功夫，那豈不是和星宿派同流合污了麼？」更有人想：「倘若喬幫主仍是咱們幫主，必會循正道以抵擋星宿老怪的邪術。」

丁春秋反手想再抓第八人時，一抓抓了個空，回頭一看，只見羣弟子都已遠遠躲開，卻聽得呼的一聲，游坦之的第八人卻擲了過來。丁春秋又驚又怒，危急中飛身而起，躍入了門人羣中。那丐幫弟子的屍體疾射而至，星宿派衆弟子欲待逃竄，已然不及，六七人大呼「我的媽啊」聲中，已給屍首撞中。這具屍首劇毒無比，這六七人臉上立時蒙上一片黑氣，滾倒在地，抽搐了幾下，便即斃命。

阿紫聽了身旁全冠淸述說情狀，只樂得格格嬌笑，叫道：「丁春秋，莊幫主是我星宿派掌門人的護法，你打敗了他，再來跟你掌門人動手不遲。你是輸了，還是贏了？」

丁春秋懊喪已極，適才這一仗，決不是自己在功夫上輸了，從莊聚賢擲屍的方位勁力看來，他內力雖強，每次所用手法卻都一模一樣，可見他只是從阿紫處學得一些本門的粗淺功夫，其中種種精奧變化，全然不知。這一仗是輸在星宿派門人比丐幫弟子怕死，一個個遠遠逃開，不像丐幫弟子那樣慷慨赴義，臨危不避。他心念一轉，計上心來，仰天大笑。

阿紫皺眉道：「笑！虧你還笑得出？有甚麼好笑？」

丁春秋仍笑聲不絕，突然之間，呼呼呼風聲大作，八九名星宿派門人給他以連珠手法抓住擲出，一個接著一個，迅速無倫的向游坦之飛去，便如發射連珠箭一般。

游坦之卻不會使這一門「連珠腐屍毒」的功夫，只抓了三名丐幫幫衆擲出，第四招便措手不及，緊急之際，一躍向上，沖天而起，這般避開了擲來的毒屍，卻不必向後逃竄，可說並未輸招。

丁春秋正是要他閃避，左手一招。阿紫一聲驚呼，向丁春秋身前飛躍過去。旁觀衆人見了，無不失色。「擒龍功」、「控鶴功」之類功夫如練到上乘境界，原能凌空取物，但最多不過隔著四五尺遠近擒敵拿人，奪人兵刃。武術中所謂「隔山打牛」，原是形容高手的劈空掌、無形神拳能以虛勁傷人，但也決不能將內力運之於二丈之外，「火燄刀」與「六脈神劍」之類以空勁內力傷人，已是武林中罕見的神功。丁春秋其時與阿紫相距六七丈之遙，居然能一招手便將她拖下馬來，擒將過去，武功之高，當眞匪夷所思。

卻不知丁春秋擒拿阿紫，所使的並非眞實功夫，乃是靠了他「星宿三寶」之一的「柔絲索」。這柔絲索以星宿海旁的雪蠶之絲製成。那雪蠶野生於雪桑之上，形體遠較冰蠶爲小，也無毒性，吐出來的蠶絲卻韌力大得異乎尋常，一根單絲便已不易拉斷。只是這種雪蠶吐絲有限，極難尋求。那日阿紫以一張透明漁網捉住褚萬里，逼得他羞憤自盡，漁網中便摻得有少量雪蠶絲。丁春秋這根柔絲索盡數以雪蠶絲絞成，微細透明，幾非肉眼所能察見，他擲出九名門人之時，同時揮出了柔絲索。他擲出九具毒屍，一來逼開游坦之，二來是障眼之術，令人人眼光都去注視於他的「連珠腐屍毒」，柔絲索揮將出去，更是誰都難以發覺。

待得阿紫驚覺到柔絲纏身，已給丁春秋牽扯過去。雖說丁春秋有所憑藉，但將這一根細若無物的柔絲揮之於六七丈外，在衆高手全不知覺之下，一招手便將人擒到，這份功力自也非同凡俗。他左手抓住了阿紫背心，右手點了她穴道，柔絲索早已縮入了袖中。他擲屍、揮索、招手、擒人，一直在哈哈大笑，待將阿紫擒到手中，笑聲仍未斷絕。這大笑之聲，也是引人分散目光的「障眼術」。

游坦之身在半空，已見阿紫被擒，驚惶下向前急撲，六具毒屍已從足底飛過。他左足一著地，右掌便向丁春秋猛力擊去。

丁春秋左手向前探出，便以阿紫的身子去接他這一招開碑裂石的掌力。游坦之此刻武功雖強，臨敵應變的經驗卻半點也無，眼見自己一掌便要打在阿紫身上，危急中立即收回掌力。本來中等武功之人，也知只須將掌力偏在一旁，便傷不到阿紫，可是游坦之對阿紫敬愛太過，一見勢頭不對，只知收掌回力，不暇更思其他，將這股偌大掌力盡數收回，等如以此掌力當胸猛擊自己。他一個踉蹌，哇的一聲，噴出一口鮮血。

饒是他修習神足經有成，這一掌畢竟也不好受，正欲緩過一口氣來，丁春秋那容他有喘息餘裕，呼呼呼呼，連續拍出四掌。游坦之丹田中內息提不上來，只得揮拳拍出，接了他四掌，接一掌，吐一口血，連續接得四掌，吐了四口黑血。丁春秋得理不讓人，第五掌跟著拍出，要乘機制他死命。

只聽得旁邊數人齊聲呼喝：「丁老怪休得行兇！」「住手！」「接我一招！」玄慈、觀心、道清等高僧，以及各路英雄的俠義之士，都不忍這丐幫幫主如此死於丁春秋手下，呼喝聲中，紛紛搶出相救。

不料丁春秋第五掌擊出，游坦之回了一掌，丁春秋身形微晃，竟退開一步。衆高手見了，便知這一招是丁春秋吃了點小虧，當即止步，不再上前應援。原來游坦之吐出四口瘀血後，內息已暢，第五掌上已將冰蠶奇毒和神足經內力一併運出。丁春秋以掌力硬拚，便非敵手。若不是丁春秋佔了先機，將游坦之擊傷，令他內力大打折扣，則剛才雙掌較量，丁春秋非連退五步不可。

丁春秋氣息翻湧，心有不甘，運起十成功力，呼的一掌又向前推去。游坦之踏上一步，接了他這一掌，叫道：「快放下段姑娘！」呼呼呼呼，連出四掌，每出一掌，便跨上一步。這五步一踏出，已與丁春秋面面相對，再一伸手，便能搶奪阿紫。

丁春秋掌力不敵，又見到他木然如殭屍的臉孔，心生懼意，微笑道：「我又要使腐屍毒功夫了，你小心著！」說著左手提起阿紫身子，擺了幾擺。

游坦之知道丁春秋「腐屍毒」功夫一施，阿紫立時便變成了一具毒屍，急呼：「不，不！萬……萬萬不可！」聲音發顫，驚恐已達極點。

丁春秋聽得他話聲惶急，登時明白：「原來你這小子給這臭花娘迷住了，哈哈，妙極，當眞再好不過。」他擒獲阿紫，本想當衆將她處死，免得她來爭星宿派掌門人之位，這時見了游坦之的情狀，似可將阿紫作爲人質，脅制這個武功高出於己的丐幫幫主莊聚賢，便道：「你不想她死麼？」

游坦之叫道：「你……你……你快將她放下來，這個……危險之極……」丁春秋哈哈一笑，說道：「我要殺她，不費吹灰之力，爲甚麼要放她？她是本派叛徒，目無尊長，這種人不殺，卻去殺誰？」游坦之道：「這個……她是阿紫姑娘，你無論如何不能害她，你已射瞎了她一雙眼睛，那個，求求你，快放她下來，我……重重有謝。」他語無倫次，顯是對阿紫關心已極，卻那裏還有半分丐幫幫主的風度？

丁春秋見他內力陰寒強勁，聽他說話聲音，在在與那鐵頭人十分相似，可是他明明頭上並無鐵罩，而且那鐵頭人又怎能是丐幫幫主？當下也無暇多想，說道：「要我饒她小命也不難，只是須得依我幾件事。」

游坦之忙道：「依得，依得！便一百件、一千件也依你！」丁春秋聽他這般說，心下更喜，點頭道：「很好！第一件事，你立即拜我爲師，從此成爲星宿派弟子。」

游坦之毫不遲疑，立即雙膝跪倒，說道：「師父在上，弟子……弟子莊聚賢磕頭！」他想：「我本來就是你的弟子，早已磕過了頭，再拜一次，又有何妨？」

他這一跪，羣雄登時大譁。丐幫自諸長老以下，無不憤慨莫名，均想：「我幫是天下第一大幫，素以俠義自居，幫主卻去拜邪名素著的星宿老怪爲師。咱們萬萬不能再奉此人爲幫主。」

猛聽得鑼鼓絲竹響起，星宿派門人大聲歡呼，頌揚星宿老仙之聲，響徹雲霄，種種歌功頌德、肉麻不堪的言辭，直非常人所能想像，總之日月無星宿老仙之明，天地無星宿老仙之大，自盤古氏開天闢地以來，更無第二人能有星宿老仙的威德。周公、孔子、佛祖、老君，以及玉皇大帝、十殿閻王，無不甘拜下風。

當阿紫爲丁春秋一擒獲，段正淳和阮星竹便相顧失色，但自知本領不敵星宿老怪，決難從他手中救女兒脫險，及後見莊聚賢居然肯爲女兒屈膝事敵，卻也大出意料之外。阮星竹既驚且喜，低聲道：「你瞧人家多麼情義深重！你……你……你那及得上人家的萬一。」

段譽斜目向王語嫣看了一眼，心想：「我對王姑娘一往情深，自忖已是至矣盡矣，蔑以加矣。但比之這位莊幫主，卻又大大不如了。人家這才是情中聖賢！倘若王姑娘給星宿老怪擒去，我肯不肯當衆向他下跪呢？」想到此處，突然間血脈賁張，但覺爲了王語嫣，縱然萬死亦所甘願，區區在人前受辱之事，眞是何足道哉，不由得脫口而出：「肯的，當然肯！」王語嫣問道：「你肯甚麼？」段譽囁嚅道：「嗯，這個……我也肯下跪拜師……」王語嫣便即明白，臉上微微一紅。

游坦之磕了幾個頭站起，見丁春秋仍抓著阿紫不放，阿紫臉上肌肉扭曲，大有苦痛之色，忙道：「師父，你老人家快放開了她！」丁春秋冷笑道：「這小丫頭大膽妄爲，那有這麼容易便饒了她？除非你將功贖罪，好好替我幹幾件事。」游坦之道：「是！師父要弟子立甚麼功勞？」丁春秋道：「你去向少林寺方丈玄慈挑戰，把他殺了。」

游坦之遲疑道：「弟子和少林方丈無怨無仇，丐幫雖要跟少林派爭雄，卻似乎不必殺人流血。」丁春秋面色一沉，怒道：「你違抗師命，可見拜我為師，全屬虛假。」游坦之只求阿紫平安脫險，那裏還將甚麼江湖道義、是非公論放在心上，忙道：「是！不過少林派武功甚高，弟子盡力而為……師父，你……你說過的話可不能不算，不得加害阿紫姑娘。」丁春秋淡淡的道：「殺不殺玄慈，全在於你；殺不殺阿紫，權卻在我。」

游坦之轉過身來，大聲道：「少林寺玄慈方丈，少林派是武林中各門派之首，丐幫是江湖上第一大幫，向來並峙中原，不相統屬。今日咱們卻要分個高下，勝者為武林盟主，敗者服從武林盟主號令，不得有違。」眼光向羣豪臉上掃去，又道：「天下各位英雄好漢，今日都聚集在少室山下，有那一位不服，儘可向武林盟主挑戰。」言下之意，竟如自己已是武林盟主一般。

丁春秋和游坦之的對答，聲音雖不甚響，但內功深厚之人卻早將一字一句都聽在耳裏。少林寺衆高僧聽丁春秋公然命這莊聚賢來殺玄慈方丈，無不大怒，但適才見到兩人所顯示的武功，這莊聚賢的功力既強且邪，玄慈在武功上是否能敵得住，已屬難言，而各種毒功邪術更加不易抵擋。

玄慈雅不願和他動手，但他公然在羣雄之前向自己挑戰，又勢無退避之理，當下雙掌合什，說道：「丐幫數百年來，乃中原武林的俠義道，天下英雄，無不瞻仰。貴幫前任幫主汪劍通幫主，與敝派交情著實不淺。敝派僧俗弟子向來對貴幫極爲尊敬，丐幫和少林派數百年的交情，從沒傷了和氣。卻不知莊幫主何以今日忽興問罪之師，還盼見告。天下英雄，俱在此間，是非曲直，自有公論。」

游坦之年輕識淺，不學無術，如何能和玄慈辯論？但他來少林寺之前，曾由全冠清教過一番言語，當即說道：「我大宋南有遼國，西有西夏、吐蕃，北有大理，四夷虎視眈眈，這個……這個……」他將「北有遼國、南有大理」說錯了方位，聽衆中有人不以爲然，便發出咳嗽嗤笑之聲。

游坦之知道不對，但已難挽回，不由得神態十分尷尬，幸好他戴著人皮面具，別人瞧不到他面色。他「嗯」了幾聲，繼續說道：「我大宋兵微將寡，國勢脆弱，全賴我武林義士，江湖同道，大夥兒一同匡扶，這才能外抗強敵，內除奸人。」

羣雄聽他這幾句話甚是有理，都道：「不錯，不錯！」

游坦之精神一振，續道：「只不過近年來外患日深，大夥兒本當齊心合力，共赴艱危。可是各門各派，各幫各會，卻你爭我鬥，不能夠齊心。契丹人喬峯單槍匹馬的來一鬧，中原豪傑便打了個敗仗，又聽說西域星宿海的星宿老……星宿老……星宿老……那個星宿老……嗯，他曾連殺少林派的兩名高僧……那個……」全冠清本來教他說「西域星宿老怪曾連殺少林派的兩名高僧，少林派束手無策」，游坦之原已將這些話背得十分純熟，突然話到口邊，才覺不對，連說了幾個「星宿老」，卻「老」不下去了。

羣雄中有人叫道：「他是星宿老怪，你是星宿小妖！」人叢中鬨笑大作。

星宿派門人齊聲唱道：「星宿老仙，德配天地，威震寰宇，古今無比！」千餘人齊聲高唱，登時將羣豪的笑聲壓了下去。

唱聲甫歇，人叢中忽有一個嘶啞難聽的聲音大聲唱道：「星宿老仙，德配天地，威震寰宇……」曲調和星宿派所唱一模一樣。星宿派門人聽到別派之中居然有人頌讚本派老仙，此事十分難得，那是遠勝於本派弟子的自稱自讚。羣相大喜之下，鑼鼓絲竹出力伴奏，不料第四句突然急轉直下，只聽他唱道：「……大放狗屁！」衆門人相顧愕然之際，鑼鼓絲竹半途不及收科，竟爾伴奏到底，將一句「大放狗屁」襯托得悠揚動聽。

羣雄只笑得打跌，星宿派門人俱都破口大罵。王語嫣嫣然微笑，說道：「包三哥，你的嗓子好得緊啊！」包不同道：「獻醜，獻醜！」這四句歌正是包不同的傑作。

游坦之乘著衆人擾攘之際，和全冠清低聲商議了一陣，又朗聲道：「我大宋國步艱危，江湖同道卻又不能齊心合力，以致時受番邦欺壓。因此丐幫主張立一位武林盟主，大夥兒聽奉號令，有甚麼大事發生，便不致亂成一團了。玄慈方丈，你贊不贊成？」

玄慈緩緩的道：「莊幫主的話，倒也言之成理。但老衲有一事不解，卻要請教。」游坦之道：「甚麼事？」玄慈道：「莊幫主已拜丁先生爲師，算是星宿派門人了，是也不是？」游坦之道：「這個……這是我自己的事，與你無關。」玄慈道：「星宿派乃西域門派，非我大宋武林同道。我大宋立不立武林盟主，可跟星宿派無涉。就算中原武林同道要推舉一位盟主，以便統籌事功，閣下是星宿派門人，卻也不便參與了。」

衆英雄紛紛說道：「不錯！」「少林方丈之言甚是。」「你是番邦門派的走狗奴才，怎可妄想做我中原武林的盟主？」

游坦之無言可答，向丁春秋望望，又向全冠清瞧瞧，盼望他們出言解圍。

丁春秋咳嗽一聲，說道：「少林方丈言之差矣！老夫乃山東曲阜人氏，生於聖人之邦，星宿派乃老夫一手創建，怎能說是西域番邦的門派？星宿派雖居處西域，那只不過是老夫暫時隱居之地。你說星宿派是番邦門派，那麼孔夫子也是番邦人氏了，可笑啊可笑！說到西域番邦，少林武功源於天竺達摩祖師，連佛教也是西域番邦之物，我看少林派才是西域的門派呢！」此言一出，玄慈和羣雄都感不易抗辯。

全冠清朗聲道：「天下武功，源流難考。西域武功傳於中土者有之，中土武功傳於西域者亦有之。我幫莊幫主乃中土人氏，丐幫素爲中原門派，他自然是中原武林的領袖人物。玄慈方丈，今日之事，當以武功強弱定勝負，不以言辭舌辯定輸贏。丐幫與少林派到底誰強誰弱，只須你們兩位首領出手較量，高下立判，否則說上半天，又有何益？倘若你有自知之明，不是敝幫莊幫主的敵手，那麼只須甘拜下風，推戴我莊幫主爲武林盟主，倒也不是非出手不可。」這幾句話，顯然認定玄慈是明知不敵，膽怯推委。

玄慈向前走了幾步，說道：「莊幫主，你既非要老衲出手不可，老衲若再顧念貴幫和敝派數百年的交情，堅不肯允，倒是對貴幫不敬了。」眼光向羣雄緩緩掠過，朗聲道：「天下英雄，今日人人親見，我少林派絕無與丐幫爭雄鬥勝之意，實是丐幫幫主步步見逼，老衲退無可退。」羣雄紛紛說道：「不錯，少林派並無絲毫理虧之處。」

游坦之只掛念著阿紫的安危，一心要儘快殺了玄慈，好得向丁春秋交差，讓他放了阿紫，大聲道：「比武較量，強存弱亡，說不上誰理虧不理虧，快快上來動手罷！」

他幼年時嬉戲不學，本質雖不純良，終究是個質樸少年。他父親死後，浪跡江湖，大受欺壓屈辱，並無一個聰明正直之士好好對他教誨指點，近來和阿紫日夕相處，學到的都是星宿派那一套。星宿派武功盡皆以陰狠毒辣取勝，再加上全冠清用心深刻，助他奪到丐幫幫主之位，教他所使的也盡是傷人不留餘地的手段，日積月累的浸潤下來，竟將一個系出中土俠士名門的弟子，變成了善惡不分、唯力是視的暴漢。

玄慈朗聲道：「莊幫主的話，和丐幫數百年來的仁俠之名，可太不相稱了。」

游坦之身形一晃，倏忽之間已欺近丈餘，說道：「要打便打，不打便退開了罷。」說話間又向丁春秋與阿紫瞧了一眼，甚是焦急不耐。

玄慈道：「好，老衲今日便來領教莊幫主降龍廿八掌和打狗棒法的絕技，也好讓天下英雄好漢，瞧瞧丐幫幫主數百年來的嫡傳功夫。」

游坦之一怔，不由自主的退了兩步。他雖接任丐幫幫主，但這降龍廿八掌和打狗棒法兩絕技，卻一招也不會。只是他曾聽幫中長老們冷言冷語的說過，這兩項絕技是丐幫的「鎮幫神功」。降龍廿八掌偶爾也有傳與並非出任幫主之人，打狗棒法卻必定傳於丐幫幫主，數百年來，從無一個丐幫幫主不會這兩項鎮幫神功的。

玄慈說道：「老衲當以本派大金剛拳接一接幫主的降龍廿八掌，以降魔禪杖接一接幫主的打狗棒。唉，少林派和貴幫世代交好，這幾種武功，向來切磋琢磨則有之，從來沒有用以敵對過招，老衲不德，卻是愧對丐幫歷代幫主和少林派歷代掌門了。」雙掌一合，正是大金剛拳的起手式「禮敬如來」，臉上神色藹然可親，但僧衣的束帶向左右筆直射出，足見這一招中蘊藏著極深的內力。

游坦之更不打話，左手凌空劈出，右掌跟著迅捷之極的劈出，左手掌力先發後至，右手掌力後發先至，兩股力道交錯而前，詭異之極，兩人拳掌之力在半途相逢，波的一聲響，相互抵消，卻聽得嗤嗤兩聲，玄慈腰間束帶的兩端同時斷截，分向左右飛出丈許。游坦之這兩掌掌力所及範圍甚廣，攻向玄慈身子的勁力為「禮敬如來」的守勢消解，但玄慈飄向身側的束帶卻為他掌力震斷。

少林派僧侶和羣雄一見，紛紛呼喝：「這是星宿派的邪門武功！」「不是降龍廿八掌！」「不是丐幫功夫！」丐幫弟子中竟也有人叫道：「咱們和少林派比武，不能使邪派功夫！」「幫主，你該使降龍廿八掌！」「使邪派功夫，沒的丟了丐幫臉面。」

游坦之聽得衆人呼喝之聲大作，不由得心下躊躇，第二招便使不出去。

星宿派門人卻紛紛大叫：「星宿派神功比丐幫降龍廿八掌強得多，幹麼不使強的，反使差勁的？」「莊師兄，再上！當然要用恩師星宿老仙傳給你的神功，去宰了老和尚！」「星宿神功，天下第一，戰無不勝，攻無不克。降龍臭掌，狗屁不値！」

一片喧嘩叫嚷之中，忽聽得山下一個雄壯的聲音說道：「誰說星宿派武功勝過了丐幫的降龍廿八掌？」

這聲音也不如何響亮，但清清楚楚的傳入了衆人耳中，衆人一愕之間，都住了口。

但聽得蹄聲如雷，十餘乘馬疾風般捲上山來。馬上乘客一色都是玄色薄氈大氅，裏面玄色布衣，但見人似虎，馬如龍，人既矯捷，馬亦雄駿，每一匹馬都是高頭長腿，通體黑毛，奔到近處，羣雄眼前一亮，金光閃閃，卻見每匹馬的蹄鐵邊緣竟然都是黃金鑲嵌。來者一共是一十九騎，人數雖不甚多，氣勢之壯，卻似有如千軍萬馬一般，前面一十八騎奔到近處，拉馬向兩旁一分，最後一騎從中馳出。

丐幫幫衆之中，大羣人猛地裏高聲呼叫：「喬幫主，喬幫主！」數百名幫衆從人叢中疾奔出來，在那人馬前躬身參見。

這人正是蕭峯。他自被逐出丐幫之後，只道幫中弟子人人視他有如寇讎，萬沒料到敵我已分，竟然仍有這許多舊時兄弟如此熱誠的過來參見，陡然間熱血上湧，虎目含淚，翻身下馬，抱拳還禮，說道：「契丹人蕭峯已給丐幫逐出，與丐幫更無瓜葛。衆位何得仍用舊日稱呼？衆位兄弟，別來俱都安好？」最後這句話中，舊情拳拳之意，竟然難以自已。

過來參見的大都是幫中的三袋、四袋弟子。一二袋弟子是低輩新進，平素少有機會和蕭峯相見，五六袋以上弟子卻嚴於夷夏之防，年長位尊，在諸事上頗有顧忌，不如年輕的熱腸漢子那麼說幹便幹。這數百名弟子聽他這麼說，才省起行事太過衝動，這位「喬幫主」乃大對頭契丹人，幫中早已上下均知，何以一見他突然現身，愛戴之情油然而生，竟將這大事忘了？有些人當下低頭退了回去，卻仍有不少人道：「喬……喬……你老人家好，自別之後，咱們無日不……不想念你老人家。」

那日阿紫突然外出不歸，連續數日沒音訊，蕭峯焦急萬分，派出大批探子尋訪。過了數月，終於得到回報，說她陷身丐幫，那個鐵頭人也與她在一起。

蕭峯一聽，甚是心驚，心想丐幫恨己切齒，這次擄去阿紫，必是以她為質，向自己脅迫，須當立時將她救回。於是奏知遼帝，告假兩月，將南院軍政事務交由南院樞密使耶律莫哥代拆代行，逕自南來。

蕭峯這次重到中原，乃有備而來，所選的「燕雲十八騎」，個個是契丹族中頂尖兒的高手。他上次在聚賢莊中獨戰羣雄，若非有一位大英雄突然現身相救，難免爲人亂刀分屍，可見無論武功如何高強，眞要以一敵百，終究不能，現下偕燕雲十八騎俱來，每一人都能以一當十，再加胯下坐騎皆是千里良駒，危急之際，倘若只求脫身，當非難事。

一行人來到河南，蕭峯擒住一名丐幫低袋弟子詢問，得知阿紫雙目已盲，每日與新幫主形影不離，此刻已隨同新幫主前赴少林寺。蕭峯驚怒更增，心想阿紫雙目爲人弄瞎，則在丐幫中所遭種種慘酷的虐待，自是可想而知，當即追向少林寺來。

來到少室山上，遠遠聽到星宿派門人大吹，說甚麼星宿派武功遠勝降龍廿八掌，不禁怒氣陡生。他雖已不是丐幫幫主，但那降龍廿八掌乃恩師汪劍通所親授，如何能容旁人肆意詆譭？縱馬上得山來，與丐幫三四袋羣弟子廝見後，一瞥之間，見丁春秋手中抓住一個紫衣少女，身材婀娜，雪白的瓜子臉蛋，正是阿紫。但見她雙目無光，瞳仁盡毀，已然盲了。

蕭峯心下既憐惜，又憤怒，大步邁出，右手呼的一掌，便向丁春秋擊去，正是降龍廿八掌中的一招「見龍在田」，他出掌之時，與丁春秋相距尚有十五六丈，但說到便到，力自掌生之際，兩人相距已不過七八丈。

天下武術之中，任你掌力再強，也決無一掌可擊到五丈以外的。丁春秋素聞「北喬峯，南慕容」的大名，對他決無半點小覷之心，然見他在十五六丈之外出掌，萬料不到此掌是針對自己而發。殊不料蕭峯掌力甫出，身子已搶到離他三四丈處，又是一招「見龍在田」，後掌推前掌，雙掌力道併在一起，排山倒海的壓將過來。

只一瞬之間，丁春秋便覺氣息窒滯，對方掌力竟如怒潮狂湧，勢不可當，又如是一堵無形的高牆，向自己身前疾衝。他大驚之下，那裏還有餘裕籌思對策，但知若以單掌出迎，勢必臂斷腕折，說不定全身筋骨盡碎，百忙中將阿紫向上急拋，雙掌連劃三個半圓護住身前，同時足尖著力，飄身後退。

蕭峯跟著又是一招「見龍在田」，前招掌力未消，次招掌力又至。丁春秋不敢正面直攖其鋒，右掌斜斜揮出，與蕭峯掌力的偏勢一觸，但覺右臂痠麻，胸中氣息登時沉濁，當即乘勢縱出三丈之外，唯恐敵人又再追擊，豎掌當胸，暗暗將毒氣凝到掌上。蕭峯輕伸猿臂，將從半空中墮下的阿紫接住，隨手解開了她穴道。

阿紫雖目不能視物，給丁春秋制住後又口不能說話，於周遭變故卻聽得清清楚楚，身上穴道一解，立時喜道：「好姊夫，多虧你來救了我。」雙臂伸出，緊緊摟住了他。

蕭峯心下一陣難過，柔聲安慰：「阿紫，這些日子來可苦了你啦，都是姊夫累了你。」他只道丐幫首腦人物恨他極深，偏又奈何他不得，得知阿紫是他世上唯一的親人，便到南京去擄了來，痛加折磨，說甚麼也料想不到阿紫這一切全是自作自受。

蕭峯來到山上之時，羣雄立時聳動。那日聚賢莊大戰，他孤身一人連斃數十名好手，當眞威震天下。中原羣雄恨之切齒，卻也是聞之落膽，這時又見他突然馳上少室山來，均想惡戰又是勢所難免。當日曾參與聚賢莊之會的，回思其時莊中大廳上血肉橫飛的慘狀，兀自心有餘悸。待見他僅以一招「見龍在田」，便將那不可一世的星宿老怪打得落荒而逃，心中更增驚懼，一時山上羣雄面面相覷，肅然無語。

只有星宿派門人中還有十幾人在那裏大言不慚：「姓喬的，你已中了我星宿老仙的仙術，不出十天，全身化爲膿血而亡！」「星宿老仙見你是後生小輩，先讓你三招！」「星宿老仙是甚麼身分，怎屑與你動手？你如不悔悟，立即向星宿老仙跪地求饒，日後勢必死無葬身之地。」只聲音零零落落，絕無先前的囂張氣燄。

游坦之見到蕭峯，心下害怕，待見他伸臂將阿紫摟在懷裏，而阿紫滿臉喜容，摟住他項頸，神情十分親密，再也難以忍耐，縱身而前，說道：「你快……快放下阿紫姑娘！」蕭峯將阿紫放落，問道：「閣下何人？」游坦之和他凜然生威的目光相對，心下登時怯了，囁嚅道：「在下……在下是丐幫幫主……幫主莊……那個莊幫主。」

丐幫中有人叫道：「你已拜入星宿派門下，怎麼還能是丐幫幫主？」

蕭峯怒喝：「你幹麼弄瞎了阿紫姑娘的眼睛？」游坦之爲他威勢所懾，倒退兩步，說道：「不……不是我……眞的不是……」阿紫道：「姊夫，我的眼睛是丁春秋這老賊弄瞎的，你快挖了丁老賊的眼珠出來，給我報仇。」

蕭峯一時難明眞相，目光環掃，在人叢中見到了段正淳和阮星竹，胸中一酸，又是一喜，朗聲道：「大理段王爺，令愛千金在此，你好好的管教罷！」攜著阿紫的手，走到段正淳身前，輕輕將她一推。

阮星竹早已哭濕了衫袖，這時更加淚如雨下，撲上前來，摟住了阿紫，道：「乖孩子，你……你的眼睛怎麼樣了？」

段譽見到蕭峯突然出現，大喜之下，便想上前廝見，只是蕭峯掌擊丁春秋、救回阿紫、會見游坦之，沒絲毫空閒。待見阮星竹抱住了阿紫大哭，段譽不由得暗暗納罕：「怎地喬大哥說這盲眼少女是我爹爹的令愛千金？」但他素知父親到處留情，心念一轉之際，便已猜到了其中關竅，快步而出，叫道：「大哥，別來可好？這可想煞小弟了。」

蕭峯自和他在無錫酒樓中賭酒結拜，雖然相聚時短，卻是傾蓋如故，肝膽相照，當即上前握住他雙手，說道：「兄弟，別來多事，一言難盡，差幸你我俱都安好。」

忽聽得人叢中有人大叫：「姓喬的，你殺了我兄長，血仇未曾得報，今日和你拚了。」跟著又有人喝道：「這喬峯乃契丹胡虜，人人得而誅之，今日可再也不能容他活著走下少室山去。」但聽得呼喝之聲，響成一片，有的罵蕭峯殺了他的兒子，有的罵他殺了父親。

蕭峯當日聚賢莊一戰，殺傷著實不少。此時聚在少室山上的各路英雄中，不少人與死者或爲親人戚屬，或爲知交故友，雖對蕭峯忌憚懼怕，但想到親友血仇，忍不住向之叫罵。喝聲一起，登時越來越響。衆人見蕭峯隨行的不過一十八騎，他與丐幫及少林派均有仇怨，而適才數掌將丁春秋擊得連連退避，更成爲星宿派的大敵，動起手來，就算丐幫兩不相助，各路英雄、少林僧侶，再加上星宿派門人，以數千人圍攻蕭峯一十九騎契丹人馬，就算他眞有通天的本領，也決計難脫重圍。聲勢一盛，各人膽氣便也更加壯了。

蕭峯帶同一十八騎，快馬奔馳的來到中原，只盼忽施突襲，將阿紫救歸南京，絕未料到竟有這許多對頭聚在一起。他自幼便在中原江湖行走，與各路英雄不是素識，便是相互聞名，知道這些人大都是俠義之輩，所以與自己結怨，一來因自己是契丹人，二來是有人從中挑撥，出於誤會。聚賢莊之戰實非心中所願，今日若再大戰一場，多所殺傷，徒增內疚，自己縱能全身而退，攜來的「燕雲十八騎」不免傷亡慘重，心下盤算：「好在阿紫已經救出，交給了她父母，阿朱的心願已了，我得急謀脫身，何必跟這些人多所糾纏？」轉頭向段譽道：「兄弟，此時局面惡劣，我兄弟難以多叙，你暫且退開，山高水長，後會有期。」他要段譽避在一旁，免得奪路下山之時，旁人出手誤傷了他。

段譽眼見各路英雄數逾千人，個個要擊殺義兄，不由得激起了俠義之心，大聲道：「大哥，做兄弟的跟你結義之時，說甚麼來？咱倆有福同享，有難同當，不願同年同月同日生，但願同年同月同日死。今日大哥有難，兄弟焉能苟且偷生？」他以前每次遇到危難，都是施展凌波微步的巧妙步法，從人叢中奔逃出險，這時眼見情勢凶險，胸口熱血上湧，決意和蕭峯同生共死，以全結義之情，這一次是說甚麼也不逃了。

一衆豪傑大都不識段譽是何許人，見他自稱是蕭峯的結義兄弟，決意與蕭峯聯手和衆人對敵，這麼一副文弱儒雅的模樣，年紀又輕，自是誰也沒將他放在心上，叫嚷得只有更兇。

蕭峯道：「兄弟，你的好意，哥哥甚是感謝。他們想要殺我，卻也沒這麼容易。你快退開，否則我要分手護你，反而不便迎敵。」段譽道：「你不用護我。他們和我無怨無仇，如何便來殺我？」蕭峯臉露苦笑，心頭湧上一陣悲涼之意：「倘若無怨無仇便不加害，世間種種怨仇，卻又從何而生？」

段正淳低聲向華赫艮、范驊、巴天石諸人道：「這位蕭大俠於我有救命之恩，待會危急之際，咱們衝入人羣，助他脫險。」范驊道：「是！」向拔刃相向的數千豪傑瞧了幾眼，說道：「對方人多，不知主公有何妙策？」段正淳搖搖頭，說道：「大丈夫恩怨分明，盡力而為，以死相報。」大理衆士齊聲道：「自當如此！」

這邊姑蘇燕子塢諸人也在輕聲商議。公冶乾自在無錫與蕭峯對掌賽酒之後，對他極爲傾倒，力主出手相助。包不同和風波惡對蕭峯也甚佩服，躍躍欲試的要上前助拳。慕容復卻道：「衆位兄長，咱們以興復爲第一要務，豈可爲了蕭峯一人而得罪天下英雄？」鄧百川道：「公子之言甚是。咱們該當如何？」

慕容復道：「收攬人心，以爲己助。」突然間長嘯而出，朗聲說道：「蕭兄，你是契丹英雄，視我中原豪傑有如無物，區區姑蘇慕容復今日想領教閣下高招。在下死在蕭兄掌下，也算是爲中原豪傑盡了一分微力，雖死猶榮。」他這幾句話其實是說給中原豪傑聽的，這麼一來，不論勝敗，中原豪傑自將姑蘇慕容氏視作了生死之交。

羣豪雖有一拚之心，卻誰也不敢首先上前挑戰。人人均知，雖然戰到後來終於必能將他擊斃，但頭上數十人卻非死不可，這時忽見慕容復上場，不由得大是欣慰，精神爲之一振。「北喬峯，南慕容」，二人向來齊名，慕容復搶先出手，就算最後不敵，也已大殺對方兇燄，耗去他不少內力。霎時間喝采之聲，響徹四野。

蕭峯忽聽慕容復挺身挑戰，也不由得一驚，雙手一合，抱拳相見，說道：「素聞公子英名，今日得見高賢，大慰平生。」

段譽急道：「慕容兄，這可是你的不是了。我大哥初次和你相見，素無嫌隙，你又何必乘人之危？何況大家冤枉你之時，我大哥曾爲你分辯？」慕容復冷冷一笑，說道：

「段兄要做抱打不平的英雄好漢，一併上來賜教便是。」他對段譽糾纏王語嫣，不耐已久，此刻乘機發作了出來。段譽道：「我有甚麼本領來賜教於你？只不過說句公道話罷了。」

便在此時，四個少林寺玄字輩老僧走到蕭峯身前，合什說道：「蕭大爺，敝寺方丈有請，請移步內殿說話。」一名老僧轉身向羣雄朗聲說道：「各位朋友請了，我少林寺方丈玄慈大師有請蕭峯蕭大爺，跟他分說一件要事，說完之後，蕭大爺便即出來，和各位相見。請各位暫且休息一會。」羣雄聽了，噪聲稍止，有的便坐下地來。

段譽生怕少林寺有加害蕭峯的陰謀，說道：「大哥，我陪在你身邊！」蕭峯點頭道：「甚好。」隨著四名老僧入內。來到大殿，領路的老僧向殿上幾名老僧打了招呼，又有十餘名老僧隨衆入內。蕭峯心下暗驚，見這幾個老僧個個步履穩實，目光炯然，料來必是寺中玄字輩的好手，心想這些人待會羣起而攻，我蕭峯今日要畢命於斯了，向走在身側的段譽低聲道：「兄弟，你到外面去照看一下我的隨從，再照護你爹爹。」段譽微笑搖頭，低聲道：「少林派不會加害我爹爹。所謂義結金蘭，即是同生共死！」蕭峯心中感動，輕輕握了握他手。

衆人片刻間走入禪房，玄慈方丈已站在門口相迎，肅請各人坐了。知客僧送上清茶，玄慈和段譽招呼幾句，向蕭峯介紹幾位外來高僧，說明神山、神音、觀心、道淸、覺賢、融智各人的身分，再說了玄字輩衆僧的名號。玄慈大師從懷中取出一頂棉帽，戴在頭上，合什向蕭峯微笑道：「蕭大爺，可認得老僧嗎？」

蕭峯一見之下，立時認出，躬身說道：「玄慈大師，又是遲老先生。」玄慈微笑點頭。只見四名老僧各從懷中取出一頂棉帽，戴在頭上。蕭峯躬身向玄渡說道：「玄渡大師，杜老先生。」向玄因行禮，道：「玄因大師，金老先生。」向玄止行禮，道：「玄止大師，褚老先生。」向玄生行禮，道：「玄生大師，孫老先生。」玄渡身上有傷，仍由弟子攙扶著，他黯然道：「阿朱姑娘活潑可愛，她叫老僧好好保重身子，可惜她卻先走一步了。」蕭峯心中一酸，強忍淚水。

玄慈說道：「各位師兄，這位蕭君曾在少林寺學藝，本師是玄苦師弟。玄苦師弟兩年多前爲人所殺，當時寺中大都認定是蕭君下的手。老衲與玄寂師弟曾細查玄苦師弟斷骨的傷勢，發覺兇手的掌力狠猛異常，並非少林派武功。我們又想蕭君會使丐幫的『降龍廿八掌』，那也是威猛陽剛的掌力，於是老衲自己，再加上玄渡、玄因、玄止、玄生等幾位師兄弟，我們五人改穿了俗家衣帽，在浙東天台山道的涼亭中，和蕭君相遇，邀得蕭君出手，和每人對了一掌。我們五人各施不同掌法，逼得他全力施爲，盡展所長。這五掌一一對過，我師兄弟互瞧一眼，心中都是同一句話：『不是喬峯殺的！』

「本寺玄字輩僧眾之中，玄難、玄寂、玄痛三位師弟當時有事外出，餘下羣僧中，我五人算得排在前面的硬手了。我師兄弟所使掌力，有剛有柔，有厚有綿，蕭君定須全力以赴，不能取巧，否則難免立斃於當場。就算他能瞞得過我們其中一人，決不能五人全都瞞過。後來他跟老衲對掌，老衲使一招般若掌的『一空到底』，正當掌力全空之際，蕭君的掌力竟也忽然放空，老衲這一下如是誘招，乘機發力，他非肋骨齊斷不可。蕭君和我五人在山道上邂逅相逢，只爲了不肯傷我，寧可甘冒大險，全撤掌力。他連一個素不相識的老人也不肯輕易加害，焉能殺害傳他藝業的恩師？以掌法而論，玄苦師弟決不是蕭君所殺！以心地而論，更非蕭君所殺！」

玄渡、玄因、玄止、玄生四僧齊聲說道：「方丈師兄當時便有此推斷。我四人事後詳加推敲，議論他掌法、掌力中諸般細微曲折之處，亦都毫無疑義。」

玄慈森然道：「當時在天台山道上，我們五人先已立下了主意，倘若察覺蕭峯果眞是兇手，我們便即五人合力，誅除了他，不但爲玄苦師弟報此血仇，也爲武林除去一個禍胎。」轉頭向蕭峯道：「蕭施主，我們今日說這番話，不是向你賣好，乃是向神山師兄等諸位高僧說明，並非我少林弟子妄殺無辜，而我少林派不正戒律。」

蕭峯躬身道：「是。多謝方丈大師爲我洗刷冤屈。」

玄慈臉現慈和，緩緩說道：「蕭施主，現今我坦率相告：你一心追尋的那個帶頭大哥，便是老衲玄慈！」衆人聽了，都忍不住全身劇震。

只聽玄慈續道：「當日在天台山道上，我知你並非殺害玄苦師弟的兇手，於是在跟你對掌時突然撤去掌力，確是要讓你一掌打死了我，報你父母的大仇！」

蕭峯陡然間獲知眞相，心緒兀自難平，但種種疑團也終於得解：「當時旣有人傳來假訊，說我爹爹要來少林寺藏經閣搶奪武功祕笈，中原武人要設法阻止，理所當然應由少林寺方丈率領帶頭；而與汪前幫主情好莫逆的武林前輩，自以玄慈方丈爲首。只因我出身少林，素知玄慈方丈爲人慈和，決不致沒來由的帶人去殺我爹娘，我心有所偏，便對淸淸楚楚現身在我面前的帶頭大哥視而不見，再也不去想上一想，玄慈方丈便該是帶頭大哥！這人在我心中，乃是窮兇極惡之輩，跟方丈大師無論如何連不上一起。蕭峯有眼無珠，一愚至此，白白送了阿朱的性命。」思及阿朱，心中更是酸痛。

玄慈淡淡的道：「老衲當年做了這件大錯事，早已甘願就死。蕭施主，請你上來一掌打死我罷。爲你爹娘報仇，是人子應有之義。老衲未能及早明言，以致有多人爲此送命。衆位師兄弟，蕭峯殺我，乃是完結一段因果，旣有此因，便有此果。任誰不得伸一指加害於他！」垂手低眉，挺胸而前，只待蕭峯下手。

蕭峯負手背後，緩緩走上幾步，說道：「方丈大師，當年有人假傳訊息，大師誤信人言，致有雁門關外不幸之事。倘若蕭峯身居大師之位，亦當如此作爲。方丈大師行事居心，沒半點違了佛旨。玄苦恩師自不是大師所殺，然我義父義母、趙錢孫等人，究竟死於何人之手？」玄慈道：「老衲慚愧，這些人雖非我所殺，但確是因我而死。老衲迄今尚不明兇手是誰。」

蕭峯道：「既然兇手迄今未明，蕭峯此時亦不以一指加於方丈大師。蕭峯愚蠢胡塗，過去糾纏於仇怨之中，不能自解脫縛，以致多傷人命。此事終有水落石出的一日，到時自當再向方丈請益。」

玄慈合什道：「你要報仇，隨時來取我命便是。但今日山下有數千人誓要殺你，施主縱然神勇，終究寡不敵衆。施主何不暫避鋒頭，從後山而出？羣雄之前，自有少林寺擔待。」

蕭峯搖了搖頭，道：「蕭某在聚賢莊上殺傷多人，雖說是迫不得已，自衛保命，畢竟出手兇殘。外間既有人要找蕭峯報仇，蕭某如何能縮身閃躲。但如加以抗禦，又須殺傷人命，該當如何，還請大師指點明路。」

玄慈道：「我知你心存慈念，憑此一念，即可多造功德。」蕭峯道：「弟子不敢求多造功德，只盼少作罪業。」玄慈道：「咱們學武之人，心中常存少作罪業的一念，便是功德。」蕭峯道：「多謝大師教誨。這就告辭。」向衆僧團團躬身行禮，轉身出外。段譽跟了出去。

兩人回到山門之外，羣雄轟的一聲站起。

慕容復踏上幾步，朗聲說道：「蕭峯，今日中原羣雄要殺你報仇，由我先來下手。」蕭峯道：「你要找我報仇，是因爲我殺了姑蘇慕容家那一個人嗎？」慕容復無言可對，只道：「你和我齊名已久，今日要分個高下。」

丁春秋爲蕭峯數掌擊退，大感面目無光，而自己的種種絕技並未得施，當下縱身而前，打個哈哈，道：「姓蕭的，老夫看你年輕，適才讓你三招，這第四招卻不能讓了。」

游坦之上前說道：「姓莊的多謝你救了阿紫姑娘，可是殺父之仇，不共戴天。姓蕭的，咱們今日便來作個了斷。」

蕭峯見三大高手以鼎足之勢圍住了自己，而少林羣僧東一簇，西一撮，看似雜亂無章，其實暗含極厲害的陣法，這情形比之當日聚賢莊之戰又更凶險得多。雖然適才和玄字輩衆高僧已釋仇解怨，但外面擺了羅漢大陣的少林僧未必得知諒解。忽聽得幾聲馬匹悲嘶之聲，十九匹契丹駿馬一匹匹翻身滾倒，口吐白沫，斃於地下。

十八名契丹武士連聲呼叱，出刀出掌，剎那間將七八名星宿派門人砍倒擊斃，另有數名星宿門人卻逃了開去。原來丁春秋上前挑戰，他的門人便分頭下毒，算計了契丹人的坐騎，要蕭峯不能倚仗駿馬腳力衝出重圍。

蕭峯一瞥眼間，看到愛馬在臨死之時眼望自己，流露出戀主的淒涼之色，想到乘坐此馬日久，千里南下，更是朝夕不離，不料卻於此處喪於奸人之手，胸口熱血上湧，激發了英雄肝膽，一聲長嘯，說道：「慕容公子、莊幫主、丁老怪，你們便三位齊上，蕭某何懼？」他惱恨星宿派手段陰毒，呼的一掌，向丁春秋猛擊出去。

丁春秋領教過他掌力的厲害，雙掌齊出，全力抵禦。蕭峯順勢一帶，將己彼二人的掌力都引了開來，斜斜劈向慕容復。慕容復最擅長本領是「斗轉星移」之技，將對方使來的招數轉換方位，反施於對方，但蕭峯一招挾著二人的掌力，力道太過雄渾，同時掌力急速迴旋，實不知他擊向何處，勢在無法牽引，當即凝運內力，雙掌推出，同時向後飄開三丈。

蕭峯身子微側，避開慕容復的掌力，大喝一聲，猶似半空響了個霹靂，左拳向游坦之擊出。他身材魁偉，比游坦之足足高了一個頭，這一拳打出，正對準了他面門。游坦之對他本存懼意，聽到這一聲大喝宛如雷震，更加心驚。蕭峯這一拳來得好快，掌擊丁春秋，斜劈慕容復，拳打游坦之，雖說有先後之分，但三招接連而施，快如閃電，游坦之待要招架，拳力已及面門，總算他勤練《神足經》後，體內自然而然的生出反應，腦袋向後急仰，兩個空心觔斗向後翻出，這才在間不容髮之際避開了這千鈞一擊。

游坦之忽覺臉上一涼，只聽得羣雄「咦」的一聲，一片片碎布如蝴蝶般四散飛開。游坦之蒙在臉上的面幕竟爲蕭峯這一拳震得粉碎。旁觀衆人見這丐幫幫主一張臉凹凹凸凸，一塊紅，一塊黑，滿是創傷疤痕，五官糜爛，醜陋可怖已極，無不駭然。

蕭峯於三招之間，逼退了當世三大高手，豪氣勃發，大聲道：「拿酒來！」一名契丹武士從死馬背上解下一隻大皮袋，快步走近，雙手奉上。蕭峯拔下皮袋塞子，將皮袋高舉過頂，微微傾側，一股白酒激瀉而下。他仰起頭來，骨嘟骨嘟的狂喝不已。皮袋裝滿酒水，少說也有二十來斤，但蕭峯一口氣不停，將一袋白酒喝得涓滴無存。他肚子微微脹起，臉色卻黑黝黝的一如平時，毫無酒意。羣雄相顧失色之際，蕭峯右手一揮，餘下十七名契丹武士各持一隻大皮袋，奔到身前。

蕭峯向十八名武士說道：「衆位兄弟，這位大理段公子，是我的結義兄弟。今日咱們陷身重圍之中，寡不敵衆，已勢難脫身。」他適才和慕容復等各較一招，雖佔了上風，卻已試出這三大高手每一個都身負絕技，三人聯手，自己便非其敵，何況此外虎視眈眈、環伺在側的，又有千百名豪傑。他拉著段譽之手，說道：「兄弟，你我生死與共，不枉了結義一場，死也罷，活也罷，大家痛痛快快的大喝一場。」

段譽爲他豪氣所激，接過一隻皮袋，說道：「不錯，正要和大哥喝一場酒。」

少林羣僧中突然走出一名灰衣僧人，朗聲道：「大哥、三弟，你們喝酒，怎麼不來叫我？」正是虛竹。他在人叢之中，見到蕭峯一上山來，登即豪氣逼人，羣雄黯然無光，不由得大爲心折；又見段譽顧念結義之情，甘與同死，當日自己在縹緲峯上與段譽結拜之時，曾將蕭峯也結拜在內，大丈夫一言既出，生死不渝，想起與段譽大醉靈鷲宮的豪情勝慨，登時將甚麼安危生死、清規戒律，盡數置之腦後。

蕭峯從未見過虛竹，忽聽他稱自己爲「大哥」，不禁一呆。

段譽搶上去拉著虛竹的手，轉身向蕭峯道：「大哥，這也是我的結義哥哥。他出家時法名虛竹，還俗後叫作虛竹子。咱二人結拜之時，將你也結拜在內了。二哥，快來拜見大哥。」虛竹當即上前，跪下磕頭，說道：「大哥在上，小弟叩見。」

蕭峯微微一笑，心想：「兄弟做事有點獃氣，他跟人結拜，竟將我也結拜在內。我死在頃刻，情勢凶險無比，但這人不怕艱難，挺身而出，足見是個重義輕生的大丈夫、好漢子。蕭峯和這種人相結爲兄弟，卻也不枉了。」當即跪倒，說道：「兄弟，蕭某得能結交你這等英雄好漢，歡喜得緊。」兩人相對拜了八拜，竟然在天下英雄之前，義結金蘭。

蕭峯不知虛竹身負絕頂武功，見他是少林寺的一名低輩僧人，料想功夫有限，只是他既慷慨赴義，若教他避在一旁，反小覷他了，提起一隻皮袋，說道：「兩位兄弟，這一十八位契丹武士對哥哥忠心耿耿，平素相處，有如手足，大家痛飲一場，放手大打罷。」拔開袋上塞子，大飲一口，將皮袋遞給虛竹。虛竹胸中熱血如沸，那管他甚麼佛家的五戒六戒、七戒八戒，提起皮袋便即喝了一口，交給段譽。段譽喝一口後，交了給一名契丹武士。衆武士依次舉袋痛飲烈酒。

虛竹向蕭峯道：「大哥，這星宿老怪害死了我先一派少林派的師伯祖玄難大師和玄痛大師，又害死我後一派的師父、師兄。兄弟要報仇了！」蕭峯心中一奇，道：「你……」第二個字還沒說下去，虛竹雙掌飄飄，已向丁春秋擊了過去。

蕭峯見他出手掌法精奇，內力渾厚，不禁又驚又喜，心道：「原來二弟武功如此了得，倒萬萬意想不到。」喝道：「看拳！」呼呼兩拳，分向慕容復和游坦之擊去。游坦之和慕容復分別出招抵擋。十八名契丹武士明白主公心意，在段譽身周團團護衛。

虛竹使開「天山六陽掌」，盤旋飛舞，著著進迫。丁春秋那日潛入木屋，曾以「三笑逍遙散」對蘇星河和虛竹暗下毒手，蘇星河中毒斃命，虛竹卻安然無恙，丁春秋早對他深自忌憚，此刻便不敢使用毒功，深恐虛竹的毒功更在自己之上，反受其害，當即也以本門掌法相接，心想：「這小賊禿解開珍瓏棋局，竟然得了老賊的傳授，成爲我逍遙派的掌門人。老賊鬼計多端，別要暗中安排下對付我的毒計，千萬不可大意。」

逍遙派武功講究輕靈飄逸，閒雅清儁，丁春秋和虛竹這一交上手，但見一個童顏鶴髮，宛如神仙，一個僧袖飄飄，冷若御風。兩人都是一沾即走，當眞便似一對花間蝴蝶，蹁躚不定，於這「逍遙」二字發揮到了淋漓盡致。旁觀羣雄於這逍遙派的武功大都從未見過，一個個看得心曠神怡：「這二人招招凶險，攻向敵人要害，偏生姿式卻如此優雅美觀，直如舞蹈。這般舉重若輕、瀟洒如意的掌法，我可從來沒見過，卻不知是那一門功夫？叫甚麼名堂？」

那邊廂蕭峯獨鬥慕容復、游坦之二人，最初十招頗佔上風，但到十餘招後，只覺游坦之每一拳擊出、每一掌拍來，都滿含陰寒之氣。蕭峯以全力和慕容復相拚之際，游坦之再向他出招，不由得寒氣襲體，大爲難當。這時游坦之體內的冰蠶寒毒得到神足經內功的培養，正邪爲輔，水火相濟，已成爲天下一等一的厲害內功，再加上慕容復「斗轉星移」之技奧妙莫測，蕭峯此刻力戰兩大高手，比之當日在聚賢莊與數百名武林好漢對壘，凶險之勢，實不遑多讓。但他天生神武，處境越不利，體內潛在勇力越是發皇奮揚，將「降龍廿八掌」一掌掌發出，竟使慕容復和游坦之沒法近身，而游坦之的冰蠶寒毒便也不致侵襲到他身上。但蕭峯如此發掌，內力消耗著實不小，到後來掌力勢非減弱不可。

游坦之看不透其中的關竅，慕容復卻心下雪亮，知道如此鬥將下去，只須自己和這莊幫主能支持得半個時辰，此後便能穩佔上風。但「北喬峯，南慕容」素來齊名，今日首次當衆拚鬥，自己卻要丐幫幫主相助，縱然將蕭峯打死，「南慕容」卻也顯然不及「北喬峯」了。慕容復心中盤算數轉：「興復事大，名望事小。我若能爲天下英雄除去了這個中原武林的大害，則大宋豪傑之士，自然對我懷恩感德，這武林盟主一席，便非我莫屬了。那時候振臂一呼，大燕興復可期。其時蕭峯這廝已死，就算『南慕容』不及『北喬峯』，也不過往事一件罷了。」轉念又想：「殺了蕭峯之後，莊聚賢便成大敵，倘若武林盟主之位爲他奪去，我反要奉他號令，卻又大大不妥。」是以發招出掌之際，暗暗留下幾分內力，面子上卻似全力搏擊，奮不顧身，但蕭峯「降龍廿八掌」的威力，卻大半由游坦之受了去。慕容復身法精奇，旁人也瞧不出來。

轉瞬之間，三人翻翻滾滾的已拆了百餘招。蕭峯連使巧勁，誘使游坦之上當。游坦之經驗極淺，幾次險些著了道兒，全仗慕容復從旁照料，及時化解，而對蕭峯所擊出凌厲無儔的掌力，游坦之卻以深厚內功奮力承受。

段譽在十八名契丹武士圍成的圈子之中，眼看二哥步步進逼，絲毫不落下風，大哥以一敵二，雖神威凜凜，但見他每一掌都是打得狂風呼嘯，飛沙走石，只怕難以持久，心想：「我口口聲聲說要和兩位哥哥同赴患難，事到臨頭，卻躲在人叢中，受人保護，那算得甚麼義氣？算得甚麼同生共死？左右是個死，咱結義三兄弟中，我這老三可不能太不成話。我雖全無武功，但以凌波微步去和慕容復糾纏一番，讓大哥騰出手來先打退那個醜臉莊幫主，也是好的。」

他思念已定，閃身從十八名契丹武士的圈子中走了出來，朗聲說道：「慕容公子，你既和我大哥齊名，該當和我大哥一對一的比拚一番才是，怎地要人相助，方能苦苦撐持？就算勉強打個平手，豈不是已貽羞天下？來來來，你有本事，便打我一拳試試。」說著身子一晃，搶到了慕容復身後，伸手往他後頸抓去。

慕容復見他來得奇快，反手啪的一掌，正中他臉面。段譽右頰登時皮破血流，痛得眼淚也流了下來。他這凌波微步本來甚爲神妙，施展之時，別人要擊打他身子，確屬難能，可是這次他是出手去攻擊旁人。這麼毛手毛腳的一抓，焉能抓得到武功絕頂的姑蘇慕容？給他一掌擊來，段譽又不會閃避，立時皮開肉綻，苦不堪言。

但慕容復的手掌只和他面頰這麼極快的一觸，立覺自身內力向外急速奔瀉，就此無影無蹤，而手臂手掌也不由得一麻，登時一驚，罵道：「姓段的小子，你幾時也投入星宿派門下了？」

段譽道：「你說甚……」一言未畢，冷不防慕容復飛起一腳，將他踢了個觔斗。慕容復沒料得這下偷襲竟如此容易得手，心中一喜，飛身而上，右足踩住了他胸口，喝道：「你要死是要活？」

段譽一側頭，見蕭峯還在和莊聚賢惡鬥，心想自己倘若出言挺撞，立時便給他殺了，他空出手來又去相助莊聚賢，大哥又即不妙，還是跟他拖延時刻的爲是，便道：「死有甚麼好？當然是活在世上做人，比較有些兒味道。」

慕容復聽他在這當兒居然還敢說俏皮話，臉色一沉，喝道：「你若要活，便……」他想叫段譽向自己磕一百個響頭，當衆折辱於他，但轉念便想到這人步法巧妙，這次如放開了他，要再制住他可未必容易，隨即轉口道：「……便叫我一百聲『親爺爺』！」段譽笑道：「你又大不了我幾歲，怎能做我爺爺？好不害臊！」慕容復呼的一掌拍出，擊在段譽腦袋右側，登時泥塵紛飛，地下現出一坑，這一掌只要偏得數寸，段譽當場便腦漿迸裂。慕容復喝道：「你叫是不叫？」

段譽側過了頭，避開地下濺起來的塵土，一瞥眼，看到遠處王語嫣站在包不同和風波惡身邊，雙眼目不轉睛的注視著自己，然而臉上卻無半分關切焦慮之情，顯然她心中所想的，只不過是：「表哥會不會殺了段公子？」倘若表哥殺了段公子，王姑娘自然也不會有甚麼傷心難過，而如表哥殺不到段公子，她心中多半不免頗有遺憾。他一看到王語嫣的臉色，不由得萬念俱灰，只覺還是即刻死於慕容復之手，免得受那相思的無窮折磨，便淒然道：「你幹麼不叫我一百聲『親爺爺』？」

慕容復大怒，提起右掌，對準了段譽面門直擊下去，倏見兩條人影如箭般衝來。一個叫道：「別傷我兒！」一個叫道：「莫傷我師父！」兩人身形雖快，其勢卻已不及阻止他掌擊段譽，但段正淳和南海鱷神均武功甚高，兩股掌力一前一後的分擊慕容復要害。

慕容復若不及時回救，雖能打死段譽，自己卻非身受重傷不可。他立即收回右掌，擋向段正淳拍來的雙掌，左掌在背後畫個圓圈，化解南海鱷神的來勢。三人掌力相互激盪，各自心中一凜，均覺對方武功頗爲了得。段正淳急於解救愛子，右手食指一招「一陽指」點出，招數正大，內力雄渾。

王語嫣叫道：「表哥小心，這是大理段氏一陽指，不可輕敵。」

南海鱷神哇哇大叫：「你奶奶的，我這他媽的師父雖不成話，總是我岳老二的師父。你打我師父，便如打我岳老二一般。我師父要是貪生怕死，叫了你一句親爺爺，我岳老二今後還能做人麼？見了你如何稱呼？你豈不是比岳老二還大上三輩？我不成做了你的灰孫子？實在欺人太甚！」一面叫罵，一面取出鱷嘴剪來，左一剪，右一剪，不斷向慕容復剪去。他生平最怕的便是輩份排名低於別人，連「四大惡人」中老二、老三的名次，也要和葉二娘爭個不休。今日段譽倘若叫了慕容復一聲「親爺爺」，南海鱷神這現成「灰孫子」可就做定了，寧可腦袋落地，灰孫子是萬萬不做的。

慕容復不知他叫嚷些甚麼，右足牢牢踏定了段譽，雙手分敵二人。拆到十餘招後，覺得南海鱷神雖有一件厲害兵刃，倒還容易抵敵，段正淳的一陽指卻委實不能小覷了，是以正面和段正淳相對，凝神拆招，於南海鱷神的鱷嘴剪卻只以餘力化解，百忙中還手一兩招，便將南海鱷神逼得躍出數丈相避。段譽讓他踏住了，出力掙扎，想爬起身來，卻那裏能夠？

段正淳見愛子受制，心想這慕容復腳下只須略一加力，兒子便會給他踩得嘔血身亡，眼下情勢利於速戰，只有先將兒子救脫險境才是道理，當下將一陽指使得虎虎生風，著著進迫。

忽聽得一個陰陽怪氣的聲音說道：「大理段氏一陽指講究氣象森嚴，雍容肅穆，於威猛之中不脫王者風度。似你這般死纏爛打，變成丐幫的沒袋弟子了，還成甚麼一陽指？嘿嘿，嘿嘿，這不是給大理段氏丟人麼？」段正淳聽得說話的正是大對頭段延慶，他這番話原本不錯，但愛子有難，關心則亂，那裏還有閒暇來顧及甚麼氣象、甚麼風度？一陽指出手越來越重，這一來，變成狠辣有餘，沉穩不足，倏然間一指點出，給慕容復就勢一帶，嗤的一聲響，點中了南海鱷神的肩窩。

南海鱷神哇哇怪叫，罵道：「你奶……」嗆啷一聲，鱷嘴剪落地，剪身一半砸上自己腳骨。他又痛又怒，便欲破口大罵，但轉念一想：「他是師父的老子，我若罵他，不免亂了輩份，此人可殺不可罵，日後若有機緣，我悄悄將他腦袋瓜子剪去便是……」

便在此時，慕容復乘著段正淳誤傷對手、心神微分之際，左手中指直進，快如閃電般點中了段正淳胸口的中庭穴。這中庭穴在膻中穴之下一寸六分。膻中穴乃人身氣海，百息之所會，最當衝要，一著敵指，立時氣息閉塞。慕容復知對方了得，百忙中但求一指著體，已沒法顧及非點中膻中穴不可，但饒是如此，段正淳已感胸口一陣劇痛，內息難行。

王語嫣見表哥出指中敵，拍手喝采：「表哥，好一招『夜叉探海』！」本來要點中對方膻中氣海，才算是「夜叉探海」，但她對意中人自不免要寬打幾分，他這一指雖差了一寸六分，卻也馬馬虎虎的稱之爲「夜叉探海」了。

慕容復心知這一指並未點中對方要害，立即補上一招，右掌推出，直擊段正淳胸口。段正淳一口氣還沒換過，無力抵擋，給慕容復一掌猛擊，噴出一口鮮血。他愛子心切，不肯退開，急忙運氣，慕容復第二招又已拍出。

段譽身處慕容復足底，突見父親口中鮮血直噴，慕容復第二掌又將擊出，心下大急，右手食指向他急指，叫道：「你敢打我爹爹？」情急之下，內力自然而然從食指中湧出，正是「六脈神劍」中商陽劍的一招。旁人是「關心則亂」，他卻是「關心則出」，必須情急關切，內力方能出指。但聽得嗤的一聲響，慕容復一隻衣袖已給無形劍切下，跟著劍氣與慕容復的掌力撞上。慕容復只感手臂一陣酸痲，大驚之下，急忙後躍。

段譽身得自由，一骨碌翻身站起，見慕容復不退，父親尚在險中，左手小指點出，一招「少澤劍」又向他刺去。慕容復忙展開左袖迎敵，嗤嗤兩劍，左手袖子又已爲劍氣切去。鄧百川叫道：「公子小心，這是無形劍氣，用兵刃罷？」拔劍出鞘，倒轉劍柄，向慕容復擲去。

段譽聽得王語嫣在慕容復擊中自己父親時大聲喝采，既關懷父親的安危，又氣惱王語嫣的無情，情急固是十分，傷痛也是十分，內力登時源源湧出，一時少商、商陽、中衝、關衝、少衝、少澤六脈劍法縱橫飛舞，使來得心應手，有如神助。

段譽這路劍法大開大闔，氣象宏偉，每一劍刺出，都有石破天驚、風雨大至之勢。慕容復一筆一鈎，漸感難以抵擋。

四二　老魔小醜　豈堪一擊　勝之不武

慕容復緊急中接過鄧百川擲來的長劍，精神一振，使出慕容氏家傳劍法，招招連綿不絕，猶似行雲流水一般，瞬息之間，全身便如罩在一道光幕之中。武林人士向來只聞姑蘇慕容氏武功淵博，各家各派的功夫無所不知，殊不料劍法亦竟精妙若斯。

但慕容復每一招不論如何凌厲狠辣，總遞不到段譽身周一丈之內。只見段譽雙手點點戳戳，便逼得慕容復縱高伏低，東閃西避。突然間啪的一聲響，慕容復手中長劍與段譽的無形劍氣正面相撞，斷爲兩截，半截劍身飛上半空，斜陽映照，閃出點點白光。

慕容復猛吃一驚，卻不慌亂，左掌急揮，將半截斷劍當作暗器，向段譽激射過來。段譽大叫：「啊喲！」手足無措，慌作一團，急忙伏地。半截斷劍從他頭頂飛過，高手比武，竟出到形如「狗吃屎」的丟臉招數，委實難看已極。慕容復長劍雖給截斷，但敗中求勝，瀟洒自如，反較段譽光采多了。

風波惡叫道：「公子，接刀！」將手中單刀擲了過去。慕容復接刀在手，見段譽已爬起身來，笑道：「段兄這招『惡狗吃屎』，是大理段氏的家傳絕技麼？」段譽一呆，說道：「不是！」右手小指揮動，一招「少衝劍」刺了過去。

慕容復舞刀抵禦，但見他忽使「五虎斷門刀」，忽使「八卦刀法」，不數招又使「六合刀」，頃刻之間，連使八九路刀法，每一路都能深中竅要，得其精義，旁觀的使刀名家盡皆嘆服。可是他刀法雖精，始終沒法欺近段譽身旁。段譽一招「少衝劍」從左側繞來，慕容復舉刀擋格，噹的一聲，一柄利刃又給震斷。

公冶乾雙手揮出，兩根判官筆向慕容復飛去。慕容復拋下斷刀，接過了判官筆，一出手，招招點穴招數，筆尖上嗤嗤有聲，隱隱然也有一股內力發出。

段譽百餘招拆將下來，畏懼之心稍戢，慢慢領會了內息脈絡，記起伯父和天龍寺枯榮大師所傳的內功心法，將那六脈神劍使得漸趨圓轉融通。忽聽蕭峯說道：「三弟，你這六脈神劍尚未純熟，六門劍法齊使，轉換之時中間留有空隙，對方便能乘機趨避。你不妨只使一門劍法試試。」段譽道：「是，多謝大哥指點！」側眼看去，只見蕭峯負手旁站，意態閒逸，莊聚賢卻躺在地下，雙足斷折，大聲呻吟。

原來蕭峯少了慕容復一個強敵，和游坦之單打獨鬥，立時便大佔上風，只是和他硬拚數掌，每一次雙掌相接，都不禁打個冷戰，但感寒氣襲體，說不出的難受，當即呼呼猛擊數掌，乘游坦之舉掌全力相迎之際，倏地右腿橫掃。游坦之所長者乃冰蠶寒毒和神足經內功，拳腳上功夫全學自阿紫，那就稀鬆平常之極，驀覺腿上一陣劇痛，喀喇一聲，兩隻小腿脛骨同時折斷，便即摔倒。蕭峯朗聲道：「丐幫向以仁俠為先，你身為一幫之主，豈可和星宿派的妖人同流合污？沒的辱沒了丐幫數百年來的俠義美名！」

游坦之所以得任丐幫幫主，全仗武功過人。至於見識氣度，指揮行事，均不足以服眾，何況戴起面幕，神神秘秘，鬼鬼祟祟，一切事務全聽阿紫和全冠清二人調度，眾丐早已甚為不滿。這日連續抓死本幫幫眾，當眾向丁春秋磕頭，投入星宿派門下，眾丐更不將他當幫主看待了。蕭峯踢斷他雙腿，眾丐反而心中竊喜，竟沒一個上來相助。全冠清等少數死黨縱然有心趨前救援，但見到蕭峯威風凜凜的神情，有誰敢上來送死？

蕭峯打倒游坦之後，見虛竹和丁春秋相鬥，頗居優勢，段譽雖會六脈神劍，有時精巧，有時卻笨拙無比，許多取勝的機會都莫名其妙的放了過去，忍不住出聲指點。

段譽側頭觀看蕭峯和游坦之二人，心神略分，六脈神劍中立時出現破綻。慕容復機靈無比，左手揮出，一枝判官筆勢挾勁風，向段譽當胸射到，眼見便要穿胸而過。段譽見判官筆來勢驚人，不由得慌了手腳，急叫：「大哥，不好了！」

蕭峯一招「利涉大川」，從旁拍擊過去，判官筆為掌風所激，筆腰竟爾彎曲，從段譽腦後繞了個彎，向慕容復射了回去。

慕容復舉起右手單筆，砸開射來的判官筆，噹的一聲，雙筆相交，只震得右臂發麻，不等那彎曲了的判官筆落地，左手一抄，已然抓住，便即使出崆峒派的單鉤鉤法。

羣雄既震於蕭峯掌力之強，又見慕容復應變無窮，鉤法精奇，忍不住也大聲喝采，都覺今日得見當世奇才各出全力相拚，確然大開眼界，不虛了此番少室山一行。

段譽逃過了飛筆穿胸之險，定一定神，大拇指按出，使動「少商劍法」。這路劍法大開大闔，氣象宏偉，每一劍刺出，都有石破天驚、風雨大至之勢。慕容復一筆一鉤，漸感難以抵擋。段譽得蕭峯指點，只專使一路少商劍法，果然這路劍法結構嚴謹，再無破綻。本來六脈神劍六路劍法迴轉運使，威力比之單使一劍強大得多，但段譽不懂其中訣竅，單使一劍反更圓熟，十餘劍使出，慕容復已額頭見汗，不住倒退，退到一株大槐樹旁，倚樹防禦。

段譽將一路少商劍法使完，拇指一屈，食指點出，變成了「商陽劍法」。

商陽劍的劍勢不及少商劍宏大，輕靈迅速卻遠有過之，他食指連動，一劍又一劍的刺出，快速無倫。使劍全仗手腕靈活，但出劍收劍，不論如何迅速，總有數尺的距離，他以食指推動無形劍氣，不過是手指在數寸範圍內轉動，一點一戳，極盡方便。何況慕容復給他逼在丈許之外，全無還手餘地。段譽如和他一招一式的拆解，使不上第二招便已給取了性命，現下只攻不守，任由他運使商陽劍法，自是佔盡了便宜。

王語嫣見表哥形勢危急，心中焦慮萬分，她雖熟知天下各家各派的武功招式，但於這六脈神劍卻一竅不通，沒法出聲指點，唯有空自著急。

蕭峯見段譽的無形劍氣越出越神妙，既欣慰，又欽佩，驀地裏心中一酸，想起了阿朱：「阿朱那日所以甘願代她父親而死，實因怕我殺她父親之後，大理段氏必定找我復仇，深恐我抵敵不住他們的六脈神劍。三弟初學乍練，劍法已如此神奇，我若和慕容復易地而處，確也難敵。阿朱以她的性命來救我一死，我……我契丹一介武夫，怎配消受她如此深情厚恩？」

段延慶和鳩摩智二人見段譽所使「六脈神劍」神妙無比，雖知他所學未精，但只須有高人指點，稍加習練，便可成爲天下第一高手，忍不住都長嘆一聲。鳩摩智的嘆息聲中盡是熱中艷羨，段延慶發自腹中的這聲輕嘆卻充滿了淒涼神傷。

鄧百川等見慕容復給段譽逼得窘迫已極，便想上前相助，忽聽得西南角上無數女子聲音喊道：「星宿老怪，你怎敢和我縹緲峯靈鷲宮主人動手？快快跪下磕頭罷。」衆人側頭看去，見山邊站著數百名女子，分列八隊，每隊人各穿不同顏色衣衫，紅黃綠紫，鮮艷奪目。八隊女子之旁又有數百名江湖豪客，服飾打扮，大異常人。這些豪客也紛紛呼叫：「主人，給他種下幾片『生死符』！」「對付星宿老怪，生死符最具神效！」

虛竹的武功內力均在丁春秋之上，本來早可取勝，只是一來臨敵經驗實在太淺，本身功力發揮不到六七成；二來他心存慈悲，不少取人性命的厲害殺手，往往只施一半便即收回；三來丁春秋周身劇毒，虛竹頗存顧忌，不敢輕易沾到他身子，卻不知自己身具深厚內力，丁春秋這些劇毒早就害他不得，是以劇鬥良久，仍相持不下。忽聽得一衆男女齊聲大呼，爲自己吶喊助威，向聲音來處看去，不禁又驚又喜，但見靈鷲宮九天九部諸女中倒有八部到了，餘下一部鸞天部想是在靈鷲宮留守。那些男子則是三十六洞洞主、七十二島島主及其部屬，人數著實不少，各洞主、島主就算並非齊到，也已到了八九成。

虛竹叫道：「余婆婆，烏先生，你們怎麼也來了？」余婆婆說道：「啓稟主人，屬下等接到梅蘭竹菊四位姑娘飛鴿傳書，得知少林寺衆賊禿要跟主人爲難，因此知會各洞各島部屬，星夜趕來。天幸主人無恙，屬下不勝之喜。」虛竹道：「少林派是我師門，你言語不得無禮，快向少林寺方丈謝罪。」他口中說話，天山折梅手、天山六陽掌等仍使得妙著紛呈。

余婆臉現惶恐之色，躬身道：「是，老婆子知罪了。」走到玄慈方丈之前，雙膝跪倒，恭恭敬敬的磕了四個頭，說道：「靈鷲宮主人屬下昊天部余婆，言語無禮，冒犯少林寺衆位高僧，謹向方丈磕頭謝罪，恭領方丈大師施罰。」她這番話說得甚爲誠懇，吐字清朗，顯得內力充沛，已屬一流高手境界。

玄慈袍袖一拂，說道：「不敢當，女施主請起！」這一拂之中使上了五分內力，本想將余婆托起，那知余婆只身子微微一震，竟沒給托起。她又磕了個頭，說道：「老婆子冒瀆主人師門，罪該萬死。」這才緩緩站起，回歸本隊。

玄字輩衆老僧曾聽虛竹述說入主靈鷲宮的經過，得知就裏，其餘少林衆僧和旁觀羣雄俱各大奇：「這老婆子內力修爲著實了得，其餘衆男女看來也非弱者，怎麼竟都是這少林派小和尚的部下，眞正奇哉怪也。」有人見虛竹相助蕭峯，而他有大批男女部屬到來，蕭峯陡增強助，要殺他已頗不易，不由得擔憂。

星宿派門人見到靈鷲八部諸女中有不少美貌少婦少女，言語中便不清不楚起來。衆洞主、島主都是粗豪漢子，立即反唇相稽，一時山頭上呼喝叱罵之聲，響成一片。衆洞主、島主紛紛拔刀挑戰。星宿派門人不敢應戰，口中叫罵可就加倍污穢了。有的見師父久戰不利，局面未必大好，便東張西望的察看逃奔下山的道路。

段譽心不旁騖，於靈鷲宮衆人上山全不理會，凝神使動商陽劍法，著著向慕容復進逼。想到王語嫣一言一動，盡在迴護慕容復，心中氣苦已極，六脈神劍既已使動，內力持續激出，劍勢不衰。慕容復這時已全然看不清無形劍氣的來路，唯有將一筆一鉤使得風雨不透，護住全身，時時縮在大槐樹之後躲避劍氣。

陡然間嗤的一聲，段譽劍氣透圍而入，慕容復帽子遭削落，登時頭髮四散，狼狽不堪。王語嫣驚叫：「段公子，手下留情！」段譽心中一凜，長嘆一聲，第二劍便不再發出，迴手撫胸，心道：「我知你心中所念，只你表哥一人，倘使我失手將他殺了，你悲痛無已，從此再無笑容。段某敬你愛你，決不願令你悲傷難過。」

慕容復臉如死灰，心想今日少室山上鬥劍而敗，已是奇恥大辱，再因一女子出言求情，對方才饒了自己性命，今後在江湖上怎還有立足的餘地？大聲喝道：「大丈夫死則死耳，誰要你賣好讓招？」舞動鋼鉤，向段譽直撲過來。

段譽雙手連搖，說道：「咱們又沒仇怨，何必再鬥？不打了，不打了！」

慕容復素性高傲，從沒將天下人放在眼內，今日在當世豪傑之前，給段譽逼得全無還手餘地，又因王語嫣一言而得對方容讓，這口忿氣如何咽得下去？他鋼鉤揮向段譽面門，判官筆疾刺對方胸膛，只想：「你用無形劍氣殺我好了，拚一個同歸於盡，勝於在這世上苟且偷生。」這一下撲來，羞憤滿胸，已將自己生死置之度外。

段譽見慕容復來勢兇猛，若以六脈神劍刺他要害，生怕傷了他性命，一時手足無措，竟然呆了，想不起以凌波微步避讓。慕容復這一撲志在拚命，來得何等快速，人影一晃，噗的一聲，右手判官筆已揷入段譽身子。總算段譽在危急之間向左側身，避過胸膛要害，判官筆卻已深入右肩，段譽「啊」的一聲大叫，只嚇得全身僵立不動。慕容復左手鋼鉤使招「大海撈針」，疾鉤他後腦。

段正淳和南海鱷神眼見情勢不對，又再雙雙撲上，此外又加上了巴天石和崔百泉。這一次慕容復決意要殺段譽，寧可自己身受重傷，也決不肯有絲毫緩手，竟不理會段正淳等四人的攻擊，眼見鋼鉤的鉤尖便要觸及段譽後腦，突然間背後「神道穴」上一麻，身子已給人凌空提起。「神道穴」要穴被抓，登時雙手酸麻，再也抓不住判官筆和鋼鉤，只聽得蕭峯厲聲喝道：「人家饒你性命，你反下毒手，算甚麼英雄好漢？」

原來蕭峯見慕容復猛撲而至，門戶大開，破綻畢露，料想段譽無形劍氣使出，一招便取了他性命，萬沒想到段譽竟會在這當兒住手，慕容復來勢奇速，雖以蕭峯出手之快，竟也不及解救那一筆之厄。但慕容復跟著再使那一招「大海撈針」時，蕭峯便即出手，一把抓住他後心「神道穴」。本來慕容復的武功雖不及蕭峯，也不至一招之間便爲所擒，只因其時憤懣塡膺，一心一意要殺段譽，全沒顧到自身。蕭峯這一下又是精妙之極的擒拿手法，一把抓住要穴，慕容復再也動彈不得。

蕭峯身形魁偉，手長腳長，將慕容復提在半空，其勢直如老鷹捉小鷄一般。鄧百川、公冶乾、包不同、風波惡四人齊叫：「休傷我家公子！」一齊奔上。王語嫣也從人叢中搶出，叫道：「表哥，表哥！」慕容復恨不得立時死去，免受這難當羞辱。

蕭峯冷笑道：「蕭某大好男兒，竟和你這種人齊名！」臂上運力，將他擲了出去。

慕容復直飛出七八丈外，腰板一挺，便欲站起，不料蕭峯抓他神道穴之時，內力直透諸處經脈，他沒法在這瞬息之間解除手足的痲痺，砰的一聲，背脊著地，手足攤開，只摔得狼狽不堪。旁觀羣雄低聲私語，嘩聲連連。

鄧百川等忙轉身向慕容復奔去。慕容復運轉內息，不待鄧百川等奔近，已翻身站起。他臉如死灰，一伸手，從包不同腰間劍鞘中拔出長劍，跟著左手劃個圈子，將鄧百川等擋在數尺之外，右手手腕翻轉，橫劍便往脖子中抹去。王語嫣大叫：「表哥，不要……」

便在此時，猛聽得破空聲大作，一件暗器從十餘丈外飛來，橫過廣場，撞向慕容復手中長劍，錚的一聲響，慕容復長劍脫手飛出，手掌中滿是鮮血，虎口已然震裂。

慕容復震駭莫名，抬頭往暗器來處瞧去，只見山坡上站著一個灰衣僧人，臉蒙灰布。那僧人邁開大步，走到慕容復身邊，問道：「你有兒子沒有？」語音頗爲蒼老。

慕容復道：「我尚未婚配，何來子息？」那灰衣僧森然道：「你有祖宗沒有？」慕容復甚是氣惱，大聲道：「自然有！我自願就死，與你何干？士可殺不可辱，慕容復堂堂男子，受不得你這些無禮言語。」灰衣僧道：「你高祖有兒子，你曾祖、祖父、父親都有兒子，便是你沒有兒子！嘿嘿，大燕國當年慕容皝、慕容恪、慕容垂、慕容德、慕容龍城何等英雄，卻不料都變成了斷種絕代的無後之人！」

慕容皝、慕容恪、慕容垂、慕容德諸人，都是當年燕國的英主名王，慕容龍城則是

「斗轉星移」絕技的創始人，各人威震天下，創下轟轟烈烈的事業，正是慕容復的列祖列宗。他在頭昏腦脹、怒發如狂之際，突然聽得這五位先人的名字，正如當頭淋下一盆冷水，心想：「爹爹昔年諄諄告誡，命我以興復大燕爲終生之志，今日我以一時之忿，自尋短見，我鮮卑慕容氏從此絕代。我連兒子也沒有，還說得上甚麼光宗復國？」不由得背上額頭全是冷汗，當即拜伏在地，說道：「慕容復識見短絀，得蒙高僧指點迷津，大恩大德，沒齒難忘。」

灰衣僧坦然受他跪拜，說道：「古來成大功業者，那一個不歷盡千辛萬苦？漢高祖有白登之困，漢光武有冀北之厄，倘若都似你這麼引劍一割，只不過是個心窄氣狹的自了漢而已，還說得上甚麼中興開國？你連勾踐、韓信也不如，當眞無知無識！」

慕容復跪著受教，悚然驚懼：「這位神僧似乎知道我心中抱負，竟以漢高祖、漢光武這等開國中興之主來相比擬。」說道：「慕容復知錯了！」灰衣僧道：「起來！」慕容復恭恭敬敬磕了三個頭站起。

灰衣僧道：「你姑蘇慕容氏的家傳武功神奇精奧，當世罕有，只不過你沒學得到家而已，難道當眞就不及大理段氏的『六脈神劍』了？瞧仔細了！」伸出食指，凌虛點了三下。

這時段正淳和巴天石二人站在段譽身旁，段正淳已用一陽指封住段譽傷口四周穴道，巴天石正要將判官筆從他肩頭拔出，不料灰衣僧指風點處，兩人胸口一麻，便即向後摔出，跟著那判官筆從段譽肩頭反躍而出，啪的一聲，插入地下。段正淳和巴天石摔倒後，立即翻身躍起，不禁駭然。這灰衣僧顯是手下留情，否則這兩下虛點便已取了二人性命。

只聽灰衣僧朗聲道：「這便是你慕容家的『參合指』！當年老衲從你先人處學來，也不過學到一些皮毛而已，慕容氏此外的神妙武功不知還有多少。嘿嘿，難道憑你少年人這一點兒微末道行，便創得下姑蘇慕容氏『以彼之道，還施彼身』的大名麼？」

羣雄本來震於「姑蘇慕容」的威名，但見慕容復一敗於段譽，再敗於蕭峯，心下都想：「見面不如聞名！雖不能說浪得虛名，卻也不見得驚世駭俗，如何了不起。」待見那灰衣僧顯示了這一手神功，又聽他說只不過學得慕容氏「參合指」的一些皮毛，不禁對「姑蘇慕容」四字重生敬意，只人人心中奇怪：「這灰衣僧是誰？他和慕容氏又有甚麼干係？」

灰衣僧轉過身來，向著蕭峯合什說道：「喬大俠武功卓絕，果然名不虛傳，老衲想領教幾招！」蕭峯早有提防，當他合什施禮之時，便即抱拳還禮，說道：「不敢！」兩股內力一撞，二人身子同時微微一晃。

便在此時，半空中忽有一條黑衣人影，如一頭大鷹般撲將下來，正好落在灰衣僧和蕭峯之間。這人驀地裏從天而降，突兀無比，衆人驚奇之下，一齊呼喊起來，待他雙足落地，這才看淸，原來他手中拉著一條長索，長索的另一端繫在十餘丈外的一株大樹頂上。只見這人黑布蒙面，只露出一雙冷電般的眼睛。

黑衣人與灰衣僧相對而立，過了好一陣，始終誰都沒開口說話。羣雄見這二人身材都甚高，只是黑衣人較爲魁梧，灰衣僧則極瘦削。

只有蕭峯卻又喜歡，又感激，他從這黑衣人揮長索遠掠而來的身法之中，已認出便是那日在聚賢莊救他性命的黑衣大漢。此刻聚在少室山上的羣雄之中，頗有不少當日曾參與聚賢莊之會，只是其時那黑衣大漢一瞥即逝，誰也沒看淸他的身法，這時自然也認他不出。

又過良久，黑衣灰衣二人突然同時說道：「你……」但這「你」字一出口，二人立即住口。再隔半晌，那灰衣僧才道：「你是誰？」黑衣人道：「你又是誰？」

蕭峯聽到這聲音正是當日那大漢在荒山中教訓他的聲調，一顆心劇烈跳動，只想立時便上去相認，叩謝救命之恩。

那灰衣僧道：「你在少林寺旁一躱數十年，少林派武功祕本盜得夠了麼？」黑衣人道：「我也正要問你，你在少林寺旁一躱數十年，少林寺藏經閣中的鈔本鈔得夠了麼？」

二人這幾句話一出口，少林羣僧自玄慈方丈以下，無不大感詫異：「這兩人怎麼互指對方偷盜本寺的武功祕本？難道眞有此事？」

只聽灰衣僧道：「我藏身少林寺旁，爲了借閱一些東西。」黑衣人道：「我藏身少林寺旁，也爲了借閱一些東西。咱們三場較量，該當已分出了高下。」灰衣僧道：「不錯。尊駕武功了得，多蒙指點，甚爲感激。」黑衣人道：「閣下心不自滿，精進不懈，兄弟甚爲佩服。」

灰衣僧道：「既然如此，你我不用再較量了。」黑衣人道：「甚好。」二人點了點頭，相偕走到一株大樹之下，並肩而坐，閉上了眼睛，便如入定一般，再不說話。

灰衣僧在大樹下閉目打坐，過去幾十年的往事，一幕幕的在心中紛至迭來：

往事依稀

這個灰衣僧，便是慕容復的父親慕容博。這些年來，他隱姓埋名，詐死潛伏，其實常在中原暗中活動。

那一年，慕容博魂飛魄散的從雁門關外逃回蘇州燕子塢參合莊，在門戶緊閉的地窖裏躲了七天。這七日來，他全身顫抖，心下駭懼，不論妻子如何柔聲安慰，溫言開解，他心中的恐懼始終減不了一分一毫。雁門關外那血肉橫飛的情景令他難以成眠，便是在睡夢之中，也總見到那個滿臉虬髯的大漢，圓睜雙目，眼中似在滴血，又似要噴出火來，他左掌揮擊、右手刀劈，便有人筋骨碎裂，腦袋落地。慕容博遠遠躲在山巖之後，見到這契丹人片刻間便殺了己方十幾個漢人豪傑，見他踢倒帶頭大哥和丐幫幫主汪劍通，見他以短刀在山壁上刻字，見他縱身躍入深谷，又見他從山谷中拋上一個嬰孩……慕容博在山巖後躲了良久，直到天色已黑，一名漢人武人抱了那孩子，帶著帶頭大哥和汪劍通離去，他依然渾身僵直，要走一步路也難……

慕容博自幼受祖父、父親之教，以「中興燕國」為畢生職志，然其時宋遼友好，兵戎不興，全無可乘之機，於是慕容博攜帶資財，遠赴遼國，設法與契丹貴人結交，更進一步熟識了遼國宮廷內情。得知遼國太后掌權，而太后最信任的族人，乃屬珊軍總教頭蕭遠山。此人武功極高，平生主張遼宋交好，每當遼朝有將帥官員倡議侵宋，蕭遠山必向太后進言，力陳兩國休兵之福：遼國正坐收宋朝銀帛，朝野富足，一旦兵連禍結，不但生民塗炭，且奸佞弄權，家國必亂。

太后對蕭遠山甚為信服，因此侵宋之議始終未成。慕容博料知復國之機當在除去此人，於是暗中籌謀，打聽此人平素喜好，欲設法從其弱點下手。這日聽得蕭遠山的一個親戚說起，九月初八是蕭遠山岳父的生辰，該日他必攜同妻兒前往武州拜壽。自遼國前往武州，往往取道雁門關至長城之南，再西向武州，此途地勢平坦，遠較塞北的崎嶇山路易於行走。

慕容博獲此消息，其時正當八月炎暑，便即趕赴少林寺報訊，說道遼國派出高手，於重陽節前後大舉進襲少林寺，意在劫奪寺中所藏武學典籍，以上乘武功傳授遼國兵將。不出數年，遼國大軍南下，疆場之上，宋軍決非其敵，漢人江山便危亡無日了。

此事關係著天下蒼生及中原武林的命脈，少林羣僧當即傳訊，召集各路英雄共謀對策。慕容博甫自遼國上京南歸，於遼國朝廷動靜、軍情兵馬，無不說得一淸二楚，沒半點破綻。羣雄議定，便分批前往武州、代州、朔州、應州設法阻截。雁門關是遼國南下要道，中原武人更集中好手，守在雁門關外隱僻之處，終於截到蕭遠山一行。雖然殺了他妻子，但蕭遠山武功之高，委實令人駭怖萬分，難以想像……

羣雄發見事態有變，定會登門探問，這一節慕容博早已料知，他不願、也不能面對武林朋友的質問，因爲自己確是造了謠，騙了人，目的是要挑起宋遼之間的爭端，盼能得有「興復燕國」的契機，如何能直承其事？自己武功雖然不弱，但漢人羣豪人多勢衆，終究難以抵擋。回入雁門關後，他立即南歸，隱居於家中地窖，絕足不出。期間少林寺曾派人前來查訪，他與妻子早擬妥說辭，只說他於大半年前離家外遊，迄今未返，家人異常掛念，還請少林高僧代爲尋訪。

慕容氏先祖龍城公創下一門「斗轉星移」絕技，儘管這項能轉移對手攻勢來路的精妙武學，爲慕容氏創下「以彼之道，還施彼身」的響亮名頭，但卻頗有「依人作嫁」的意味。心想，少林武功是中原武學之首，如能求得七十二絕技功訣，傳授於暗中糾舉的羽翼人馬，則慕容氏復國實力將如虎添翼，更形壯大。

慕容氏數代圖謀興復，家中金銀山積。與妻子商議後，慕容博化裝易容，扮作個商販，帶了不少金銀，來到河南府登封，先在縣城裏做些土產生意，結識當地商家行販，再到少林寺左近農家收購土產，接著購置屋宇農地，落戶當地。他深謀遠慮，時常頭戴斗笠、肩負鋤頭，在藏經閣後山耕種菜蔬果物，結識了藏經閣的幾名管事僧人，經常送些桃杏梨棗等農產鮮果。不出半年，便將藏經閣中如何防火曬書、輪班當值、典藏秘本等情況查探得一清二楚。一人有心，餘人無意，諸管事和尚也不以爲意。少林寺一向與人爲善，有人借閱佛經，素來頗爲歡迎。慕容博初時借幾本《阿彌陀經》、《地藏菩薩本願經》、《觀音菩薩普門品》之類佛經，漸借漸深，借到了《金剛般若波羅密經》等經書。

他見時機漸熟，管事諸僧對他毫不起疑，一晚三更之後，便悄悄摸入藏經閣，在書架上找到一本《拈花指法》，不禁大喜若狂。攜回住處仔細翻閱，見鈔本中詳述修習法門，由淺入深，奧妙無匹，書中載明功成後指力可穿木剌磚，威力極大。慕容博當即剔亮油燈，取出紙筆，將這本《拈花指法》詳細鈔錄。隔日晚間，慕容博又潛入藏經閣，將《拈花指法》放還原處，另取了四本《大金剛拳法》。他機警異常，每見閣中稍有異狀，便隱伏數日。以他武功之高，借還秘本之際，自也不爲管事僧人察覺。

如此鈔錄四月有餘，已得二十八門、共三十餘册秘笈副本。其時已然入冬，年暮歲晚，他掛念妻子，返回蘇州，攜回三十來册秘術鈔本，可說滿載而歸。他將鈔本藏入地窖，揀選數門絕技，每日裏依法修習，勤練不輟。是年冬天，慕容博的妻子懷了身孕，慕容博便長留蘇州，等待妻子生育。他爲兒子取名慕容復，盼望兒子克紹箕裘，繼承先祖遺志。

慕容博展讀先祖遺訓，復國之志在胸中奔騰翻湧，於是起始留鬚，臉上塗以淡墨，將膚色變得黝黑，同時穿錦著繡，他妻子更將他兩條長眉斜畫向下，加深嘴角法令，令他瞧來臉容愁苦，此時倘若遇到江湖舊侶，別人也決計認他不出。他易容改裝之後，出外廣結友朋，自稱姓燕名龍淵，做的是祖傳的珠寶生意，而原來一口蘇州話，也改爲河南府登封一帶的北方話。慕容氏數代積聚，家財豪富，慕容博拿到江湖上使用，出手豪闊，氣派非凡，急人之難，濟人之困，結交了不少知交好友。

入秋之後，他再度扮作商販前往登封，居於舊居，晚間便潛入藏經閣借取武學秘本，數月之後，又鈔得十餘册功訣。一日午夜，他在閣中揀閱書册，見左手書架上擺著一疊鈔本，最上一册封皮題簽「般若掌精要」，當下取了一本，揣入懷中。正要轉身走出閣門，忽然身後風聲颯然，有人在他左肩一拍，低聲道：「跟我來！」

慕容博大驚，怎地有人近身卻毫無警覺？回頭看時，只見一個魁梧的人影閃身出閣，便發足跟在他身後。那人奔出數里，來到山谷中一塊平野之上。那人陡然止步，轉身道：「你偷學少林武功，成就不錯了罷？待我試試。」說著出掌拍來。慕容博不敢大意，舉掌相迎，摺開敵掌時，只覺來掌勢道凌厲，內勁雄渾，當即退開一步，說道：「在下斗膽向少林寺藏經閣借鈔武學典籍，鈔過之後，原本歸還，不敢有絲毫損毀。鈔本僅供在下一人自學，決不轉授旁人。不知閣下是否少林弟子？還請高抬貴手，不予追究。」

那人哈哈一笑，說道：「在下並非少林弟子，反與少林派有點樑子，遲早要和寺中高手拚決生死。我也要借閱少林派武學秘笈，且看少林派名滿天下，到底有無眞材實學，亦欲確知少林絕技是否當眞了得。以後咱二人如在藏經閣中相遇，大家不必顧忌，各行其是便了。」慕容博道：「如此再好沒有。在下燕龍淵今日結識高賢，幸何如之。」那大漢拱手道：「燕兄不必客氣，就此別過！」轉身發足，往右側山坡上疾行而去。

自從那晚遇人對掌之後，慕容博的行動更加收斂謹慎，又鈔錄十餘册秘本之後，心中掛念嬌妻愛兒，便即南歸。

次年慕容博再上登封，每晚續鈔祕本。兩個月之後，又與那大漢在藏經閣外相遇，那大漢約他再去試掌，言下並無惡意。兩人二度交手，拆到百餘招後，慕容博向後一躍，躬身道：「多承指點，在下不是閣下對手！」那大漢道：「燕兄不必太謙。你不肯自滿，是好漢子，在下佩服之至。咱們明年再會！」

這個約會，等如是考校慕容博的武功。他立即動身，返回蘇州練武。秋去冬來，慕容博告別夫人，又去登封商販，晚間潛入藏經閣鈔錄，數月之間，又鈔了三十餘册。這晚進入藏經閣，往書架上看去，除了已鈔錄過的秘笈之外，書架上全是《華嚴經》、《摩訶般若經》、《大智度論》、《中部阿含經》、《長部阿含經》等經書，不見有一本內功秘法。他嘆了口氣，心想所錄的少林絕技已有五六十門之多，每一門功夫都得花上數年時間習練，手中已有的功訣，這一生無論如何是練不完了，今後不必再來，以免爲寺中高手察覺。出得閣來，抬頭望著空中一輪明月，忽然間心頭一輕，猶如移去了一塊大石，登覺神清氣爽。

突然間有人自右首欺近身來，說道：「燕兄，咱們再試試掌去！」正是那魁梧大漢。兩人奔至山谷中的平野，那大漢更不打話，劈面便是一掌，慕容博揮掌擋開，兩人掌來拳往，不出絲毫聲息。那大漢的掌法變幻多端，慕容博逐一施展少林絕技中的「般若掌」、「無相劫指」、「拈花指」等，便是「伏魔杖法」、「九天九地方便鏟法」等器械功夫，也化在拳掌之中施展出來。兩人貼身近搏，只一頓飯時分，已拆鬥三百餘招。正鬥得急切，慕容博倏地躍出圈子，抱拳說道：「多承指點，蒙尊駕手下留情，在下受惠良多。」

那大漢道：「燕兄武技精妙，咱二人不分高下。燕兄既來少林寺盜經，當以少林派為對頭，在下與少林派仇深似海，你我敵愾同仇，當為同道中人。」慕容博尚未答話，那大漢一轉身，遠遠的去了。

忽聽得一個謙和的聲音在背後響起：「施主請了，小僧有禮！」慕容博轉過身來，只見身後五尺外站著一個青年黃衣僧人，臉帶微笑，雙手合什為禮。慕容博抱拳還禮，說道：「大師呼喚在下，不知有何見教？」那僧人道：「小僧乃吐蕃國密教僧人，適才見施主與人對掌，武功精妙之極，小僧心生欽佩，冒昧上前攀談。」慕容博道：「大師遠來不易，請移步舍下奉茶，俾得多所請教。」當下二人互通姓名。鳩摩智適才見了慕容博的拳掌之技，心下佩服，當即欣然隨往。

兩人談起武功，鳩摩智有心向他學招，但想與他素無淵源，貿然求人傳以秘技絕招，對方必不允諾，唯一的法子是投桃報李，各得其利，便道：「慕容先生，小僧在吐蕃國密教寧瑪派出家，因與吐蕃國黑教邪徒爭鬥劇烈，從上師處學得『火燄刀』之技。『火燄刀』能以內力凝聚於手掌掌緣，運氣送出，威力非小。今日與先生言語投機，非敢炫示己能，僅為剖析武技，請先生莫怪。」說著提起手掌，凝聚內力，嗤的一聲輕響，在窗紙上凌空劈出一縫，冷風颼颼的從細縫中直吹進來。

慕容博道：「大師神功高妙，小可甚為佩服！」鳩摩智道：「小僧於『火燄刀』之技初學乍練，僅略窺門徑，然將來必可大成。今晚與先生邂逅相遇，實是有緣。佛家講究緣法，緣法到時，神通自現。小僧大膽，想將這『火燄刀』之法傳授於先生，不知先生嫌小僧太過冒昧麼？」慕容博尋思：「我與他素昧平生，他竟願意主動傳功，其中必有深意，且看他到底打些甚麼主意。」

慕容博忙起身行禮。鳩摩智合什還禮，說道：「咱們不是師徒傳法，乃朋友間互相切磋，交換傳技。先生萬萬不可多禮。」當下詳述「火燄刀」的修練法訣，要慕容博用心記憶，不可筆錄，因密教傳法傳功，必須口耳相傳，不似顯教佛教有經典可資唸誦。

慕容博用心記憶，不覺天色已明。慕容博道：「大師這『火燄刀』神功，果然奇妙無方，以在下所知，或許只大理段氏的『一陽指』可資匹敵。但據聞『一陽指』運勁緩慢，遠不及『火燄刀』之動念即至。」鳩摩智道：「這該是運功之人功力有別。」慕容博道：「正是。傳言大理段氏尚有『六脈神劍』絕技，手指上可發六種內力，交叉運使，更加神奇，欲求得其術，想是難上加難。」鳩摩智道：「大理段氏的絕頂高手，盡皆聚於天龍寺，欲得《六脈神劍劍譜》，非上天龍寺不可。小僧與天龍寺高僧同為釋氏弟子，當設法一求。如僥倖求得，自當與先生共之。」

慕容博心想：「《六脈神劍劍譜》如此難得，他如何願與我共享？況且他隨口一言，一來不會當眞費心去求，二來學武之人，千辛萬苦的得到神功妙法，我無恩於他，他怎肯輕易贈我？他適才說道『交換傳技』，多半是要旨所在。」便即說道：「常言道得好：無功不受祿。大師今日傳我『火燄刀』功法，在下感激不盡。這些年來，在下潛入少林寺藏經閣，借鈔了七十二門絕技功法，現下手邊有三十餘册鈔本。今日午後起，我二人共同再錄副本，副本盡數贈於大師。蘇州舍下尚有五十餘册功法，在下即日返家，鈔錄副本。待大師取得《六脈神劍劍譜》，便請光臨蘇州燕子塢參合莊，在下將那五十餘本絕技副本相贈，交換《六脈神劍劍譜》，大師以爲如何？」

鳩摩智大喜，當下與慕容博三擊掌相約，言明別後各自努力，日後交換武學典籍。鳩摩智言明：天龍寺諸高僧武功深湛，自己習練「火燄刀」未久，目前未能前往求觀《六脈神劍劍譜》，尚須精進修練，假以時日，倘能功力大成，自當履踐今日之約。慕容博取出手邊三十餘册鈔本，當即與鳩摩智再鈔副本，數日後鈔完，贈了給鳩摩智。鳩摩智稱謝再三，自回吐蕃研習少林絕技，自知「火燄刀」功力尚淺，亦更下苦功，勠力修習。

年歲匆匆飛逝，這些年來，慕容博、慕容復父子二人博覽羣籍，武功隨時日而長。一日慕容復進後堂來報，說道有一位少林老僧玄悲登門求見。慕容復應父親之命，出廳向玄悲言道爹爹不在家中，不露任何口風與跡象。慕容博在地窖中躭了數日，料得玄悲早已遠去，與妻子暗中商議後，決心詐死以絕後患。慕容博離家數月後，由妻子向兒子及眾家臣言明，老爺已在外逝世，接著籌辦喪事，棺殮、發訃、設靈、開弔、奠祭、入葬等事宜一一齊辦。

隱匿數年後，慕容博靜極思動，化身燕龍淵，在兩淮一帶營商出沒，自稱是「姑蘇慕容」氏部屬，傳出黑字燕旗令，以高明武功懾服歸順的江湖豪傑，廣擴勢力，卻不露絲毫風聲。慕容復年歲漸長，形貌俊雅，學武有成，亦在江湖上闖出一番名頭，「南慕容」遂與「北喬峯」並稱中原武林兩大高手。

又過數年，慕容博得悉玄悲大師前赴大理，於是暗中跟隨，在陸涼州身戒寺中陡施襲擊。玄悲大師出乎不意，以少林絕技「大韋陀杵」迎擊。慕容博逕以家傳武技抵禦，不料玄悲武功淵深，「大韋陀杵」威力奇勁，遠出慕容博意料，他一時輕敵，登感不支，只得施出「斗轉星移」之技，將「大韋陀杵」還擊玄悲自身，玄悲登時中招斃命。

日後鳩摩智自大理天龍寺擒得段譽，來到慕容家侍婢阿碧所居的琴韻小築，言明要將活的《六脈神劍劍譜》焚燒於慕容博墓前，以換取約定的武學祕本。阿朱、阿碧稟告了慕容夫人，奉命對鳩摩智敷衍以應，並救了段譽脫險。豈知丐幫幫主喬峯身世之謎遭人揭露，慕容博心想，數十年前的舊帳重新翻起，大是可慮，要妻子約束兒子，千萬不可介入此事，以免惹禍上身。不料在少林大會上，慕容復還是與蕭峯動上了手。

慕容復得灰衣僧救了性命，又慚愧，又感激，但他只道父親已死，並不知這灰衣僧就是自己爹爹，尋思：「這位高僧識得我的先人，不知相識的是我爺爺，還是爹爹？今後興復大事，勢非請這高僧詳加指點不可，今日可決不能交臂失之。」退在一旁，不敢便去打擾，要待那灰衣僧站起身來，再上去叩領教益。

王語嫣想到慕容復適才險些自刎，這時兀自驚魂未定，拉著他的衣袖，淚水涔涔而下。慕容復心感厭煩，不過她究是一片好意，卻也不便甩袖將她摔開。

灰衣僧與黑衣人相繼現身，直到偕赴樹下打坐，虛竹和丁春秋始終在劇鬥不休。這時羣雄的目光又都轉到他二人身上來。

靈鷲四姝中的菊劍忽然想起一事，走向那十八名契丹武士身前，說道：「我主人正在跟人相鬥，須要喝點兒酒，力氣才得大增。」一名契丹武士道：「這兒酒漿甚多，姑娘儘管取用。」說著提起兩隻大皮袋。菊劍笑道：「多謝！我家主人酒量不大，有一袋也就夠了。」提起一袋烈酒，拔開了袋上木塞，慢慢走近虛竹和丁春秋相鬥之處，叫道：「主人，你給星宿老怪種生死符，得用些酒水罷！」橫轉皮袋，使勁向前送出，袋中烈酒化作一道酒箭，向虛竹射去。梅蘭竹三姝拍手叫道：「菊妹，妙極！」

忽聽得山坡後有一個女子聲音嬌滴滴的唱道：「一枝穠艷露凝香，雲雨巫山枉斷腸。我乃楊貴妃是也，好酒啊好酒，奴家醉倒沉香亭畔也！」

虛竹和丁春秋劇鬥良久，苦無制他之法，聽得靈鷲宮屬下男女眾人叫他以「生死符」對付，見菊劍以酒水射到，當即伸手一抄，抓了一把，忽見山後轉出八個人來，正是琴顛康廣陵、棋魔范百齡、書獃苟讀、畫狂吳領軍、神醫薛慕華、巧匠馮阿三、花痴石清風、戲迷李傀儡等「函谷八友」。八人見虛竹和丁春秋拳來腳往，打得酣暢淋漓，當即大叫助威：「掌門師叔今日大顯神通，快殺了丁春秋，給我們祖師爺和師父報仇！」

其時菊劍手中烈酒還在不住向虛竹射去，她武功平平，一部分竟噴向丁春秋。星宿老怪惡鬥虛竹，輾轉打了半個時辰，但覺對方妙著層出不窮，給他迫住了手腳，種種邪術沒法施展，陡然見到酒水射來，心念一動，左袖拂出，將酒水拂成四散飛濺的酒雨，向虛竹潑去。這時虛竹全身功勁行開，千千萬萬酒點飛到，沒碰到衣衫，便已給他內勁撞了開去，驀聽得「啊啊」兩聲，菊劍翻身摔倒。丁春秋將酒水化作雨點拂出來時，每一滴都已然染上毒質。菊劍站得較近，身沾毒雨，當即倒地。

段譽站在一旁，只見王語嫣戀戀不捨的拉住慕容復衣袖，好生沒趣，驀見菊劍身沾毒雨摔倒，知道菊劍是二哥的下屬，當即搶上，橫抱菊劍退開。

虛竹關心菊劍，甚是惶急，卻不知如何救她才是，更聽得薛慕華驚叫：「師叔，這毒藥好生厲害，請快制住老賊，逼他取解藥救治。」虛竹叫道：「不錯！」右掌揮舞，不絕向丁春秋進攻，左掌掌心中暗運內功，逆轉北冥眞氣，不多時已將掌中酒水化作七八片寒冰，右掌颼颼颼連拍三掌。

丁春秋乍覺寒風襲體，吃了一驚：「這小賊禿的陽剛內力，怎地陡然變了？」忙凝全力招架，猛地裏肩頭「缺盆穴」上微微一寒，便如碰上一片雪花，跟著小腹「天樞穴」、大腿「伏兔穴」、上臂「天泉穴」三處也覺涼颼颼地。丁春秋加催掌力抵擋，忽然間後頸「天柱穴」、背心「神道穴」、後腰「志室穴」三處也均微微一涼，丁春秋大奇：「他掌力便再陰寒，也決不能繞了彎去襲我背後，何況寒涼處都在穴道之上，到底小賊禿有甚古怪邪門？可要小心了。」雙袖拂處，袖間藏腿，猛力向虛竹踢出。

不料右腿踢到半途，突然間「伏兔穴」和「志室穴」同時奇癢難當，情不自禁「啊喲」一聲，叫了出來。右腳尖明明已碰到虛竹僧衣，但兩處要穴同時發癢，右腳自然而然的垂下。他一聲「啊喲」叫過，跟著又「啊喲、啊喲」兩聲。

衆門人高聲頌讚：「星宿老仙神通廣大，雙袖微擺，小妞兒便身中仙法倒地！」「他老人家一蹬足天崩地裂，一搖手日月無光！」「星宿少俠大袖擺動，口吐眞言，叫你們旁門左道牛鬼蛇神，一個個死無葬身之地。」歌功頌德聲中，夾雜著星宿老仙「啊喲」又「啊喲」的一聲聲叫喚，委實不太相稱。衆門人精乖的已愕然住口，大多數卻還是放大了嗓門直嚷。

丁春秋霎時之間，但覺缺盆、天樞、伏兔、天泉、天柱、神道、志室七處穴道中同時痲癢難當，直如千千萬萬隻虱子同時在咬嚙一般。這酒水化成的冰片中附有虛竹的內力，寒冰入體，隨即化去，內力卻留在他穴道經脈之中。丁春秋手忙腳亂，不斷在懷中掏摸，一口氣服了七八種解藥，通了五六次內息，穴道中痲癢卻越加厲害。換作旁人，早已滾倒在地，丁春秋神功驚人，苦苦撐持，腳步踉蹌，有如喝醉了酒，臉上一陣紅，一陣白，雙手亂舞，情狀可怖。這七枚生死符乃烈酒所化，與尋常寒冰又自不同。

星宿派門人見師父如此狼狽，一個個靜了下來，有幾個死硬之人仍在叫嚷：「星宿老仙正在運使大羅金仙舞蹈功，待會小和尚便知厲害了。」「星宿少俠一聲『啊喲』，小和尚的三魂六魄便給叫去了一分！」但這等死撐面子之言，已叫得殊不響亮。

李傀儡大聲唱道：「五花馬，千金裘，呼兒將出換美酒，與爾同消萬古愁。哈哈，我乃李太白是也！飲中八仙，第一乃詩仙李太白，第二乃星宿老仙丁春秋！」羣雄見丁春秋醉態可掬，狼狽萬狀，聽了李傀儡的話，一齊轟笑。

過不多時，丁春秋終於支持不住，伸手亂扯自己鬍鬚，將一叢銀也似的美髯扯得一根根隨風飛舞，跟著便撕裂衣衫，露出一身雪白肌膚，他年紀已老，身子卻兀自精壯如少年，手指到處，身上便鮮血迸流，用力撕抓，不住口的號叫：「癢死我了，癢死我了！」又過一刻，左膝跪倒，越叫越慘厲。

虛竹頗感後悔：「這人雖罪有應得，但所受的苦惱竟如此厲害。早知這樣，我只給他種上一兩片生死符，也就夠了。」

羣雄見這個童顏鶴髮、神仙也似的武林高人，霎時間竟形如鬼魅，嘶喚有如野獸，都不禁駭然變色，連李傀儡也嚇得啞口無言。只大樹下的黑衣人和灰衣僧仍閉目靜坐，直如不聞不見。

玄慈方丈說道：「善哉，善哉！虛竹，你便解去了丁施主身上的苦難罷！」虛竹應道：「是！謹遵方丈法旨！」玄寂忽道：「且慢！方丈師兄，丁春秋作惡多端，我玄難、玄痛兩位師兄都命喪其手，豈能輕易饒他？」康廣陵道：「掌門師叔，你是本派掌門，何必去聽旁人言語？我師祖、師父的大仇，焉可不報？」

虛竹一時沒了主意，不知如何是好，薛慕華道：「師叔，先要他取解藥要緊。」虛竹點頭道：「正是。梅劍姑娘，你將鎮癢丸給他服上半粒。」梅劍應道：「是！」從懷中取出一個綠色小瓶，倒出一粒豆大的丸藥來，然見丁春秋如顛如狂的神態，不敢走近。

虛竹接過藥丸，劈成兩半，叫道：「丁先生，張開口來，我給你服鎮癢丸！」丁春秋嗬嗬而呼，張大了口，虛竹手指輕彈，半粒藥丸飛去，送入他喉嚨。藥力一時未能行到，丁春秋仍癢得滿地打滾，過了一頓飯時分，奇癢稍戢，這才站起。

他神智始終不失，心知再也不能反抗，不等虛竹開口，自行取出解藥，乖乖的去交給薛慕華，說道：「紅色外搽，白色內服！」他號叫了半天，說出話來已啞不成聲。薛慕華料他不敢作怪，依法給菊劍敷搽服食。

梅劍朗聲道：「星宿老怪，這半粒止癢丸可止三日之癢。過了三天，奇癢又再發作，那時我主人是否再賜靈藥，要瞧你乖不乖了。」丁春秋全身發抖，說不出話來。

星宿派門人中登時有數百人爭先恐後的奔出，跪在虛竹面前，懇請收錄，有的說：「靈鷲宮主人英雄無敵，小人忠誠歸附，死心塌地，願為主人效犬馬之勞。」有的說：「這天下武林盟主一席，非主人莫屬。只須主人下令動手，小人赴湯蹈火，萬死不辭。」更有許多顯得赤膽忠心，指著丁春秋痛罵不已，罵他「燈燭之火，居然也敢和日月爭光」，說他「心懷叵測，邪惡不堪」，又有人要求虛竹速速將丁春秋處死，為世間除此醜類。只聽得絲竹鑼鼓響起，衆門人大聲唱了起來：「靈鷲主人，德配天地，威震當世，古今無比。」除了將「星宿老仙」四字改為「靈鷲主人」之外，其餘曲調詞句，便和「星宿老仙頌」一模一樣。

虛竹雖為人質樸，但聽星宿派門人如此頌讚，卻也不自禁的有些飄飄然起來。

蘭劍喝道：「你們這些卑鄙小人，怎麼將吹拍星宿老怪的陳腔爛調、無恥言語，轉而稱頌我主人？無禮之極！」星宿門人登時大為惶恐，有的道：「是，是！小人立即另出機杼，花樣翻新，包管讓仙姑滿意。」有的大聲唱道：「四位仙姑，容顏美麗，勝過西施，遠超貴妃。」星宿衆門人向虛竹叩拜之後，自行站到諸洞主、島主身後，一個個得意洋洋，自覺光采體面，登時又將中原羣豪、丐幫幫衆、少林僧侶盡數不放在眼下了。

玄慈說道：「虛竹，你自立門戶，日後當走俠義正道，約束門人弟子，令他們不致為非作歹，禍害江湖，那便是廣積福德資糧，多種善因，在家出家，都是一樣。」虛竹哽咽道：「是。虛竹願遵方丈教誨。」玄慈又道：「破門之式不可廢，那杖責卻可免了。」

忽聽得一人哈哈大笑，說道：「我只道少林寺重視戒律，執法如山，卻不料一般也是趨炎附勢之徒。嘿嘿，靈鷲主人，德配天地，威震當世，古今無比。」衆人向說話之人瞧去，卻是吐蕃國師鳩摩智。

玄慈臉上變色，說道：「國師以大義見責，老衲知錯了。玄寂師弟，安排法杖。」玄寂道：「是！」轉身說道：「法杖伺候！」向虛竹道：「虛竹，你目下尚是少林弟子，伏身受杖。」虛竹躬身道：「是！」跪下向玄慈和玄寂行禮，說道：「弟子虛竹，違犯本寺大戒，恭領方丈和戒律院首座的杖責。」

星宿派衆門人突然大聲鼓噪：「爾等少林僧衆，豈可冒犯他老人家貴體？」「你們倘若碰了他老人家一根寒毛，我非跟你們拚個死活不可。我為他老人家粉身碎骨，雖死猶榮。」「我忠字當頭，一身血肉，都要獻給我家主人！」

余婆婆喝道：「『我家主人』四字，豈是你們這些妖魔鬼怪叫得的？快給我閉上了狗嘴！」星宿派衆人聽她一喝，登時鴉雀無聲，連大氣也不敢喘上一口了。

少林寺戒律院執法僧人聽得玄寂喝道：「用杖！」便即捋起虛竹僧衣，露出他背上肌膚，另一名僧人舉起了「守戒棍」。虛竹心想：「我身受杖責，是爲了罰我種種不守戒律之罪，每受一棍，罪業便消一分。若運氣抵禦，自身不感痛楚，這杖便白打了。」

忽聽得一個女子尖銳的聲音叫道：「且慢，且慢！你……你背上是甚麼？」

衆人齊向虛竹背上瞧去，只見他腰背之間竟整整齊齊燒著九點香疤。其時僧尼受戒時頭燒香疤之俗尚未流行。中華佛教分爲八宗十一派，另有小宗小派，各宗派習俗不同，有不少宗派崇尚苦行，弟子在頭上燒以香疤、或燒去指頭以示決心歸佛。少林寺僧衆並不規定頭燒香疤，但若燒以香疤，亦所不禁。（注）虛竹背上的疤痕大如銅錢，顯然是在他幼年時所燒炙，隨著身子長大，香疤也漸漸增大，此時看來，已非十分圓整。

人叢中突然奔出一個中年女子，身穿淡青色長袍，左右臉頰上各有三條血痕，正是四大惡人中的「無惡不作」葉二娘。她疾撲而前，雙手一分，已將少林寺戒律院的兩名執法僧推開，伸手便去拉虛竹的褲子，要把他褲子扯下。

虛竹一驚站起，向後飄開數尺，說道：「你……你幹甚麼？」葉二娘全身發顫，叫道：「我……我的兒啊！」張開雙臂，便去摟抱虛竹。虛竹閃身避開，葉二娘便抱了個空。衆人都想：「這女人發了瘋？」葉二娘接連抱了幾次，都給虛竹輕輕巧巧的閃開。

葉二娘如痴如狂，叫道：「兒啊，你怎麼不認你娘了？」虛竹心中一凜，身如電震，顫聲道：「你……你是我娘？」葉二娘叫道：「兒啊，我生你不久，便在你背上、兩邊屁股上，都燒上了九個戒點香疤。你這兩邊屁股上是不是各有九個香疤？」

虛竹大吃一驚，他雙股之上確實各有九點香疤。他自幼便即如此，從來不知來歷，也羞於向同儕啓齒，有時沐浴之際見到，還道自己與佛門有緣，天然生就，因而更堅了向慕佛法之心。這時陡然聽到葉二娘的話，有如半空中打了個霹靂，顫聲道：「是，是！我……我兩股上各有九點香疤，是你……是娘……是你給我燒的？」

葉二娘放聲大哭，叫道：「是啊，是啊！若不是我給你燒的，我怎知道？我……我找到兒子了，找到我親生乖兒子了！」一面哭，一面伸手去撫虛竹的面頰。

虛竹不再避讓，任由她抱在懷裏。他自幼無爹無娘，只知是寺中僧侶所收養的一個孤兒，他背心雙股燒有香疤，這隱秘只自己及最親近的同侶得知，葉二娘居然也能得悉，那還有假？突然間領略到了生平從所未知的慈母之愛，眼淚涔涔而下，叫道：「娘……娘，你是我媽媽！」

這件事突如其來，旁觀衆人無不大奇，但見二人相擁而泣，又悲又喜，一個舐犢情深，一個至誠孺慕，羣雄之中，不少人爲之鼻酸。

葉二娘道：「孩子，你今年二十四歲，這二十四年來，我白天也想你，黑夜也想念你，我氣不過人家有兒子，我自己兒子卻給天殺的賊子偷去了。我……我只好去偷人家的兒子來抱。可是……可是……別人的兒子，那有自己親生的好？」

南海鱷神哈哈大笑，說道：「三妹！你老是去偷人家白白胖胖的娃兒來玩，玩夠了便胡亂送給另一家人家，教他親生父母難以找回，原來為了自己兒子給人家偷去啦。岳老二問你甚麼緣故，你總不肯說。很好，妙極！虛竹小子，你媽媽是我義妹，你快叫我一聲『岳二伯』！」想到自己的輩份還在這武功奇高的靈鷲宮主人之上，這份樂子可眞不用說了。雲中鶴搖頭道：「不對，不對！虛竹子是你師父的把兄，你得叫他一聲師伯。我是他母親的義弟，輩份比你高了兩輩，你快叫我『師叔祖』！」南海鱷神一怔，吐口濃痰，罵道：「你奶奶的，老子不叫！」

葉二娘放開了虛竹頭頸，抓住他肩頭，左看右瞧，喜不自勝，轉頭向玄寂道：「他是我兒子，你不許打他！」隨即向虛竹大聲道：「是那一個天殺的狗賊，偷去了我孩兒，害得我母子分離二十四年？孩兒，孩兒，咱們走遍天涯海角，也要找到這狗賊，將他千刀萬剮，斬成肉漿。你娘鬥他不過，孩兒武功高強，正好給娘報仇雪恨。」

坐在大樹下一直不言不動的黑衣人忽然站起，緩緩說道：「你這孩兒是給人家偷去的，還是搶去的？你面上這六道血痕，從何而來？」

葉二娘突然變色，尖聲叫道：「你……你是誰？你……你怎知道？」黑衣人道：「你難道不認得我麼？」葉二娘尖聲大叫：「啊！是你，就是你！」縱身向他撲去，奔到離他身子丈餘之處，突然立定，伸手戟指，咬牙切齒，憤怒已極，卻不敢近前。

黑衣人道：「不錯，你孩子是我搶去的，你臉上這六道血痕，也是我抓的。」葉二娘叫道：「爲甚麼？你爲甚麼要搶我孩兒？我跟你素不相識，無怨無仇。你……你……害得我好苦。你害得我這二十四年之中，日夜苦受煎熬，到底爲甚麼？爲……爲甚麼？」

黑衣人指著虛竹，問道：「這孩子的父親是誰？」葉二娘全身一震，道：「他……他……我不能說。」虛竹心頭激盪，奔到葉二娘身邊，叫道：「媽，你跟我說，我爹爹是誰？」葉二娘連連搖頭，道：「我不能說。」

黑衣人緩緩說道：「葉二娘，你本來是個好好的姑娘，溫柔美貌，端莊貞淑。可是在你十八歲那年，受了一個武功高強、大有身分的男子所誘，失身於他，生下了這個孩子，是不是？」葉二娘木然不動，過了好一會，才點頭道：「是。不過不是他引誘我，是我去引誘他的。」黑衣人道：「這男子只顧到自己的聲名前程，全不顧念你一個年紀輕輕的姑娘，未嫁生子，處境是何等的淒慘。」葉二娘道：「不！他顧到我的，他給了我很多銀兩，給我好好安排了下半世的生活。」黑衣人道：「他爲甚麼讓你孤另另的飄泊江湖？」

葉二娘道：「我不能嫁他的。他怎麼能娶我為妻？他是個好人，他向來待我很好。是我自己不願連累他的。他……他是好人。」言辭之中，對這個遺棄了她的情郎，仍充滿了溫馨和思念，昔日恩情，不因自己深受苦楚、不因歲月消逝而有絲毫減退。

眾人均想：「葉二娘惡名素著，但對她當年的情郎，卻著實情深義重。只不知這男人是誰？」

段譽、阮星竹、華赫艮、范驊、巴天石等大理一系諸人，聽二人說到這一樁昔年的風流罪過，情不自禁的都偷眼向段正淳瞄去，均覺葉二娘這個情郎，身分、性情、處事、年紀，無一不和他相似。更有人想起：「那日四大惡人同赴大理，多半是為了找鎮南王討這筆孽債。」連段正淳也大起疑心：「我所識女子著實不少，難道有她在內？怎麼半點也記不起來？倘若眞是我累得她如此，縱然在天下英雄之前聲名掃地，段某也決不能絲毫虧待了她。只不過……只不過……怎麼全然記不得了？」

黑衣人朗聲道：「這孩子的父親，此刻便在此間，你幹麼不指他出來？」葉二娘驚道：「不，不！我不能說。」黑衣人問道：「你為甚麼在你孩兒的背上、股上，燒了三處二十七點戒點香疤？」葉二娘掩面道：「我不知道，我不知道！求求你，別問我了。」

黑衣人聲音仍十分平淡，一似無動於中，繼續問道：「你孩兒一生下來，你就想要他當和尚麼？」葉二娘道：「不是，不是的。」黑衣人道：「那麼，為甚麼要在他身上燒這些佛門香疤？」葉二娘道：「我不知道，我不知道！」黑衣人朗聲道：「你不肯說，我卻知道。只因爲這孩兒的父親，乃是佛門子弟，是一位大大有名的高僧。」

葉二娘一聲呻吟，再也支持不住，暈倒在地。

羣雄登時大嘩，眼見葉二娘這等神情，那黑衣人所言顯非虛假，原來和她私通之人，竟然是個和尚，而且是有名的高僧。衆人交頭接耳，議論紛紛。

虛竹扶起葉二娘，叫道：「媽，媽，你醒醒！」過了半晌，葉二娘悠悠醒轉，低聲道：「孩兒，快扶我下山去。這……這人是妖怪，他……甚麼都知道。我再也不要見他了。這仇也……也不用報了。」虛竹道：「是，媽，咱們這就走罷。」

黑衣人道：「且慢，我話還沒說完呢。你不要報仇，我卻要報仇。葉二娘，我爲甚麼搶你孩兒，你知道麼？因爲……因爲有人搶去了我的孩兒，令我家破人亡，夫婦父子，不得團聚。我這是爲了報仇。」

葉二娘道：「有人搶你孩兒？你是爲了報仇？」

黑衣人道：「正是，我搶了你的孩兒，放在少林寺的菜園之中，讓少林僧將他撫養長大，授他一身武藝。只因爲我自己的親生孩兒，也是給人搶了去，撫養長大，由少林僧授了他一身武藝。你想不想瞧瞧我的眞面目？」不等葉二娘意示可否，黑衣人伸手便拉去了自己的面幕。

羣雄「啊」的一聲驚呼，只見他方面大耳，虬髯叢生，相貌十分威武，約莫六十歲左右年紀。

蕭峯驚喜交集，搶步上前，拜伏在地，顫聲叫道：「你……你是我爹爹……」

那人哈哈大笑，說道：「好孩兒，好孩兒，我正是你的爹爹。咱爺兒倆一般的身形相貌，不用記認，誰都知道我是你的老子。」一伸手，扯開胸口衣襟，露出一個刺花的狼頭，左手一提，將蕭峯拉起。

蕭峯扯開自己衣襟，也現出胸口那個張口露牙、青鬱鬱的狼頭。兩人並肩而行，突然間同時仰天而嘯，聲若狂風怒號，遠遠傳了出去，只震得山谷鳴響，數千豪傑聽在耳中，盡感不寒而慄。「燕雲十八騎」拔出長刀，呼號相和，雖然只有二十人，但聲勢之盛，直如千軍萬馬一般。

蕭峯從懷中摸出一個油布包打開，取出一塊縫綴而成的大白布，展將開來，正是智光和尚給他的石壁遺文拓片，上面一個個都是空心的契丹文字。

那虬髯老人指著最後幾個字笑道：「『蕭遠山絕筆，蕭遠山絕筆！』哈哈，孩兒，那日我傷心之下，跳崖自盡，那知道命不該絕，墮在谷底一株大樹的枝幹之上，竟得不死。這一來，爲父的死志已去，便興復仇之念。那日雁門關外，中原豪傑不問情由，殺了你不會武功的媽媽。孩兒，你說此仇該不該報？」

蕭峯道：「父母之仇，不共戴天！」

蕭遠山道：「當日害你母親之人，大半已爲我當場擊斃。丐幫前任幫主汪劍通染病身故，總算便宜了他。只是那個領頭的『大惡人』，迄今兀自健在。孩兒，你說咱們拿他怎麼辦？」

蕭峯緩緩說道：「此人乃爲人謠言所愚，非出本意，今已懺悔。且爹爹今日安健，孩兒以爲，此人的仇怨就此一筆勾銷罷。」

蕭遠山一聲長嘯，喝道：「如何能就此一筆勾銷！」目光如電，在羣豪臉上一一掃射而過。

羣豪和他目光接觸之時，無不慄慄自危，雖然這些人均與當年雁門關外之事無關，但見到蕭遠山的神情，誰也不敢動上一動，發出半點聲音，唯恐惹禍上身。

蕭遠山道：「孩兒，那日我和你媽懷抱了你，到你外婆家去，不料路經雁門關外，數十名中土武士突然躍將出來，將你媽媽和我的隨從殺死。大宋與契丹有仇，互相斫殺，原非奇事，但這些中土武士埋伏山後，顯有預謀。孩兒，你可知是爲了甚麼緣故？」

蕭峯道：「他們得到訊息，誤信契丹武士要來少林寺奪取武學典籍，以爲他日遼國謀奪大宋江山的張本，是以突出襲擊，害死了我媽媽。」

蕭遠山慘笑道：「嘿嘿，嘿嘿！當年你老子並無奪取少林寺武學典籍之心，他們卻冤枉了我。好，好！蕭遠山一不作，二不休，人家冤枉我，我便做給人家瞧瞧。這三十年來，蕭遠山便躲在少林寺旁，將他們的武學典籍瞧了個飽。少林寺諸位高僧，你們有本事便將蕭遠山殺了，否則少林武功非流入大遼不可。你們再在雁門關外埋伏，可來不及了。」

少林羣僧一聽，無不駭然變色，均想此人之言，半多不假，本派武功倘若流入了遼國，令契丹人如虎添翼，那便如何是好？連同武林羣豪，也人人都想：「今日說甚麼也不能讓此人活著下山。」

蕭峯道：「爹爹，那帶頭大哥當年殺我媽媽，乃事出誤會，雖然魯莽，尙非故意爲惡。可是另有一個大惡人，殺了我義父義母喬氏夫婦，令孩兒大蒙惡名，到底此人是誰，爹爹可知？」

蕭遠山哈哈大笑，道：「孩兒，那喬氏夫婦，是我殺的！」

蕭峯大吃一驚，顫聲道：「是爹爹殺的？那……那爲甚麼？」

蕭遠山道：「你是我的親身孩兒，本來我父子夫婦一家團聚，何等快樂？可是這些南朝武人將我契丹人看作豬狗不如，動不動便橫加殺戮，將我孩兒搶了，去交給別人，當作他的孩兒。那喬氏夫婦冒充是你的父母，既奪了我的天倫之樂，又不跟你說明眞相，那便該死。」

蕭峯胸口一酸，說道：「我義父義母待孩兒極有恩義，他二位老人家實是大大的好人。然則放火焚燒單家莊、殺死譚婆、趙錢孫等等，也都是……」

蕭遠山道：「不錯，都是你爹爹幹的。智光和尚雖已身死，我仍在他太陽穴上指擊洩憤。當年帶頭在雁門關外殺你媽媽的是誰，這些人明明知道，卻不肯說，個個袒護於他，豈非該死？」

蕭峯默然，心想：「我苦苦追尋的『大惡人』，卻原來竟是我的爹爹，這……這卻從何說起？」緩緩的道：「少林寺玄苦大師親授孩兒武功，十年中寒暑不間，孩兒得有今日，全蒙恩師栽培……」說到這裏，低下頭來，已然虎目含淚。

蕭遠山道：「這些南朝武人陰險奸詐，有甚麼好東西了？這玄苦是我一掌震死的。」

少林羣僧齊聲誦經：「我佛慈悲，我佛慈悲！」聲音十分悲憤，雖然一時未有人上前向蕭遠山挑戰，但羣僧在這唸佛聲中所含的沉痛之情，顯然已包含了極大決心，決不能與他善罷干休。

蕭遠山又道：「殺我愛妻、奪我獨子的大仇人之中，有丐幫幫主，也有少林派高手，嘿嘿，他們只想永遠遮瞞這樁血腥罪過，將我兒子變作了漢人，叫我兒子拜大仇人爲師，繼大仇人爲丐幫幫主。嘿嘿，孩兒，那日晚間我打了玄苦一掌之後，隱身在旁，不久你又去拜見那賊禿。這玄苦見我父子容貌相似，只道是你出手，連那小沙彌也分不清你我父子。孩兒，咱契丹人受他們冤枉欺侮，還少得了麼？」

蕭峯這時方始恍然，爲甚麼玄苦大師那晚見到自己之時，竟會如此錯愕，而那小沙彌又爲甚麼力證是自己出手打死玄苦。卻那裏想得到眞正行兇的，竟是個和自己容貌十分相似、血肉相連之人？說道：「這些人既是爹爹所殺，便和孩兒所殺並無分別，孩兒一直擔負著這名聲，卻也不枉了。」

蕭遠山道：「那個帶領中原武人在雁門關外埋伏的首惡，害得我家破人亡，我自也查得明明白白。我如將他一掌打死，豈不便宜他了？葉二娘，且慢！」

他見葉二娘扶著虛竹，正一步步走遠，當即喝住，說道：「跟你生下這孩子的是誰，你如不說，我可要說出來了。我在少林寺旁隱伏多年，每晚入寺，甚麼事能逃得過我的眼去？你們在紫雲洞中相會，他叫喬婆婆來給你接生，種種事情，要我一五一十的當衆說出來麼？」

葉二娘轉過身來，向蕭遠山奔近幾步，跪倒在地，說道：「蕭老英雄，請你大仁大義，高抬貴手，放過了他。我孩兒和你公子有八拜之交，結爲金蘭兄弟，他……他……他在武林中這麼大的名聲，這般的身分地位……年紀又這麼大了，你要打要殺，請你只對付我一個人，可別……可別去爲難他。」

羣雄先聽蕭遠山說道虛竹之父乃是個「有道高僧」，此刻又聽葉二娘說他武林中聲譽甚隆，地位甚高，幾件事一湊合，難道此人竟是少林寺中一位輩份甚高的僧人？各人眼光不免便向少林寺一干白鬚飄飄的老僧射了過去。

忽聽得玄慈方丈說道：「善哉，善哉！既造業因，便有業果。虛竹，你過來！」虛竹走到方丈身前屈膝跪下。玄慈向他端相良久，伸手輕輕撫摸他頭頂，臉上充滿溫柔慈愛，說道：「你在寺中二十四年，我竟始終不知你便是我的兒子！」

此言一出，羣僧和衆豪傑齊聲大譁。各人面上神色之詫異、驚駭、鄙視、憤怒、恐懼、憐憫，形形色色，實難形容。玄慈方丈德高望重，武林中人無不欽仰，誰能想到他竟會做出這等事來？過了好半天，紛擾聲才漸漸停歇。

玄慈緩緩說話，聲音仍安詳鎭靜，一如平時：「蕭老施主，你和令郎分離三十餘年，不得相見，卻早知他武功精進，聲名鵲起，是一等一的英雄好漢，心下自必安慰。我和我兒日日相見，卻只道他爲強梁擄去，生死不知，反而日夜爲此懸心。」

葉二娘哭道：「你……你不用說出來，那……那便如何是好？可怎麼辦？」玄慈溫言道：「二娘，既已作下了惡業，反悔固然無用，隱瞞也是無用。這些年來，可苦了你啦！」葉二娘哭道：「我不苦！你有苦說不出，那才是眞苦。」

玄慈緩緩搖頭，向蕭遠山道：「蕭老施主，雁門關外一役，老衲鑄成大錯。衆家兄弟為老衲包涵此事，又一一送命。老衲曾束手坦胸，自行就死，想讓令郎殺了我為母親報仇，但令郎心地仁善，不殺老衲，讓老衲活到今日。老衲今日再死，實在已經晚了。」忽然提高聲音，說道：「慕容博慕容老施主，當日你假傳音訊，說道契丹武士要大舉來少林寺奪取武學典籍，以致釀成種種大錯，你可也曾有絲毫內咎於心嗎？」

衆人突然聽到他說出「慕容博」三字，又都一驚。羣雄大都知道慕容公子的父親單名一個「博」字，又知此人逝世已久，怎麼玄慈會突然叫出這個名字？難道假報音訊的便是慕容博？各人順著他眼光瞧去，但見他雙目所注，卻是坐在大樹底下的灰衣僧。

那灰衣僧一聲長笑，站起身來，說道：「方丈大師，你眼光好厲害，居然將我認了出來。」伸手扯下面幕，露出一張神清目秀、白眉長垂的面容。

慕容復驚喜交集，叫道：「爹爹，你……你沒有……沒有死？」隨即心頭湧起無數疑竇：爹爹為甚麼要裝假死？為甚麼連親生兒子也要瞞過？

玄慈道：「慕容老施主，我和你多年交好，素來敬重你的為人。那日你向我告知此事，老衲自是深信不疑。其後誤傷了好人，老衲可再也見你不到了。後來聽到你因病去世了，老衲好生痛悼，一直只道你當時和老衲一般，也是誤信人言，釀成無意的錯失，心中內疚，以致英年早逝，那知道……唉！」他這一聲長嘆，實包含了無窮的悔恨和責備。

蕭遠山和蕭峯對望一眼，直到此刻，他父子方知這個假傳音訊、挑撥生禍之人竟是慕容博。蕭峯心想：「當年雁門關外的慘事，雖是玄慈方丈帶頭所爲，但他是少林寺方丈，關心大宋江山和本寺典籍，傾力以赴，原爲義不容辭。其後發覺錯失，便盡力補過。眞正的大惡人，實爲慕容博而不是玄慈。」

慕容復聽了玄慈這番話，立即明白：「爹爹假傳訊息，是要挑起宋遼武人的大鬥，以至宋遼兩國間的大戰，我大燕便可從中取利。事後玄慈不免要向我爹爹質問。我爹爹自也無可辯解，以他大英雄、大豪傑的身分，又不能直認其事，毀卻一世英名。他料到玄慈方丈的性格，只須自己一死，玄慈便不會吐露眞相，損及他死後的名聲。」隨即又想：「我爹爹既死，慕容氏聲名無恙，我仍可繼續興復大業。否則的話，中原英豪羣起與慕容氏爲敵，自存已然爲難，遑論糾衆復國？因此，當年他非假死不可。想來爹爹怕我年輕氣盛，難免露出馬腳，索性連我也瞞過了。除了媽媽之外，恐怕連鄧大哥他們也均不知。」

玄慈緩緩的道：「慕容老施主，老衲今日聽到你對令郎勸導的言語，才知你姑蘇慕容氏竟是帝王之裔，所謀者大。那麼你假傳音訊的用意，也就明白不過了。只是你所圖謀的大事，卻也終究難成，那不是枉自害死了這許多無辜的性命麼？」

慕容博冷冷的道：「謀事在人，成事在天！」

玄慈臉有悲憫之色，說道：「我玄悲師弟曾奉我之命，到姑蘇來向你請問此事，想來他言語之中得罪了你。他又在貴府見到了若干蛛絲馬跡，猜到了你造反的意圖，因此你要殺他滅口。」慕容博嘿嘿一笑，並不答話。

玄慈續道：「但你殺柯百歲柯施主，卻不知又為了甚麼？」

慕容博陰惻惻的一笑，說道：「老方丈精明無比，足不出山門，江湖上諸般情事卻瞭如指掌，令人好生欽佩。這件事倒要請你猜上一……」話未說完，突然兩人齊聲怒吼，向他急撲過去，正是金算盤崔百泉和他的師姪過彥之。慕容博袍袖一拂，崔過兩人摔出數丈，躺在地下動彈不得，在這霎眼之間，竟已分別中了他的「袖中指」。

玄慈道：「那柯施主家財豪富，行事向來小心謹慎。嗯，你招兵買馬，積財貯糧，看中了柯施主的家產，想將他收為己用，要他接奉慕容家的『燕』字令旗。柯施主不允，說不定還想稟報官府。」

慕容博哈哈大笑，大拇指一豎，說道：「老方丈了不起，了不起！只可惜你明察秋毫之末，卻不見輿薪。在下與這位蕭兄躲在貴寺旁這麼多年，你竟一無所知。」

玄慈緩緩搖頭，嘆了口氣，說道：「明白別人容易，明白自己甚難。克敵不易，克服自己心中貪嗔痴三毒大敵，更加艱難無比。」

慕容博道：「老方丈，念在昔日你我相交多年的故人之誼，我一切直言相告。你還有甚麼事要問我？」

玄慈道：「丐幫馬大元副幫主、馬夫人、徐沖霄長老、白世鏡長老四位，不知是慕容老施主殺的呢，還是蕭老施主下的手？」

蕭峯道：「馬大元是他妻子和白世鏡合謀所害死，徐長老也是他二人合謀害死，白世鏡是丐幫自己人清理門戶所殺，馬夫人也在丐幫清理門戶時去世。其間過節，大理段王爺與丐幫諸長老親眼目睹、親耳所聞。方丈欲知詳情，待會請問段王爺和丐幫眾位長老便是。」

蕭遠山踏上兩步，指著慕容博喝道：「慕容老賊，你這罪魁禍首，當年我和你三次對掌，深悔不知你本來面目，沒下重手殺了你。上來領死罷！」

慕容博一聲長笑，縱身而起，疾向山上竄去。蕭遠山和蕭峯齊喝：「追！」分從左右追上山去。這三人都是登峯造極的武功，晃眼之間，便已去得老遠。慕容復叫道：「爹爹，爹爹！」跟著也追上山。他輕功也甚了得，但比之前面三人，卻顯得不如了。但見慕容博、蕭遠山、蕭峯一前二後，三人竟向少林寺奔去。一條灰影，兩條黑影，霎時間都隱沒在少林寺的黃牆碧瓦之間。

羣雄都大爲詫異，均想：「慕容博和蕭遠山的武功顯然難分上下，兩人都再加上個兒子，慕容氏便決非敵手。怎麼慕容博不向山下逃竄，反而進了少林寺？」

鄧百川、公冶乾、包不同、風波惡，以及一十八名契丹武士，都想上山分別相助主人，剛一移動腳步，只聽得玄寂喝道：「結陣攔住！」百餘名少林僧齊聲應諾，一列列排在當路，或橫禪杖，或挺戒刀，不令衆人上前。玄寂厲聲說道：「我少林寺乃佛門善地，非私相毆鬥之場，衆位施主，請勿擅進。」

鄧百川等見了少林僧這等聲勢，已知無論如何闖不過去，雖然心懸主人，也只得停步。包不同道：「不錯，不錯!少林寺乃佛門善地……」他向來出口便「非也，非也！」這次居然改成「不錯，不錯！」識得他的人都覺詫異，卻聽他接下去說道：「……乃專養私生子的善地。」

他此言一出，數百道憤怒的目光都向他射了過來。包不同膽大包天，明知少林羣僧中高手極多，不論那一個玄字輩的高僧，自己都不是敵手，但他要說便說，素來沒甚麼忌憚。數百名少林僧對他怒目而視，他便也怒目反視，眼睛眨也不眨。

玄慈朗聲說道：「老衲犯了佛門大戒，有玷少林清譽。玄寂師弟，依本寺戒律，該當如何懲處？」玄寂道：「這個……師兄……」玄慈道：「國有國法，家有家規。自來任何門派幫會、宗族寺院，都難免有不肖弟子。清名令譽之保全，不在求永遠無人犯規，在求事事按律懲處，不稍假借。執法僧，杖責虛竹一百三十棍，一百棍罰他自己過犯，三十棍乃他甘願代業師慧輪所受。」

執法僧眼望玄寂。玄寂點了點頭。虛竹已跪下受杖。執法僧當即舉起刑杖，一棍棍的向虛竹背上、臀上打去，只打得他皮開肉綻，鮮血四濺。葉二娘心下痛惜，但她素懼玄慈威嚴，不敢代爲求情。

好容易一百三十棍打完，虛竹不運內力抗禦，已痛得沒法站立。玄慈道：「自此刻起，你破門還俗，不再是少林寺的僧侶了。」虛竹垂淚道：「是！」

玄慈又道：「玄慈犯了淫戒，與虛竹同罪，身爲方丈，罪刑加倍。剛才包施主即便不說，少林寺戒律也決不輕饒。執法僧，重重責打玄慈二百棍。少林寺清譽攸關，不得循私舞弊。」說著跪伏在地，遙遙對著少林寺大雄寶殿的佛像，自行捋起了僧袍，露出背脊。

羣雄面面相覷，少林寺方丈當衆受刑，那當眞是駭人聽聞、大違物情之事。

玄寂道：「師兄，你……」玄慈厲聲道：「我少林寺數百年清譽，豈可壞於我手？」

玄寂含淚道：「是！執法僧，用刑。」

兩名執法僧合什躬身，道：「方丈，得罪了。」隨即站直身子，舉起刑杖，向玄慈背上擊了下去。二僧知道方丈受刑，最難受的還是當衆受辱，不在皮肉之苦，倘若手下容情，給旁人瞧了出來，落下話柄，那麼方丈這番受辱反成爲毫無結果了，是以一棍棍打將下去，啪啪有聲，片刻間便將玄慈背上、股上打得滿是杖痕，血濺僧袍。羣僧聽得執法僧「一五，一十」的呼著杖責之數，都垂頭低眉，默默唸佛。

普渡寺道淸大師突然說道：「玄寂師兄，貴寺尊重佛門戒律，方丈一體受刑，貧僧好生欽佩。只是玄慈師兄年紀老邁，他又不肯運功護身，這二百棍卻經受不起。貧僧冒昧，且說個情，現下已打了八十杖，餘下之數，暫且記下，日後一併責打，不違貴寺戒律。」羣雄中許多人都叫了起來，道：「正是，正是，咱們也來討個情。」

玄寂尚未回答，玄慈朗聲說道：「多謝衆位盛意，只是戒律如山，不可寬縱。執法僧，快快用杖。」兩名執法僧本已暫停施刑，聽方丈語意堅決，只得又一五、一十的打將下去。堪堪又打了四十餘杖，玄慈支持不住，撐在地下的雙手一軟，臉孔觸到塵土。

葉二娘哭叫：「此事須怪不得方丈，都是我不好！是我爹爹生了重病，方丈大師前來爲他醫治，救了我爹爹的命。我對方丈既感激，又仰慕，貧家女子無以爲報，便以身子相許。那全是我年輕胡塗，無知無識，不知道不該，是我的罪過。這……這……餘下的棍子，由我來受罷！」一面哭叫，一面奔上前去，要伏在玄慈身上，代他受杖。

玄慈左手一指點出，嗤的一聲輕響，封住了她穴道，微笑道：「痴人，你又非佛門女尼，勘不破愛慾，何罪之有？」葉二娘呆在當地，動彈不得，淚水簌簌而下。

玄慈喝道：「行杖！」好容易二百下法杖打完，鮮血流得滿地，玄慈勉強提一口眞氣護心，以免痛得昏暈過去。兩名執法僧將刑杖一豎，向玄寂道：「稟報首座，玄慈方丈受杖完畢。」玄寂點了點頭，不知說甚麼才好。

玄慈掙扎著站起身來，說道：「玄慈違犯佛門大戒，不能再爲少林寺方丈，自今日起，方丈之職傳於本寺戒律院首座玄寂。」玄寂上前躬身合什，流淚說道：「領法旨。」

玄慈向葉二娘虛點一指，想解開她穴道，不料重傷之餘，眞氣難以凝聚，這一指竟不生效。虛竹見狀，忙即給母親解開了穴道。玄慈向二人招了招手，葉二娘和虛竹走到他身邊。虛竹心下躊躇，不知該叫「爹爹」，還是該叫「方丈」。

玄慈伸出手去，右手抓住葉二娘手腕，左手抓住虛竹，說道：「過去二十餘年來，我日日夜夜記掛著你母子二人，自知身犯大戒，卻又不敢向僧衆懺悔，今日卻能一舉解脫，從此更無掛罣恐懼，心得安樂。」說偈道：「人生於世，有欲有愛，煩惱多苦，解脫爲樂！」說罷慢慢閉上了雙眼，臉露詳和微笑。

葉二娘和虛竹都不敢動，不知他還有甚麼話說，卻覺得他手掌越來越冷。葉二娘大吃一驚，伸手探他鼻息，竟已氣絕而死，變色叫道：「你……你……怎麼捨我而去了？」突然一躍丈餘，從半空中摔將下來，砰的一聲，掉在玄慈腳邊，身子扭了幾下，便即不動。

虛竹叫道：「娘，娘！你……你……不可……」伸手扶起母親，只見一柄匕首插在她心口，只露出個刀柄，眼見是不活了。虛竹忙點她傷口四周穴道，又以眞氣運到玄慈體內，手忙腳亂，欲待同時救活兩人。薛慕華奔將過來相助，但見二人心停氣絕，已沒法可救，勸道：「師叔節哀。兩位老人家是不能救的了。」

虛竹卻不死心，運了好半晌北冥眞氣，父母兩人卻那裏有半點動靜？虛竹悲從中來，忍不住放聲大哭。二十四年來，他一直以爲自己是個無父無母的孤兒，從未領略過半分天倫之樂，今日剛找到生父生母，但不到一個時辰，便即雙雙慘亡。

羣雄初聞虛竹之父竟是少林寺方丈玄慈，人人均覺他不守清規，大有鄙夷之意，待見他坦然當衆受刑，以維少林寺清譽，這等大勇實非常人所能，都想他受此重刑，也可抵償一時失足了。萬不料他受完杖刑、傳承方丈職位之後，隨即自絕經脈。本來一死之後，一了百了，他既早萌死志，身犯淫戒之事不必吐露，這二百杖之辱亦可免去，但他不隱己過，定要先行忍辱受杖，以維護少林寺清譽，然後再死，實是英雄好漢的行逕。羣雄心敬他的爲人，不少人走到玄慈遺體之前，躬身下拜。

南海鱷神道：「二姊，你人也死了，岳老三不跟你爭這排名啦，你算老二便了。」走過來向葉二娘的遺體叩頭。這些年來，他說甚麼也要和葉二娘一爭雄長，想在武功上勝過她而居「天下第二惡人」之位，此刻竟肯退讓，實是大大不易，只因他既傷痛葉二娘之死，又敬佩她的義烈。

注：佛教戒律，歷代變遷不一。佛陀在世之時，印度僧衆曾爲戒律爭執，有僧侶指責一盲僧行路，踏死蟲蟻爲犯殺生戒，佛陀解釋：犯戒與否，當視本人心中動機（釋迦牟尼教人，強調萬事由心），盲僧踏死蟲蟻全屬無意，非有意殺生，因此並不犯戒。（詳細辯論經過，在金庸譯注之《法句經》中有記載，該書尚未出版）古佛教敘述種種因緣，常以動機（用心）爲出發點。佛陀入滅後，佛教分爲各部派，「說一切有部」爲其中大派，有本派之戒律，但未爲各部派共同認可遵行。各部派數次盛大結集，欲統一經傳及戒律，均未得成功，蓋戒律涉及日常生活，常因地理、氣候、生活習慣而異。傳入中國之印度古佛教戒律，主要者有《四分律》及《十誦律》，主要規定並不盡同，內容也極繁複，有一千戒、三千戒、二萬一千戒，以至八萬四千戒之別，因內容繁多，僧人極易犯戒，於是又有開、遮、持、犯四種不同情況，有的戒是開放式的，並不是嚴格非守不可，有的則必須守持；有的戒犯了之後，向同侶懺悔一下，即算不犯。

戒，在梵文爲sila，規定佛教徒個人生活上的規範；律，梵文爲vinara，是僧團寺院的團體制度和規律，兩者不同。基本的戒是居士五戒，出家人有沙彌十戒，比較詳盡的，按照《四分律》，有比丘二百五十戒，比丘尼三百四十八戒。大乘佛教興起後，根據《梵網經》與《地持經》而有菩薩戒，又稱大乘戒。中國唐初高僧智首著《四分律疏》，根據中國國情而解釋印度佛教的戒律，他的弟子道宣創立律宗，稱爲南山宗，專講戒律，近代著名的佛教大師弘一法師便屬於南山律宗。（單就律宗而言，中國有南山、東塔、相部三宗，所傳戒律並不相同。）

佛教戒律內容複雜，印度各宗派向來爭議極多，歷代頗有變遷。最大的爭議之一是僧侶可不可以手觸金銀，稱爲「銀錢戒」，這在日常生活中是不易遵守的。印度、泰國等地僧侶靠人布施爲食，所以不禁葷食，又因在熱帶，食物易腐，所以嚴守「過午不食戒」，目前中國僧侶仍有頗多人持此戒，其實若非炎暑，在中國北方並無必要。印度僧戒中有不得觀聽音樂戲劇、不可睡高大床等等。曾有一位佛教領袖告知筆者，他某次赴外國參加國際佛教會議，有一外國僧人代表臨時退出，因會議在一大酒店中舉行，此僧人教派中有一戒律：「不得與婦女共宿於同一屋頂的一間屋宇之中」。此戒在古印度或有意義，今日現代化大酒店中必有女性旅客住宿，此僧人爲守戒律，只得退出會議。

西安的名勝有大雁塔，據說當年玄奘法師偕弟子在長安出行，見有一大雁墜地而死。衆弟子即生爭議，有人說此雁自死，食之不算殺生；有人認爲不可食葷，雁雖自死，亦不可食。後來於該地建塔，以記此事。

吉林一位物理學教授評論本小說，以爲中國僧徒頭燒香疤的戒律，始於元朝，北宋尚無此俗，因此葉二娘爲其子虛竹背股上燒香疤不合歷史。其實中國禪宗思想十分開通，有「遇佛殺佛，遇祖殺祖」之説，並非當眞殺佛殺祖師，而是破除心中「佛祖神聖不可侵犯」的僵化教條，所謂「訶佛罵祖」乃禪宗弟子傳統。禪宗導人開悟，著重打破頭腦中固有的邏輯思想，避免走進理性的死胡同，思想活潑，方能開悟。例如禪宗中有名的話頭：「張三喝酒李四醉」、「單掌拍手如何響？」又如「空手把鋤頭，步行騎水牛，人在橋上過，橋流水不流」等明明不合理的問題，教人參究而得悟道。以物理學來研究「六脈神劍」，自然立即發覺能量無導體（空氣不夠成爲導體），不能及物而作功。少林僧人北宋時不燒香疤，但葉二娘説：「老娘又不是少林寺和尚，老娘愛燒俺生的兒子屁股，你外人又管得著麼？」

苦行是初期佛教的傳統，佛陀在菩提樹下初修時，絕食四十日，幾乎死亡，由牧女飼以牛乳而得生，因此佛陀教導弟子不可苦行修持。佛陀大弟子迦葉尊者（中國禪宗尊之爲天竺初祖）卻號稱苦行第一。中國佛教徒也頗有以傷殘自身顯示尊佛之誠者，如刺血寫經、八指頭陀燃指供佛、信徒手臂刺肉掛石香爐等等，頭燒香疤主要是習俗，是苦行傳統的一種，與歷史性的戒律規定無關。少林寺是禪宗，禪宗求徹悟而不求死守戒律，但因係千年有名古剎，亦有傳統清規。

中國禪宗的生活規律，最著名的是百丈大師所訂，稱爲「百丈清規」，常爲後世中國禪宗僧侶所遵，其中如規定必須自耕自食等（中國佛教徒過去認爲農耕殺死土中蟲蟻，犯殺生戒，因此禁止農耕，其後取消此規）。少林寺爲禪宗，其清規戒律主要在於學武者不得欺壓良善等等。筆者曾爲少林寺書碑，該碑行開光儀式時，筆者曾受邀前往參加，得晤寺中高僧，蒙延王法師教導易筋、洗髓兩經（以素不習武，且生性疏懶，愧未常練），並向方丈永信大師請教少林戒律，得悉少林寺戒律現已頗合時代潮流，適合進修佛道及現代生活，亦有不少僧侶頭上不燒香疤。

即使作科學家，也當思想開放活潑，方有創造發明貢獻，否則僅爲傳授知識之教師而已。科學教師也當受尊敬，但層次稍低，非特有創造之大科學家也。任何學問均是如此。

那老僧在二人掌風推送之下，便如紙鳶般向前飄出數丈，雙手抓著兩具屍身，三個身子輕飄飄地，渾不似血肉之軀。

四三　王霸雄圖　血海深恨　盡歸塵土

丐幫羣丐一團高興的趕來少林寺，雄心勃勃，只盼憑著幫主深不可測的武功，奪得武林盟主之位，丐幫從此壓倒少林派，為中原武林的領袖。那知莊幫主拜丁春秋為師於前，為蕭峯踢斷雙腳於後，人人意興索然，面目無光，只有心中仍崇敬前幫主喬峯之人暗暗歡喜。

呂長老大聲道：「衆位兄弟，咱們還在這裏幹甚麼？難道想討殘羹冷飯不成？這就下山去罷！」羣丐轟然答應，紛紛轉身下山。

包不同突然大聲道：「且慢，且慢！包某有一言要告知丐幫。」陳長老當日在無錫曾與他及風波惡打過架，知道此人口中素來沒好話，右足在地下一頓，厲聲道：「姓包的，有話便說，有屁少放！」包不同伸手揑住了鼻子，叫道：「好臭，好臭。喂，會放臭屁的化子，你幫中可有一個名叫易大彪的老化子？」

陳長老聽他說到易大彪，登時便留上了神，問道：「有便怎樣？沒有又怎樣？」包不同道：「我是在跟一個會放屁的叫化子說話，你搭上口來，是不是自己承認放臭屁？」陳長老牽掛本幫大事，那耐煩跟他作這等無關宏旨的口舌之爭，說道：「我問你易大彪怎麼了？他是本幫的弟子，派到西夏公幹，閣下可有他的訊息麼？」包不同道：「我正要跟你說一件西夏國的大事，只不過易大彪卻早已見閻王去啦！」陳長老道：「此話當眞？請問西夏國有甚麼大事？」包不同道：「你罵我說話如同放屁，這回兒我可不想放屁了。」

陳長老只氣得白鬚飄動，但心想以大事爲重，哈哈一笑，說道：「適才說話得罪了閣下，老夫賠罪。」包不同道：「賠罪倒也不必，以後你多放屁，少說話，也就是了。」陳長老一怔，心道：「這是甚麼話？」眼下有求於他，不願無謂糾纏，微微一笑，並不再言。包不同忽然道：「好臭，好臭！你這人太不成話。」陳長老道：「甚麼不成話？」包不同道：「常言道：響屁不臭，臭屁不響。你不開口說話，無處出氣，自然須得另尋宣洩之處了。」陳長老心道：「此人當眞難纏。我只說了一句無禮之言，他便顛三倒四的沒了沒完。我只有不出聲才是上策，否則他始終言不及義，說不上正題。」當下又微微一笑，並不答話。

包不同搖頭道：「非也，非也！你跟我抬槓，那就錯之極矣！」陳長老微笑道：「在下口也沒開，怎麼與閣下抬槓？」包不同道：「你沒說話，只放臭屁，自然不用開口。」陳長老皺起眉頭，說道：「取笑了。」

包不同見他一味退讓，自己已佔足了上風，便道：「你既開口說話，那便不是和我抬槓了。我跟你說了罷。半個月之前，我隨著咱們公子、鄧大哥、公冶二哥等一行人，在甘涼道上的一座樹林之中，見到一羣叫化子，一個個屍橫就地，有的身首異處，有的腹破腸流，可憐啊可憐！這些人背上都負了布袋，或三隻，或四隻，或五隻焉，或六隻焉！」陳長老道：「想必都是敝幫的兄弟了？」包不同道：「我見到這羣老兄之時，他們都已死去多時，那時候啊，也不知喝了孟婆湯沒有，上了望鄉台沒有，也不知在十殿閻王的那一殿受審。他們既不能說話，我自也不便請教他們尊姓大名，仙鄉何處，何幫何派，因何而死。否則他們變成了鬼，也都會罵我一聲『有話便說，有屁少放！』豈不是冤哉枉也？」陳長老聽到涉及本幫兄弟多人的死訊，自是十分關心，既不能默不作聲，更不敢出言頂撞，只得道：「包兄說得是！」

包不同搖頭道：「非也，非也！姓包的最瞧不起隨聲附和之人，你口中說道『包兄說得是』，心裏卻在罵我『烏龜王八蛋』，這便叫做『腹誹』，此是星宿一派無恥之徒的行逕。至於男子漢大丈夫，是則是，非則非，旁人有旁人的見地，自己有自己的主張，

『自反而縮，雖千萬人，吾往矣！』特立獨行，矯矯不羣，這才是眞英雄！丐幫好漢，該當如是！」他又將陳長老教訓了一頓，這才說道：「其中卻有一位老兄受傷未死，那時雖然未死，卻也去死不遠了。我們設法給他治傷，卻無效驗。他自稱名叫易大彪，他從西夏國而來，揭了一張西夏國國王的榜文，事關重大，於是交了給我們，托我們交給貴幫長老。」

呂長老心想：「陳兄弟在言語中已得罪了此人，還是由我出面較好。」上前深深一揖，說道：「包先生仗義傳訊，敝幫上下，均感大德。」包不同道：「非也，非也！未必貴幫上下，都感我的大德。」呂長老一怔，道：「包先生此話從何說起？」包不同指著游坦之道：「貴幫幫主就非但不承我情，心中反而將我恨到了極處！」呂陳二長老齊聲道：「那是甚麼緣故？要請包先生指教。」

包不同道：「那易大彪臨死之前說道，他們這夥人，都是貴幫莊幫主派人害死的，只因他們不服這個姓莊的小子做幫主，因此這小子派人追殺，唉，可憐啊可憐。易大彪請我們傳言，要吳長老和各位長老，千萬小心提防。」

包不同一出此言，羣丐登時聳動。吳長老快步走到游坦之身前，厲聲喝問：「此話是眞是假？」

游坦之自給蕭峯踢斷雙腿，一直坐在地下，不言不動，潛運內力止痛，突然聽包不同揭露當時秘密，不由得甚是惶恐，又聽吳長老厲聲質問，叫道：「是全……全冠清叫我下的號令，這不……不關我事。」

呂長老不願當著羣雄面前自暴本幫之醜，狠狠向全冠清瞪了一瞪，心道：「幫內的帳，慢慢再算不遲。」向包不同道：「易大彪兄弟交付先生的榜文，不知先生是否帶在身邊。」包不同搖頭道：「沒有！」呂長老臉色微變，心想你說了半天，仍不肯將榜文交出，豈不是找人消遣？

包不同深深一揖，說道：「易大彪那番要緊說話，在下不負所託，已帶到了。性命要緊，請各位小心提防。咱們後會有期。」說著轉身走開。

吳長老急道：「那張西夏國的榜文，閣下如何不肯轉交？」包不同道：「這可奇了！你怎知易大彪是將榜文交在我手中？何以竟用『轉交』二字？難道你當日是親眼瞧見麼？」

呂長老強忍怒氣，說道：「包兄適才明明言道，敝幫的易大彪兄弟從西夏國而來，揭了一張西夏國國王的榜文，請包兄交給敝幫長老。這番話此間許多英雄好漢人人聽見，包兄怎地忽然又轉了口？」

包不同搖頭道：「非也，非也！我沒這樣說過。」他見呂長老臉上色變，又道：「素聞丐幫諸位長老都是鐵錚錚的好漢子，怎地竟敢在天下英豪之前顛倒黑白、混淆是非，那豈不是將諸位長老的一世英名付諸流水麼？」

呂宋陳吳四長老互相瞧了一眼，臉色都十分難看，一時打不定主意，立時便跟他翻臉動手呢，還是再忍一時。陳長老道：「閣下既要這麼說，咱們也沒法可施，好在是非自有公論，單憑口舌之利而強辭奪理，終究無用。」包不同道：「非也，非也！你說單憑口舌之利，終究無用，怎麼當年蘇秦憑一張利嘴而佩六國相印？怎地張儀以三寸不爛之舌，施連橫之計，終於助秦併吞六國？」呂長老聽他越扯越遠，只有苦笑，說道：「包先生倘若生於戰國之際，早已超越蘇張，身佩七國、八國的相印了。」

包不同道：「你這是譏諷我生不逢辰、命運太糟麼？好，姓包的今後若有三長兩短，頭痛發燒、腰酸足痳、噴嚏咳嗽，一切惟你是問。」

陳長老怫然道：「包兄到底意欲如何，便請爽爽快快的示下。」包不同道：「嗯，你倒性急得很。陳長老，那日在無錫杏子林裏，你跟我風四弟較量武藝，你手中提一隻大布袋，大布袋裏有隻大蝎子，大蝎子尾巴上有根大毒刺，大毒刺刺在人身上會起一個大毒泡，大毒泡會送了對方的小性命，是也不是？」陳長老心道：「明明一句話便可說清楚了，他偏偏要甚麼大、甚麼小的囉裏囉唆一大套。」便道：「正是。」

包不同道：「很好，我跟你打個賭，你贏了，我立刻將易老化子從西夏國帶來的訊息告知於你。若是我贏，你便將那隻大布袋、大布袋中的大蝎子，以及裝那消解蝎毒之藥的小瓶子，一古腦兒的輸了給我。你賭不賭？」陳長老道：「包兄要賭甚麼？」包不同道：「貴幫宋長老向我栽贓誣陷，硬指我曾說甚麼貴幫的易大彪揭了西夏國王的榜文，請我轉交給貴幫長老。其實我的的確確沒說過，咱二人便來賭一賭。倘若我確是說過的，那是你贏了。倘若我當眞沒說過，那麼是我贏了。」

陳長老向呂宋吳三長老瞧了一眼，三人點了點頭，意思是說：「這裏數千人都是見證，不論憑他如何狡辯，終究是難以抵賴。跟他賭了！」陳長老道：「好，在下跟包兄賭了！但不知包兄如何證明誰輸誰贏？是否要推舉幾位德高望重的公證人出來，秉公判斷？」

包不同搖頭道：「非也，非也！你說要推舉幾位德高望重的公證人出來秉公判斷，就算推舉十位八位罷，難道除了這十位八位之外，其餘千百位英雄好漢，就德不高、望不重了？既然德不高、望不重，那麼就是卑鄙下流的無名小卒了？如此侮慢當世英雄，你丐幫忒也無禮。」

陳長老道：「包兄取笑了，在下決無此意。然則以包兄所見，該當如何？」包不同道：「是非曲直，一言而決，待在下給你剖析剖析。拿來！」這「拿來」兩字一出口，便即伸出手去。陳長老道：「甚麼？」包不同道：「布袋、蝎子、解藥！」陳長老道：「包兄尚未證明，何以便算贏了？」包不同道：「只怕你輸了之後，抵賴不給。」陳長老哈哈一笑，道：「小小毒物，何足道哉？包兄既要，在下立即奉上，又何必賭甚麼輸贏？」說著除下背上一隻布袋，從懷中取出一個瓷瓶，遞將過去。

包不同老實不客氣的便接了過來，打開袋口，向裏一張，只見袋中竟有七八隻花斑大蝎，忙合上了袋口，說道：「現下我給你瞧一瞧證據，爲甚麼是我贏了，是你輸了。」一面說，一面解開長袍的衣帶，抖一抖衣袖，提一提袋角，倒出了身上各物，叫衆人看到他除了幾塊銀子、火刀、火石之外，更無別物。呂宋陳吳四長老兀自不明他其意何居，臉上神色茫然。包不同道：「二哥，你將榜文拿在手中，給他們瞧上一瞧。」

公冶乾一直掛念慕容博父子的安危，但眼見沒法闖過少林羣僧的羅漢大陣，也只有乾著急的份兒，當下取出榜文，提在手中。羣雄向榜文瞧去，但見一張大黃紙上蓋著硃砂大印，寫滿密密麻麻的外國文字，雖然難辨眞僞，看模樣似乎並非贋物。

包不同道：「我先前說，貴幫的易大彪將一張榜文交給了我們，請我們交給貴幫長老。是也不是？」呂宋陳吳四長老聽他忽又自承其事，喜道：「正是。」包不同道：「但呂長老卻硬指我曾說，貴幫的易大彪將一張榜文交給了我，請我交給貴幫長老。是不是？」四長老齊道：「是，那又有甚麼說錯了？」

包不同搖頭道：「錯矣，錯矣！錯之極矣，完全牛頭不對馬嘴矣！差之厘毫，謬以千里矣！我說的是『我們』，呂長老說的是『我』。夫『我們』者，我們姑蘇慕容氏這夥人也，其中有慕容公子，有鄧大哥、公冶二哥、風四弟，有包不同，還有一位王姑娘。至於『我』者，只是包不同孤家寡人、一條『非也非也』的光棍是也。衆位英雄瞧上一瞧，王姑娘花容月貌，是位嬌滴滴的大閨女，跟我醜不堪言的包不同包老三大不相同，豈能混爲一談？」

呂宋陳吳四長老面面相覷，萬不料他咬文嚼字，專從「我」與「我們」之間的差異上大做文章。

包不同又道：「這張榜文，是易大彪交在我公冶二哥手中的。我向貴幫報訊，是慕容公子定下的主意。我說『我們』，那是不錯的。若是說『我』，那可就與眞相不符了。在下不懂西夏文字，去接這張榜文來幹甚麼？在下在無錫城外曾栽在貴幫手中，吃過一個大大的敗仗，就算不來找貴幫報仇，這報訊卻總是不報的。總而言之，言而總之，接西夏榜文，向貴幫報訊，都是『我們』姑蘇慕容氏一夥人，卻不是『我』包不同獨個兒！」他轉頭向公冶乾道：「二哥，是他們輸了，將榜文收起來罷。」

宋長老心道：「你大兜圈子，說來說去，還是忘不了那日無錫城外一戰落敗的恥辱。」陳長老拱手道：「當日包兄赤手空拳，與敝幫宋長老一條六十斤重的鋼杖相鬥，包兄已大佔勝算。敝幫眼見不敵，結那『打……打……』那個陣法，還是奈何不了包兄。當時在做敝幫幫主的喬峯以生力軍上陣，想那喬峯武功了得，威震當世，與包兄酣鬥良久，這才勉強勝了包兄半招。當時包兄放言高歌，飄然而去，鬥是鬥得高明，去也去得瀟洒，敝幫上下事後說起，那一個不是津津樂道，心中欽佩？包兄怎地自謙如此，反說是敗在敝幫手中？決無此事，決無此事。那喬峯和敝幫早已沒有瓜葛，甚至可說已是咱們的公敵。」

他卻不知包不同東拉西扯，其志只在他最後一句話，既不是爲了當日無錫杏子林中一敗之辱，更不是爲了他那「有話便說，有屁少放」這八個字。包不同立即打蛇隨棍上，說道：「既然如此，再好也沒有了。就請陳長老率領貴幫兄弟，咱們同仇敵愾，去將喬峯那廝擒了下來。那時我們念在好朋友的份上，自會將榜文雙手奉上。老兄倘若不識榜文中希奇古怪的文字，我公冶二哥索性人情做到底，從頭至尾、源源本本的譯解明白，你道如何？」

陳長老瞧瞧呂宋吳三位長老，一時拿不定主意。忽聽得一人高聲叫道：「原當如此，更有何疑？」衆人齊向聲音來處瞧去，見說話之人是「十方秀才」全冠淸，他這時已升爲九袋長老，只聽他續道：「遼國乃我大宋死仇大敵。這蕭峯之父蕭遠山，自稱在少林寺潛居多年，盡得少林派武學秘籍。今日大夥兒若不齊心合力將他除去，他回到遼國之後，廣傳得自中土的上乘武功，契丹人如虎添翼，再來進攻大宋，咱們炎黃子孫個個要做亡國奴了。」

羣雄都覺這話甚是有理，但玄慈圓寂、莊聚賢腳斷，少林派和丐幫這中原武林兩大支柱，都變成了羣龍無首，無人主持大局。

全冠清道：「便請少林寺玄寂大師，與丐幫呂長老共同發號施令，大夥兒齊聽差遣。先殺了蕭遠山、蕭峯父子，除去我大宋的心腹大患。其餘善後事宜，不妨慢慢從長計議。」他見游坦之身敗名裂，自己在幫中失了大靠山，殺易大彪等人之事又已洩露，心下甚是惶懼，急欲另興風波，以爲卸罪脫身之計。

羣雄登時紛紛呼叫：「這話說得是，請玄寂大師、呂長老發令。」「此事關及天下安危，兩位前輩當仁不讓，義不容辭。」「咱們同遵號令，撲殺這兩名番狗！」霎時間千百人乒乒乓乓的拔出兵刃，更有人便要向一十八名契丹武士攻殺過去。

余婆叫道：「衆位契丹兄弟，請過來說話。」那十八名契丹武士不知余婆用意何居，卻不過去，各人挺刀在手，並肩而立，明知寡不敵衆，卻也要決一死戰。余婆叫道：「靈鷲八部，將這十八位朋友護住了。」八部諸女奔將前去，站在十八名契丹武士身前，諸洞主、島主翼衛在旁。星宿派門人急欲在新主人前立功，幫著搖旗吶喊，這一來聲勢倒也甚盛。

余婆躬身向虛竹道：「主人，這十八位武士乃主人義兄的下屬，若在主人眼前讓人亂刀分屍，大折靈鷲宮的威風。咱們暫且將他們看管，敬候主人發落。」

虛竹心傷父母之亡，也想不出甚麼主意，點了點頭，朗聲說道：「我靈鷲宮與少林派是友非敵，大夥不可傷了和氣，更不得鬥毆攻殺。」

玄寂見了靈鷲宮這等聲勢，情知大是勁敵，聽虛竹這麼說，便道：「這十八名契丹武士殺與不殺，無關大局，衝著虛竹先生的臉面，暫且擱下。虛竹先生，咱們擒殺蕭峯，你相助何方？」虛竹躊躇道：「少林派是我出身之地，蕭峯是我義兄，一者於我有恩，一者於我有義。我……我……我只好兩不相助。只不過……只不過……師叔祖，我勸你放我蕭大哥去罷，我勸他不來攻打大宋便是。」玄寂心道：「你枉自武功高強，又爲一派之主，說出話來卻似三歲小兒一般。」說道：「『師叔祖』三字，虛竹先生此後再也休提。」虛竹道：「是，是，我這可忘了。」

玄寂道：「靈鷲宮既然兩不相助，少林派與貴派那便是友非敵，雙方不得傷了和氣。」轉頭向丐幫呂長老道：「呂長老，咱們齊到敝寺去瞧瞧動靜如何？」呂長老點頭道：「甚好！丐幫衆兄弟，同赴少林寺去！」

當下少林僧領先，丐幫與中原羣雄齊聲發喊，衝向山上。

鄧百川喜道：「三弟，眞有你的，『有屁請放』這一番說辭，竟爲主公和公子拉到了這麼多得力幫手。」包不同道：「非也，非也！躭擱了這麼久，不知主公和公子是禍是福，勝負如何。」

王語嫣急道：「快走！別『非也非也』的了。」一面說，一面提步急奔，忽見段譽跟隨在旁，問道：「段公子，你又要助你義兄，跟我表哥爲難麼？」言辭中大有不滿之意。適才慕容復橫劍自盡，險些身亡，全係因敗在段譽和蕭峯二人手下、羞憤難當之故，王語嫣念及此事，對段譽大是恚怒。

段譽一怔，停了腳步。他自和王語嫣相識以來，對她千依百順，爲了她赴危蹈險，全不顧一己生死，可從未見過她對自己如此神氣不善，一時驚慌失措，心亂如麻，隔了半晌，才道：「我……我並不想跟慕容公子爲難。他要殺我，你說我該當任由他來殺麼？」抬起頭來時，只見身旁羣雄紛紛奔躍而過，王語嫣和鄧百川等衆人早已不知去向。

他又是一呆，心道：「王姑娘既已見疑，我又何必上去自討沒趣？」但轉念又想：「這千百人蜂擁而前，對蕭大哥羣相圍攻，他處境實在兇險無比。虛竹二哥已言明兩不相助，我若不竭力援手，金蘭結義之情何在？縱使王姑娘見怪，卻也顧不得了。」於是跟隨羣豪，奔上山去。

其時段正淳見到段延慶的目光正冷冷向自己射來，當即手握劍柄，運氣待敵。大理衆士也均全神戒備，於段譽匆匆走開，都未在意。

段譽到得少林寺前，逕自闖進山門。少林寺佔地甚廣，前殿後舍，也不知有幾千百間，但見一衆僧侶與中原羣豪在各處殿堂中轉來轉去，吆喝吶喊，找尋蕭遠山父子和慕容博父子的所在。更有不少人躍上屋頂，登高瞭望，四下裏擾攘紛紜，亂成一團。衆人穿房入舍，奔行來去，人人都在詢問：「在那裏？見到沒有？」少林寺莊嚴古刹，霎時間變作了亂墟鬧市一般。

段譽亂走了一陣，他有意避開人羣，竟愈走愈偏僻，來到寺旁一片樹林之中。只見一條青石小徑穿林而過，也不多想，便沿小徑向西北走去，轉了幾個彎，眼前突然開朗，只聽得水聲淙淙，山溪旁聳立著一座樓閣，樓頭一塊匾額，寫著「藏經閣」三字。段譽心道：「少林寺藏經閣名聞天下，卻原來建立此處。是了，這樓閣臨水而築，遠離其他房舍，那是唯恐寺中失火，毀了珍貴無比的經藏。」

段譽正想去找尋蕭峯，忽聽得一個蒼老的聲音從閣中高處傳了出來：「你見到他們向何方而去？」認得是玄寂的口音。另一人道：「我們四個守在這裏，那灰衣僧闖了進來，出手便點了我們的昏睡穴，師伯救醒我時，那灰衣僧已不知去向了。」另一個蒼老的聲音道：「此處窗房破損，想必是到了後山。」玄寂道：「不錯。」那老僧道：「但不知他們是否盜了閣中的經書？」玄寂道：「這二人在本寺左近潛伏多年，咱們上下僧衆混混噩噩，一無所覺，可算得無能。他們如要盜經，這些年來那一天不可盜，何必等到今日？」那老僧道：「師兄說得是。」二僧齊聲長嘆。

段譽心想他們在說少林寺的丟臉之事，不可偷聽，其實玄寂等僧說話聲甚低，只因段譽內力深厚，這才聽聞。段譽慢慢走開，尋思：「他們說蕭大哥到了後山，我這就去瞧瞧。」

少室後山地勢險峻，林密路陡，段譽走出數里，已不再聽到下面寺中的嘈雜之聲，空山寂寂，唯有樹間鳥雀鳴聲。山間林中陽光不到，頗有寒意。段譽心道：「蕭大哥父子一到此處，脫身就甚容易，羣雄難再圍攻。」欣慰之下，突然想到王語嫣怨怒的神色，心頭大震：「倘若大哥已將慕容公子打死了，那……那便如何是好？慕容公子若死，王姑娘傷心欲絕，一生都要鬱鬱寡歡了。」渾不去想慕容公子若死，自己娶得王姑娘的機會立時大增。

他迷迷惘惘的在樹林中信步慢行，一忽兒想到慕容復，一忽兒想到蕭大哥，一忽兒想到爹爹、媽媽和伯父，但想得最多的畢竟還是王語嫣，尤其是她適才那恚怒怨懟的神色。也不知胡思亂想了多少時候，忽聽得左首隨風飄來幾句誦經唸佛之聲：「即心即佛，即佛即心，心明識佛，識佛明心，離心非佛，離佛非心……」聲音祥和渾厚，卻是從來沒聽見過的。段譽心道：「原來此處有個和尙，不妨去問問他有沒見到蕭大哥。」當即循聲走去。

轉過一片竹林，忽見林間一塊草坪上聚集著不少人。一個身穿敝舊青袍的僧人背向坐在石上，誦經之聲便自他口出，他面前坐著多人，其中有蕭遠山、蕭峯父子，慕容博、慕容復父子，以及來自別寺的幾位高僧、少林寺好幾位玄字輩高僧，也都坐在地下，雙手合什、垂首低眉，恭恭敬敬的聽法。四五丈外站著一人，卻是吐蕃國師鳩摩智，臉露譏嘲之色，顯是心中不服。

段譽出身於佛國，自幼即隨高僧研習佛法，於佛經義理頗有會心，只大理國佛法一部分自南方傳來，屬於小乘部派佛法，另一部分大乘佛法則自吐蕃國傳來，屬於密宗，與少林寺的禪宗一派頗有不同，聽那老僧所說偈語，雖似淺顯，卻含至理，尋思：「瞧這位老僧的服色，乃是少林寺僧侶，且職司甚低，不過是燒茶掃地的雜役，怎地少林寺的高僧和蕭大哥他們都聽他講經說法？」

他慢慢繞過去，要瞧那老僧是何等容貌，究竟是何許人物。但要看到那僧人正面，須得走到蕭峯等人身後，他不敢驚動諸人，放輕腳步，遠遠兜了個圈子，斜身縮足，正要走近鳩摩智身畔時，突見鳩摩智轉過頭來，向他微微一笑。段譽也以笑容相報。

突然之間，一股凌厲之極的勁風當胸射來。段譽叫聲：「啊喲！」欲施六脈神劍抵禦，卻已不及，只覺胸口一痛，迷迷糊糊中聽到有人唸道：「阿彌陀佛！」便已人事不知了。

慕容博給玄慈揭破本來面目，又說穿當日假傳訊息、釀成雁門關禍變之人便即是他，情知不但蕭氏父子欲得己而甘心，且亦不容於中原豪雄，當即飛身向少林寺中奔去。少林寺房舍眾多，自己熟悉地形，不論在那裏一藏，蕭氏父子都不易找到。但蕭遠山與蕭峯二人對他恨之切骨，如影隨形般跟蹤而來。蕭遠山和他年紀相當，功力相若，慕容博既先奔了片刻，蕭遠山便難追及。蕭峯卻正當壯年，武功精力，俱在登峯造極之時，發力疾趕之下，當慕容博奔近少林寺山門口時，蕭峯於數丈外揮掌拍出，掌力已及後背。

慕容博回掌擋架，全身一震，手臂隱隱發麻，不禁大驚：「這契丹小狗功力如此厲害！」側身閃進山門。蕭峯那容他脫身，搶步急趕。但慕容博既入寺中，到處迴廊殿堂，蕭峯掌力雖強，卻已拍不到他。三人一前二後，片刻間便已奔入藏經閣中。

慕容博破窗而入，一出手便點了守閣四僧的昏睡穴，轉過身來，冷笑道：「蕭遠山，是你父子二人齊上呢，還是咱二老單打獨鬥，拚個死活？」蕭遠山攔住閣門，說道：「孩兒，你擋著窗口，別讓他走了。」蕭峯道：「是！」閃身窗邊，橫掌當胸，父子二人合圍，眼看慕容博再難脫身。蕭遠山道：「你我之間的深仇大怨，不死不解。當年三次較藝，我都適可而止，手下容情，今日識破了你本來面目，你又已武功大進，自是我父子聯手齊上，取你性命。」

慕容博哈哈一笑，正要回答，忽聽得樓梯上腳步聲響，走上一個人來，正是鳩摩智。他向慕容博合什一禮，說道：「慕容先生，昔年一別，嗣後便聞先生西去，小僧好生痛悼，原來先生隱居不出，另有深意，今日重會，眞乃喜煞小僧也。」慕容博抱拳還禮，笑道：「在下因家國之故，蝸伏假死，致勞大師掛念，實深慚愧。」鳩摩智道：「豈敢，豈敢。當日小僧與先生邂逅相逢，講武論劍，得蒙先生指點數日，生平疑義，一旦盡解，又承先生以少林寺七十二絕技要旨相贈，更銘感於心。」

慕容博笑道：「些許小事，何足掛齒？」向蕭氏父子道：「蕭老俠、蕭大俠，這位鳩摩智神僧，乃吐蕃國大輪明王，佛法淵深，武功更遠勝在下，可說當世罕有其比。」

蕭遠山和蕭峯對望了一眼，均想：「這番僧雖然未必能強於慕容博，但也必甚爲了得，他與慕容博淵源如此之深，自然要相助於他，此戰勝敗，倒是難說了。」

鳩摩智道：「慕容先生謬讚。當年小僧聽先生論及劍法，以大理國天龍寺『六脈神劍』爲天下諸劍第一，恨未得見，引爲平生憾事。小僧得悉先生噩耗，便前赴大理天龍寺，欲求六脈神劍劍譜，焚化於先生墓前，以報知己。不料天龍寺枯榮老僧奸詐狡獪，竟在緊急關頭以內力焚毀劍譜。小僧雖存季札掛劍之念，卻不克完願，抱憾良深。」

慕容博道：「大師只存此念，在下已不勝感激。何況段氏六脈神劍尙存人間，適才大理段公子與犬子相鬥，劍氣縱橫，天下第一劍之言，名不虛傳。」

便在此時，人影晃動，藏經閣中又多了一人，正是慕容復。他落後數步，到得寺中，便失了父親和蕭峯父子的蹤跡，待得尋到藏經閣中，反讓鳩摩智趕在頭裏。他剛好聽得父親說起段譽以六脈神劍勝過自己之事，不禁大感羞慚。

慕容博又道：「這裏蕭氏父子欲殺我而甘心，大師以為如何？」

鳩摩智道：「忝在多年知交，焉能袖手？」

蕭峯見慕容復趕到，變成對方三人而己方只有二人，慕容復雖然稍弱，卻也未可小覷，只怕非但殺慕容博不得，自己父子反要畢命於藏經閣中。但他膽氣豪勇，渾不以身處逆境為意，大聲喝道：「今日之事，不判生死，決不罷休。接招罷！」呼的一掌，便向慕容博急拍過去。慕容博左手疾拂，凝運功力，要將他掌力化去。喀喇喇一聲響，左首一座書架木片紛飛，斷成數截，架上經書塌將下來。蕭峯這一掌勁力雄渾，慕容博雖將之拂開，卻未得消解，不過將掌力轉移方位，擊上了書架。

慕容博微微一笑，說道：「南慕容，北喬峯！果然名下無虛！蕭兄，我有一言，你聽是不聽？」蕭遠山道：「任憑你如何花言巧語，休想叫我不報殺妻深仇。」慕容博道：「你要殺我報仇，以今日之勢，只怕未必能夠。我方三人，敵你父子二人，請問是誰多佔贏面？」蕭遠山道：「當然是你多佔贏面。大丈夫以寡敵衆，又何足懼？」慕容博道：「蕭氏父子英名蓋世，生平怕過誰來？可是懼雖不懼，今日要想殺我，卻也甚難。我跟你做一樁買賣，我讓你得遂報仇之願，但你父子卻須答允我一件事。」

蕭遠山、蕭峯均感詫異：「這老賊不知又生甚麼詭計？」

慕容博又道：「只須你父子允了此事，便可上前殺我報仇。在下束手待斃，決不抗拒，鳩摩師兄和復兒也不得出手救援。」他此言一出，蕭遠山父子固然大奇，鳩摩智和慕容復也是驚駭莫名。慕容復叫道：「爹爹，我衆彼寡……」鳩摩智也道：「慕容先生何出此言？小僧但教有一口氣在，決不容人伸一指加於先生。」慕容博道：「大師高義，在下交了這樣一位朋友，雖死何憾？蕭兄，在下有一事請教。當年我假傳訊息，致釀巨禍，蕭兄可知在下幹此無行敗德之事，其意何在？」

蕭遠山怒氣塡膺，戟指罵道：「你本是個卑鄙小人，爲非作歹，幸災樂禍，又何必有甚用意？」踏上一步，呼的一拳便擊了過去。

鳩摩智斜刺裏閃至，雙掌封擋，波的一聲響，拳風掌力相互激盪，沖將上去，屋頂灰塵沙沙而落。這一下掌拳相交，竟不分高下，兩人都暗自欽佩。

慕容博道：「蕭兄暫抑怒氣，且聽在下畢言。蕭兄一向遠在北國，咱二人素不相識，自無怨仇。至於少林寺玄慈方丈，在下更和他交好多年。我既竭力挑撥生事，要雙方鬥個兩敗俱傷，自當有重大原由。」

蕭遠山雙目中直欲噴出火來，喝道：「甚麼原由？你……你說，你說！」

慕容博道：「蕭兄，你是契丹人。鳩摩智明王是吐蕃國人。他們中土武人，都說你們是番邦夷狄，並非上國衣冠。令郎明明是丐幫幫主，才略武功，震鑠當世，眞乃丐幫中古今罕有的英雄豪傑。可是羣丐一知他是契丹異族，立刻翻臉不容情，非但不認他爲幫主，且人人欲殺之而甘心。蕭兄，你說此事是否公道？」

蕭遠山道：「宋遼世仇，兩國攻伐爭鬥，已歷一百餘年。邊疆之上，宋人遼人相見即殺，自來如此。丐幫中人既知我兒是契丹人，豈能奉仇爲主？此是事理之常，也沒甚麼不公道。」頓了一頓，又道：「玄慈方丈、汪劍通等殺我妻室、下屬，原非本意。但就算存心如此，那也是宋遼之爭，不足爲奇，只是你設計陷害，卻放你不過。」

慕容博道：「依蕭兄之見，兩國相爭，攻戰殺伐，只求破敵制勝，克成大功，是不是還須講究甚麼仁義道德？」蕭遠山道：「兵不厭詐，自來就是如此。你說這些不相干的言語作甚？」慕容博微微一笑，說道：「蕭兄，你道我慕容博是那一國人？」

蕭遠山微微一凜，道：「你姑蘇慕容氏，當然是南朝漢人，難道還是甚麼外國人？」玄慈方丈學識淵博，先前聽得慕容博勸阻慕容復自殺，從他幾句話之中，便猜知了他的出身來歷。蕭遠山不知往昔史事，便不明其中情由。

慕容博搖頭道：「蕭兄這一下可猜錯了。」轉頭向慕容復道：「孩兒，咱們是那一國人氏？」慕容復道：「咱們慕容氏乃鮮卑族人，昔年大燕國威震河朔，打下了錦繡江山，只可惜敵人兇險狠毒，顛覆我邦。」慕容博道：「爹爹給你取名，用了一個『復』字，那是何所含義？」慕容復道：「爹爹是命孩兒時時刻刻不可忘了列祖列宗的遺訓，須當興復大燕，奪還江山。」慕容博道：「你將大燕國的傳國玉璽，取出來給蕭老俠瞧瞧。」

慕容復道：「是！」解開負在背上的布包，取出一顆黑玉彫成的方印。玉印上端彫著一頭形態生動的豹子，慕容復翻過玉印，顯出印文。鳩摩智見印文彫著「大燕皇帝之寶」六個大字。蕭氏父子不識篆文，然見那玉璽彫琢精致，邊角上卻頗有破損，顯是頗歷年所，多經災難，雖不明眞僞，卻知大非尋常，更不是新製之物。

慕容博又道：「你將大燕皇帝世系譜表，取出請蕭老俠過目。」慕容復道：「是！」將玉璽收入包中，順手取出一個油布包來，打開油布，抖出一幅黃絹，雙手提起。

蕭遠山等見黃絹上以硃筆書寫兩種文字，右首的彎彎曲曲，衆皆不識，當是外國文字。左首則是漢字，最上端寫著：「太祖文明帝諱皝」，其下寫道：「烈祖景昭帝諱儁」，其下寫道：「幽帝諱暐」。另起一行寫道：「世祖武成帝諱垂」，其下寫道：「烈宗惠愍帝諱寶」，其下寫道：「開封公諱詳」、「趙王諱麟」。絹上其後又寫著「中宗昭武帝諱盛」、「昭文帝諱熙」等等字樣，皇帝的名諱，各有缺筆。至太上六年，南燕慕容超亡國後，以後的世系便都是庶民，不再是帝王公侯。年代久遠，子孫繁衍，蕭遠山、蕭峯、鳩摩智三人一時也無心詳覽。但見那世系表最後一人寫的是「慕容復」，其上則是「慕容博」。

鳩摩智道：「原來慕容先生乃大燕王孫，失敬，失敬！」

慕容博嘆道：「亡國遺民，得保首領，已是不幸中的大幸了。只是歷代祖宗遺訓，均以興復爲囑，慕容博無能，江湖上奔波半世，始終一無所成。蕭兄，我鮮卑慕容氏意圖光復故國，你道該是不該？」

蕭遠山道：「成則爲王，敗則爲寇。羣雄逐鹿中原，又有甚麼該與不該之可言？」

慕容博道：「照啊！蕭兄之言，大得我心。慕容氏若要興復大燕，須得有機可乘。想我慕容氏人丁單薄，勢力微弱，重建邦國，當眞談何容易？唯一的機緣是天下大亂，四處征戰不休。」

蕭遠山森然道：「你揑造音訊，挑撥是非，便在要使宋遼生釁，大戰一場？」

慕容博道：「正是，倘若宋遼間戰釁重開，大燕便能乘時而動。當年晉朝有八王之亂，司馬氏自相殘殺，我五胡方能割據中原之地。今日之勢，亦復如此。」鳩摩智點頭道：「不錯！倘若宋朝既有外患，又生內亂，不但慕容先生復國有望，我吐蕃國也能分一杯羹了。」

蕭遠山冷哼一聲，斜睨二人。

慕容博道：「令郎官居遼國南院大王，手握兵符，坐鎮南京，倘若揮軍南下，盡佔南朝黃河以北河山，建立赫赫功業，進則自立爲主，退亦長保富貴。那時順手將中原羣豪聚而殲之，如踏螻蟻，昔日爲丐幫斥逐的那口惡氣，豈非一旦而吐？」

蕭遠山道：「你想我兒爲你盡力，俾你得能混水摸魚，以遂興復燕國的野心？」

慕容博道：「不錯，其時我慕容氏建一枝義旗，兵發山東，爲大遼呼應，同時吐蕃、西夏、大理三國並起，咱五國瓜分了大宋，亦非難事。我燕國不敢取大遼一尺一寸土地，若得建國，盡當取之於南朝。此事於大遼大大有利，蕭兄何樂而不爲？」他說到這裏，突然間右手一翻，掌中已多了一柄晶光燦然的匕首，一揮手，將匕首揷入身旁几上，說道：「蕭兄父子只須依得在下倡議，便可立取在下性命，爲夫人報仇，在下決不抗拒。」嗤的一聲，扯開衣襟，露出胸口肌膚。

這番話實大出蕭氏父子意料之外，此人在大佔優勢的局面下，竟肯束手待斃，一時不知如何回答。

鳩摩智道：「慕容先生，常言道得好：非我族類，其心必異。更何況軍國大事，不厭機詐。倘若慕容先生甘心就死，蕭氏父子事後卻不依先生之言而行，先生這……這不是死得輕於鴻毛了麼？」

慕容博道：「蕭老俠隱居數十年，俠蹤少現人間。蕭大俠卻英名播於天下，一言九鼎，豈會反悔？蕭大俠爲了一個無親無故的少女，尚且肯干冒萬險，孤身而入聚賢莊求醫，怎能手刃老朽之後而自食諾言？在下籌算已久，這正是千載一時的良機。老朽風燭殘年，以一命而換萬世基業，這買賣如何不做？」他臉露微笑，凝視蕭峯，只盼他快些下手。

蕭遠山道：「我兒，此人之意，倒似不假，你瞧如何？」

蕭峯道：「不行！」突然拍出一掌，擊向木几，只聽得噼啪一聲響，木几碎成數塊，匕首隨而落地，凜然說道：「殺母大仇，豈可當作買賣交易？此仇能報便報，如不能報，則我父子畢命於此便了。這等骯髒買賣，豈是我蕭氏父子所屑爲？」

慕容博仰天大笑，朗聲道：「我素聞蕭峯蕭大俠才略蓋世，識見非凡，殊不知今日一見，竟是個不明大義、徒逞意氣的一勇之夫。嘿嘿，可笑啊可笑！」

蕭峯知他是以言語相激，冷冷的道：「蕭峯是英雄豪傑也罷，是凡夫俗子也罷，總不能中你圈套，作你手中的殺人之刀。」慕容博道：「食君之祿，忠君之事。你是大遼國大臣，卻只記得父母私仇，不思盡忠報國，如何對得起大遼？」

蕭峯踏上一步，昂然說道：「你可曾見過邊關之上、宋遼相互仇殺的慘狀？可曾見過宋人遼人妻離子散、家破人亡的情景？宋遼之間好容易罷兵數十年，倘若刀兵再起，契丹鐵騎侵入南朝，你可知將有多少宋人慘遭橫死？多少遼人死於非命？」他說到這裏，想起當日雁門關外宋兵和遼兵相互打草穀的殘酷情狀，越說越響，又道：「兵凶戰危，世間豈有必勝之事？大宋兵多財足，只須有一二名將，率兵奮戰，大遼、吐蕃聯手，未必便能取勝。咱們殺個血流成河、屍骨如山，卻讓你慕容氏來乘機興復燕國。我對大遼盡忠報國，旨在保土安民，而非為了一己的榮華富貴、報仇雪恨而殺人取地、建立功業。」

蕭遠山年輕之時，一心致力於宋遼休戰守盟，聽了兒子這番話，點頭連聲稱是。

忽聽得長窗外一個蒼老的聲音說道：「善哉，善哉！蕭居士宅心仁厚，這般以天下蒼生為念，當眞是菩薩心腸。」

五人一聽，都吃了一驚，怎地居然並不知覺窗外有人？而且聽此人的說話口氣，似乎在窗外已久。慕容復喝道：「是誰？」不等對方答話，砰的一掌拍出，兩扇長窗脫鈕飛出，落到了閣下。

只見窗外走廊之上，一個身穿青袍的枯瘦僧人拿著一把掃帚，正在弓身掃地。這僧人年紀不小，稀稀疏疏的幾根長鬚已然全白，行動遲緩，有氣沒力，不似身有武功的模樣。慕容復又問：「你躲在這裏有多久了？」

那老僧慢慢抬起頭來，說道：「施主問我躲在這裏……有……有多久了？」五人一齊凝視著他，只見他眼光茫然，全無精神，但說話聲音正便是適才稱讚蕭峯的口音。

慕容復道：「不錯，我問你躲在這裏，有多久了？」

那老僧屈指計算，過了好一會兒，搖了搖頭，臉上現出歉然之色，道：「我……我記不清楚了，不知是四十二年，還是四十三年。這位蕭老居士最初晚上來看經之時，我……我已來了十多年。後來……後來慕容老居士也來了。唉，你來我去，將閣中的經書翻得亂七八糟，也不知為了甚麼。」

蕭遠山大為驚訝，心想自己到少林寺來偷研武功，全寺僧人沒一個知悉，這老僧又怎會知道？多半他適才在寺外聽了自己的言語，便在此胡說八道，說道：「怎麼我從來沒見過你？」

那老僧道：「居士全副精神貫注在武學典籍之上，心無旁鶩，自然瞧不見老僧。記得居士第一晚來閣中借閱的，是一本《無相劫指譜》，唉！從那晚起，居士便入了魔道，可惜，可惜！」

蕭遠山這一驚當真非同小可，自己第一晚偷入藏經閣，找到一本《無相劫指譜》，知是少林派七十二絕技之一，當時喜不自勝，此事除自己之外，更無第二人知曉，難道這老僧當時確是在旁親眼目睹？一時之間只道：「你……你……你……」

老僧又道：「居士第二次來借閱的，是一本《善勇猛拳法》。當時老僧暗暗嘆息，知道居士由此入魔，愈陷愈深，心中不忍，在居士慣常取書之處，放了一部《法華經》、一部《雜阿含經》，只盼居士能借了去，研讀參悟。不料居士沉迷於武學，於正宗佛法卻置之不理，將這兩部經書撇在一旁，找到一册《伏魔杖法》，便歡喜鼓舞而去。唉，沉迷苦海，不知何日方得回頭？」

蕭遠山聽他隨口道來，將三十年前自己在藏經閣中夤夜的作爲說得絲毫不錯，漸漸由驚而懼，由懼而怖，背上冷汗一陣陣冒將上來，一顆心幾乎也停了跳動。

那老僧慢慢轉頭，向慕容博瞧去。慕容博見他目光呆滯，直如視而不見其物，卻又似自己內心所隱藏的秘密，每一件都給他淸淸楚楚的看透了，不由得心中發毛，周身大不自在。只聽那老僧嘆了口氣，說道：「慕容居士雖是鮮卑族人，但在江南僑居已有數代，老僧初料居士必已沾到南朝的文采風流，豈知居士來到藏經閣中，將我祖師的微言法語、歷代高僧的語錄心得，一概棄如敝屣，挑到一本《拈花指法》，卻即如獲至寶。昔人買櫝還珠，貽笑千載。兩位居士乃當世高人，卻也作此愚行。」

慕容博心下駭然，自己初入藏經閣，第一部看到的武功秘籍，確然便是《拈花指法》，但當時曾四周詳察，查明藏經閣裏外並無一人，怎麼這老僧直如親見？

只聽那老僧又道：「居士之心，比之蕭居士尤爲貪多務得。蕭居士所修習的，只是如何剋制少林派現有武功，慕容居士卻將本寺七十二絕技逐步囊括以去，盡數錄了副本。想來這些年之中，居士盡心竭力，意圖融會貫通這七十二絕技，說不定已傳授於令郎了。」

他說到這裏，眼光向慕容復轉去，只看了一眼，便搖了搖頭，跟著看到鳩摩智，這才點頭，道：「是了！令郎年紀尚輕，功力不足，無法研習少林七十二絕技，原來是傳之於一位吐蕃高僧。大輪明王，你錯了，全然錯了，你想貫通少林七十二絕技，卻又次序顛倒，大難已在旦夕之間。」

鳩摩智從未入過藏經閣，對那老僧絕無敬畏之意，冷冷的道：「甚麼次序顛倒，大難已在旦夕之間？大師之語，不太也危言聳聽麼？」

那老僧道：「不是危言聳聽。本派武功傳自達摩老祖。佛門子弟學武，乃在強身健體，護法伏魔。修習任何武功之時，務須心存慈悲仁善之念。倘若不以佛學為基，則練武之時，必定傷及自身。功夫練得越深，自身受傷越重。如所練的只不過是拳打腳踢、兵刃暗器的外門功夫，那也罷了，對自身危害甚微，只須身子強壯，儘自抵禦得住……」

忽聽得樓下說話聲響，跟著樓梯上托、托、托幾下輕點，七八個僧人縱身上閣。當先是少林派兩位玄字輩高僧玄因、玄生，跟著是神山、神音、道清、觀心等幾位外來高僧，其後又是玄字輩的玄垢、玄淨兩僧。眾僧見蕭遠山父子、慕容博父子、鳩摩智五人都在閣中，靜聽一個面目陌生的老僧說話，均感詫異。這些僧人均是大有修養的高明之士，當下也不上前打擾，站在一旁，且聽他說甚麼。

那老僧見衆僧上來，全不理會，繼續說道：「但如練的是本派上乘武功，例如拈花指、多羅葉指、般若掌之類，每日不以慈悲佛法調和化解，則戾氣深入臟腑，愈陷愈深，比之任何外毒都要厲害百倍。大輪明王原是我佛門弟子，精研佛法，記誦析理，當世無雙，但如不存慈悲布施、普渡衆生之念，雖然典籍淹通，妙辯無礙，終不能消解修習這些上乘武功時所鍾的戾氣。」

羣僧只聽得幾句，便覺這老僧所言大含精義，道前人之所未道，心下均有凜然之意。有幾人便合什讚嘆：「我佛慈悲，善哉，善哉！」

只聽他繼續說道：「我少林寺建剎數百年，古往今來，唯達摩祖師一人身兼諸門絕技，此後更無一位高僧能並通諸般武功，卻是何故？七十二絕技的典籍一向在此閣中，向來不禁門人弟子翻閱，明王可知其理安在？」

鳩摩智怫然道：「那是寶剎自己的事，外人如何得知？」

玄因、玄生、玄垢、玄淨均想：「這位老僧服色打扮，乃本寺操執雜役的服事僧，怎能有如此見識修爲？」服事僧雖是少林寺僧人，但只剃度而不拜師、不傳武功、不修禪定、不列「玄、慧、虛、空」的輩份排行，除誦經拜佛之外，只作些燒火、種田、洒掃、廚工、土木粗活。少林寺僧人衆多，玄因等都是寺中第一等高僧，不識此僧，倒也並不希奇，然聽他吐屬高雅，識見卓超，都不由得暗暗納罕。

那老僧續道：「本寺七十二項絕技，每一項功夫都能傷人要害、取人性命，凌厲狠辣，大干天和，是以每一項絕技，均須有相應的慈悲佛法為之化解。這道理本寺僧人卻也並非人人皆知，一人武功越練越高之後，禪理上的領悟，自然而然會受到障礙。在我少林派，便叫作『武學障』，與別宗別派的『知見障』道理相同。要知佛法在求渡世，武功在求殺生，兩者背道而馳，相互剋制。只有佛法越高，慈悲之念越盛，武功絕技方能練得越多，但修為上到了如此境界的高僧，卻又不屑去多學諸般厲害的殺人法門了。」

道清大師點頭道：「得聞老師父一番言語，小僧茅塞頓開。」那老僧合什道：「不敢，老衲說得不對之處，還望衆位指教。」羣僧一齊合掌道：「請師父更說佛法。」

鳩摩智尋思：「少林寺的七十二項絕技讓慕容先生盜了出來，洩之於外，少林寺羣僧心下不甘，卻又無可奈何，便派一個老僧在此裝神弄鬼，想騙得外人不敢練他門中的武功。嘿嘿，我鳩摩智那有這麼容易上當？」

那老僧又道：「本寺之中，自然也有人佛法修為不足，卻要強自多學上乘武功的，但練將下去，若非走火入魔，便是內傷難愈。本寺玄澄大師一身超凡絕俗的武學修為，先輩高僧均許為本寺二百年來武功第一。但他在一夜之間，突然筋脈俱斷，成為廢人，那便是為此了。」

玄因、玄生二人同時跪倒，說道：「大師，可有法子救得玄澄師兄一救？」那老僧搖頭道：「太遲了，不能救了。當年玄澄大師來藏經閣揀取武學典籍，老衲曾三次提醒於他，他始終執迷不悟。現下筋脈既斷，又如何能夠再續？其實，五蘊皆空，色身受傷，從此不能練武，他勤修佛法，由此而得開悟，實是因禍得福。兩位大師所見，卻又不及玄澄大師了。」玄因、玄生齊道：「是。多謝開示。」

忽聽得嗤、嗤、嗤三聲輕響，響聲過去更無異狀。玄因等均知這是本門「無相劫指」的功夫，齊向鳩摩智望去，只見他臉上已然變色，卻兀自強作微笑。

原來鳩摩智越聽越不服，心道：「你說少林派七十二項絕技不能遍學，我不是已經學會不少？怎麼又沒筋脈齊斷，成爲廢人？」雙手攏在衣袖之中，暗暗使出「無相劫指」，神不知、鬼不覺的向那老僧彈去。不料指力甫及那老僧身前三尺之處，便似遇上了一層柔軟之極、卻又堅硬之極的屏障，嗤嗤嗤幾聲響，指力便散得無形無蹤，卻也並不反彈而回。鳩摩智大吃一驚，心道：「這老僧果然有些鬼門道，並非大言唬人！」

那老僧恍如不知，只道：「兩位請起。老衲在少林寺供諸位大師差遣，兩位行此大禮，如何克當？」玄因、玄生只覺各有一股柔和的力道在手臂下輕輕一托，身不由主的便即站起，卻沒見那老僧伸手拂袖，都感驚異不止，心想這般潛運神功，心到力至，莫非這位老僧竟是菩薩化身，否則怎能有如此廣大神通、無邊佛法？

那老僧又道：「本寺七十二項絕技，均分『體』、『用』兩道，『體』爲內力本體，『用』爲運用法門。蕭居士和慕容居士本身原有上乘內功根柢，來本寺所習的，不過是七十二絕技的運用法門，雖有損害，卻一時不顯。大輪明王曾練過『逍遙派』的『小無相功』罷？」

鳩摩智又是一驚，自己偷學逍遙派「小無相功」，從無人知，怎麼這老僧卻瞧了出來？但隨即釋然：「虛竹適才跟我相鬥，使的便是小無相功。多半是虛竹跟他說的，何足爲奇？」便道：「『小無相功』雖源出道家，但近日佛門弟子習者亦多，演變之下，已集佛道兩家之所長。即是貴寺之中，亦不乏此道高手。」

那老僧微現驚異之色，說道：「少林寺中也有人會『小無相功』？老衲今日還是首次聽聞。」鳩摩智心道：「你裝神弄鬼，倒也似模似樣。」微微一笑，也不點破。那老僧續道：「小無相功精微淵深，可據以運使各家各派武功，以此爲根基，本寺的七十二絕技，倒也皆可運使，只不過細微曲折之處，不免有點似是而非罷了。」

玄生轉頭向鳩摩智道：「明王自稱兼通敝派七十二絕技，原來是如此兼通法。」語中帶刺。鳩摩智裝作沒聽見，不加置答。

那老僧又道：「明王若只修習少林派七十二項絕技的使用之法，其傷隱伏，雖有疾害，一時之間還不致危及本元。可是明王此刻『承泣穴』上色現朱紅，『聞香穴』上隱隱有紫氣透出，『頰車穴』筋脈震動，種種跡象，顯示明王在練了少林七十二項絕技之後，又欲融會貫通，將數項絕技併而為一……」他說到這裏，微微搖頭，眼光中大露悲憫惋惜之情。

鳩摩智學會少林派七十二絕技之後，覺得功法種類太多，不如將若干功法相近者合併，但併來併去，甚感心煩意躁，頭緒紛紜，難以捉摸，難道那老僧所說確非虛話，果然是「次序顛倒，大難已在旦夕之間」麼？轉念又想：「練功不成，因而走火入魔，原是常事，但我精通內外武學秘奧，豈是常人可比？這老僧大言炎炎，我若中了他的詭計，鳩摩智一生英名付諸流水了。」

那老僧見他臉上初現憂色，但隨即雙眉一挺，又是滿臉剛愎自負的模樣，顯然將自己的言語當作了耳畔東風，輕嘆了口氣，向蕭遠山道：「蕭居士，你近來小腹上『梁門』『太乙』兩穴，可覺到隱隱疼痛麼？」蕭遠山全身一凜，道：「神僧明見，正是這般。」那老僧又道：「你『關元穴』上的痲木不仁，近來卻又如何？」蕭遠山更是驚訝，顫聲道：「這痲木處十年前只小指頭般大一塊，現下……現下幾乎有茶杯口大了。」

蕭峯一聽，知父親三處要穴現出這般跡象，係強練少林絕技所致，從他話中聽來，這徵象已困擾他多年，始終無法驅除，成為一大隱憂，當即上前兩步，雙膝跪倒，向那老僧拜了下去，說道：「家父病根已深，還祈慈悲解救。」

那老僧合什還禮，說道：「施主請起。施主宅心仁善，以天下蒼生爲念，不肯以私仇而傷害宋遼軍民，如此大仁大義，不論有何吩咐，老衲無有不從。不必多禮。」蕭峯大喜，磕了兩個頭，這才站起。那老僧嘆了口氣，說道：「蕭老施主過去殺人甚多，頗傷無辜，像喬三槐夫婦、玄苦大師，實是不該殺的。」

蕭遠山是契丹英雄，年紀雖老，不減獷悍之氣，聽那老僧出言責備，朗聲道：「老夫自知受傷已深，但年過六旬，有子成人，縱然頃刻間便死，亦復何憾？神僧要老夫認錯悔過，卻萬萬不能。」那老僧搖頭道：「老衲不敢。認錯悔過，生自本人內心，方有意義，旁人強求，全無益處。老施主之傷，乃因強練少林派武功而起，欲覓化解之道，便須從佛法中去尋。」

他說到這裏，轉頭向慕容博道：「慕容老施主視死如歸，自不須老衲饒舌多言。但若老衲指點途徑，令老施主免除了陽白、廉泉、風府三處穴道上每日三次的萬針攢刺之苦，卻又如何？」

慕容博臉色大變，不由得全身微微顫動。他陽白、廉泉、風府三處穴道，每日清晨、正午、子夜三時，確如萬針攢刺，痛不可當，不論服食何種靈丹妙藥，都沒半點效驗。只要一運內功，那針刺之痛更深入骨髓。一日之中連死三次，那裏還有甚麼生人樂趣？這痛楚近年來更加厲害，他所以甘願一死，以交換蕭峯答允興兵攻宋，雖說是爲了興復燕國的大業，一小半也爲了身患這無名惡疾，實在難以忍耐。這時突然聽那老僧說出自己的病根，一驚非同小可。以他這等武功高深之士，即令耳邊平白響起一個霹靂，也絲毫不會吃驚。但那老僧平平淡淡的幾句話，卻令他心驚肉跳，惶恐無已。他身子抖得兩下，猛覺陽白、廉泉、風府三處穴道之中，那針刺般的劇痛突又發作。本來此刻並非作痛的時刻，可是心神震盪之下，其痛陡生，當下只得咬緊牙關強忍。

慕容復素知父親要強好勝的脾氣，寧可殺了他，也不能人前出醜受辱，他更不願如蕭峯一般，爲了父親而向那老僧跪拜懇求，向蕭峯父子一拱手，說道：「青山不改，綠水長流，今日暫且別過。兩位要找我父子報仇，我們在姑蘇燕子塢參合莊恭候大駕。」伸手攜住慕容博右手，道：「爹爹，咱們走罷！」

那老僧道：「你竟忍心如此，讓令尊受此徹骨奇痛的煎熬？」

慕容復臉色慘白，拉著慕容博之手，邁步便走。

蕭峯喝道：「你就想走？天下有這等便宜事？你父親身上有病，大丈夫不屑乘人之危，且放了他過去。你可沒病沒痛！」慕容復氣往上衝，喝道：「那我便接蕭兄的高招！」蕭峯更不打話，呼的一掌，一招降龍廿八掌中的「見龍在田」，向慕容復猛擊過去。他見藏經閣中地勢狹隘，高手羣集，不便久鬥，是以使上了十成力，要在數掌之間便取敵人性命。慕容復見他掌勢兇猛，運起平生之力，要以「斗轉星移」之技化解。

那老僧雙手合什，說道：「阿彌陀佛，佛門善地，兩位施主不可妄動無明。」他雙掌只這麼一合，便似有一股力道化成一堵無形高牆，擋在蕭峯和慕容復之間。蕭峯排山倒海的掌力撞在這堵牆上，登時無影無蹤，消於無形。

蕭峯心中一凜，他自藝成以來，武功上從未輸於何人，但眼前這老僧功力顯比自己強得太多，他既出手阻止，今日之仇是決不能報了。他想到父親的內傷，躬身道：「在下草野之輩，不知禮儀，冒犯了神僧，尚請恕罪。」

那老僧微笑道：「好說，好說。老僧對蕭施主好生相敬，唯大英雄能本色，蕭施主當之無愧。」蕭峯道：「家父所犯下的殺人罪孽，都係由在下身上引起，懇求神僧治了家父之傷，諸般罪責，都由在下領受，萬死不辭。」

那老僧微微一笑，說道：「老衲已經說過，要化解蕭老施主的內傷，須從佛法中尋求。佛由心生，佛即是覺。旁人只能指點，卻不能代勞。我問蕭老施主一句話：倘若你有治傷的能耐，那慕容老施主的內傷，你肯不肯爲他醫治？」

蕭遠山一怔，道：「我……我爲慕容老……老匹夫治傷？」慕容復喝道：「你嘴裏放乾淨些。」蕭遠山咬牙切齒的道：「慕容老匹夫殺我愛妻，毀了我一生，我恨不得千刀萬剮，將他斬成肉醬。」那老僧道：「你如不見慕容老施主死於非命，難消心頭之恨？」蕭遠山道：「正是。老夫三十年來，心頭日思夜想，便只這一樁血海深恨。」

那老僧點頭道：「那也容易。」緩步向前，伸出一掌，拍向慕容博頭頂。

慕容博初時見那老僧走近，也不在意，待見他伸掌拍向自己天靈蓋，左手忙上抬相格，又恐對方武功太過厲害，一抬手後，身子跟著向後飄出。他姑蘇慕容氏家傳武學，本已甚高，再鑽研少林寺七十二絕技後，更加如虎添翼，這一抬手，一飄身，看似平平無奇，其實守勢之嚴密飄逸，直可說至矣盡矣，蔑以加矣。閣中諸人均是武學高手，一見他使出這兩招來，都暗喝一聲采，即令蕭遠山父子，也不禁欽佩。

豈知那老僧一掌輕輕拍落，波的一聲響，正好擊在慕容博腦門正中的「百會穴」上。慕容博全身劇震，登時氣絕，向後便倒。

慕容復大驚，搶上扶住，叫道：「爹爹，爹爹！」但見父親嘴眼俱閉，鼻孔中已無出氣，忙伸手到他心口摸去，心跳亦已停止。慕容復悲怒交集，萬想不到這個滿口慈悲佛法的老僧竟斗然間下此毒手，叫道：「你……你……你這老賊禿！」將父親的屍身往柱上一靠，飛身縱起，雙掌齊出，向那老僧猛擊過去。

那老僧不聞不見，全不理睬。慕容復雙掌推到那老僧身前兩尺之處，突然間又如撞上了一堵無形氣牆，更似撞進了一張漁網之中，掌力雖猛，卻無可施力，給那氣牆反彈出來，撞在一座書架之上。本來他去勢既猛，反彈之力也必十分凌厲，但他掌力似爲那無形氣牆盡數化去，然後將他輕輕推開，是以他背脊撞上書架，書架固不倒塌，連架上堆滿的經書也沒落下一册。

慕容復甚是機警，雖傷痛父親之亡，但知那老僧武功高出自己何止十倍，縱使全力施爲，終究奈何他不得，當下倚在書架之上，假作喘息不止，心下暗自盤算，如何出其不意的再施偷襲。

那老僧轉向蕭遠山，淡淡的道：「蕭老施主要親眼見到慕容老施主死於非命，以平積年仇恨。現下慕容老施主是死了，蕭老施主這口氣可平了罷？」

蕭遠山見那老僧一掌擊死慕容博，本來也訝異無比，聽他這麼問，不禁心中一片茫然，張口結舌，說不出話來。

這三十年來，他處心積慮，便是要報這殺妻之仇、奪子之恨。他躲在少林寺附近刺探，先查知玄慈是帶頭害他妻子之人，卻不願暗中殺他，決意以毒辣手段公開報此血仇，其後探明玄慈方丈與葉二娘私通，生有一子，便從葉二娘手中奪得其子，令他二人同遭失子之痛。他將當年參與雁門關之役的中原豪傑一個個打死，連玄苦大師與喬三槐夫婦也死在他手中，更在天下英雄之前揭破玄慈與葉二娘的姦情，令他身敗名裂，這仇可算報得到家之至。適才陡然得知假傳音訊、釀成慘變的奸徒，便是那同在寺旁隱伏、與自己三次交手的慕容博，蕭遠山滿腔怒氣，便都傾注在這人身上，恨不得食其肉而寢其皮，抽其筋而炊其骨。那知平白無端的出來一個無名老僧，行若無事的一掌便將自己的大仇人打死了。他霎時之間，猶如身在雲端，飄飄蕩蕩，在這世間更無立足之地。

蕭遠山少年時豪氣干雲，學成一身出神入化的武功，只因恩師乃南朝漢人，在出任遼國屬珊大帳親軍總教頭後，便累向太后及遼帝進言，以宋遼固盟為務，消解了不少次宋遼大戰的禍殃。他與妻子自幼便青梅竹馬，兩相愛悅，成婚後不久誕下一個麟兒，更是襟懷爽朗，意氣風發。不料雁門關外奇變陡生，他墮谷不死之餘，整個人全然變了，甚麼功名事業、名位財寶，在他眼中皆如塵土，日思夜想，只是如何手刃仇人，以洩大恨。他本是個豪邁誠樸的塞外豪傑，心中一充滿仇恨，竟越來越乖戾。再在少林寺旁潛居數十年，晝伏夜出，勤練武功，一年之間難得與旁人說一兩句話，性情更是大變。

如今大仇得報，按理說該當十分快意，但內心卻說不出的寂寞淒涼，只覺在這世上再也沒甚麼事情可幹，活著也是白活。他斜眼向倚在柱上的慕容博瞧去，見他臉色平和，嘴角邊微帶笑容，倒似死去之後，比活著還更快樂。蕭遠山內心反隱隱有點羨慕他的福氣，但覺一了百了，人死之後，甚麼都一筆勾銷。頃刻之間，心下一片蕭索：「這個大仇人死了，我的仇已報了。我卻到那裏去？回大遼嗎？去幹甚麼？到雁門關外去隱居麼？去幹甚麼？帶了峯兒浪跡天涯、四處飄流麼？為了甚麼？」

那老僧道：「蕭老施主，你要去那裏，這就請便。」蕭遠山搖頭道：「我……我卻到那裏去？我無處可去。」那老僧道：「慕容老施主是我打死的，你未能親手報此大仇，是以心有餘憾，是不是？」蕭遠山道：「不是！就算你沒打死他，我也不想打死他了。」那老僧點頭道：「不錯！可是這位慕容少俠傷痛父親之死，卻要找老衲和你報仇，卻如何是好？」

蕭遠山心灰意懶，說道：「大和尚是代我出手的，慕容少俠要爲父報仇，儘管來殺我便是。」嘆了口氣，說道：「他來取了我的性命倒好。峯兒，你回大遼去罷。咱們的事都辦完啦，路已走到了盡頭。」蕭峯叫道：「爹爹，你……」

那老僧道：「慕容少俠倘若打死了你，你兒子勢必又要殺慕容少俠爲你報仇，如此怨怨相報，何時方了？不如天下的罪業都歸我罷！」說著踏上一步，提起手掌，往蕭遠山頭頂拍將下去。

蕭峯大驚，這老僧既能一掌打死慕容博，也能打死父親，大聲喝道：「住手！」雙掌齊出，向那老僧當胸猛擊過去。他對那老僧本來十分敬仰，但這時爲了相救父親，只有全力奮擊。那老僧伸出左掌，將蕭峯雙掌推來之力一擋，右掌卻仍拍向蕭遠山頭頂。

蕭遠山全沒想到抵禦，眼見那老僧的右掌正要碰到他腦門，那老僧突然大聲一喝，右掌改向蕭峯擊去。

蕭峯雙掌之力正與他左掌相持，突見他右掌轉而襲擊自己，當即抽出左掌抵擋，同時叫道：「爹爹，快走，快走！」不料那老僧右掌這一招中途變向，純係虛招，只是要引開蕭峯雙掌中的一掌之力，以減輕推向自身的力道。蕭峯左掌既迴，那老僧的右掌立即圈轉，波的一聲輕響，已擊中蕭遠山的頂門。

便在此時，蕭峯的右掌已跟著擊到，砰的一聲響，重重打中那老僧胸口。那老僧微微一笑，道：「好俊的功夫！」這「夫」字一說出，口中一股鮮血跟著直噴出來。

蕭峯一呆，過去扶住父親，但見他呼吸停閉，心不再跳，已然氣絕身亡，一時悲痛塡膺，渾沒了主意。

那老僧道：「是時候了，該當走啦！」右手抓住蕭遠山屍身的後領，左手抓住慕容博屍身的後領，邁開大步，竟如凌虛而行一般，走了幾步，便跨出了窗子。

蕭峯和慕容復齊聲大喝：「你……你幹甚麼？」同發掌力，向老僧背心擊去。就在片刻之前，他二人還勢不兩立，要拚個你死我活，這時兩人的父親雙雙遭害，竟爾敵愾同仇，聯手追擊對頭。二人掌力相合，力道更加巨大。那老僧在二人掌風推送之下，便如紙鳶般向前飄出數丈，雙手仍抓著兩具屍身，三個身子輕飄飄地，渾不似血肉之軀。

蕭峯縱身急躍，追出窗外，只見那老僧手提二屍，直向山上走去。蕭峯加快腳步，只道三腳兩步便能追到他身後，不料那老僧輕功之奇，實是生平從所未見，宛似身有邪術一般。蕭峯奮力急奔，只覺山風颳臉如刀，自知奔行奇速，但離那老僧背後始終有兩三丈遠近，連連發掌，都打入了空處。

那老僧在荒山中東一轉，西一拐，到了林間一處平曠之地，將兩具屍身放在一株樹下，都擺成了盤膝而坐的姿勢，自己坐在二屍之後，雙掌分別抵住二屍的背心。他剛坐定，蕭峯亦已趕到。

蕭峯見那老僧舉止有異，便不上前動手。只聽那老僧道：「我提著他們奔走一會，活活血脈。」蕭峯詫異萬分，給死人活活血脈，那是甚麼意思？順口道：「活活血脈？」那老僧道：「他們內傷太重，須得先令他們作龜息之眠，再圖解救。」蕭峯心下一凜：「難道我爹爹沒死？他……他是在給爹爹治傷？天下那有先將人打死再給他治傷之理？」

過不多時，慕容復、鳩摩智、玄因、玄生以及神山上人等先後趕到，只見兩屍頭頂忽然冒出一縷縷白氣。

那老僧將二屍轉過身來，面對著面，再將二屍四隻手拉成互握。慕容復叫道：「你……你……這幹甚麼？」那老僧不答，繞著二屍緩緩行走，不住伸手拍擊，有時在蕭遠山「大椎穴」上拍一記，有時在慕容博「玉枕穴」上打一下，只見二屍頭頂白氣越來越濃。

又過了一盞茶時分，蕭遠山和慕容博身子同時微微顫動。蕭峯和慕容復驚喜交集，齊叫：「爹爹！」蕭遠山和慕容博慢慢睜開眼來，向對方看了一眼，隨即閉住。但見蕭遠山滿臉紅光，慕容博臉上隱隱現出青氣。

眾人這時方才明白，那老僧適才在藏經閣上擊打二人，只不過令他們暫時停閉氣息、心臟不跳，當是醫治重大內傷的一項法門。許多內功高深之士都曾練過「龜息」之法，然而那是自行停止呼吸，要將旁人一掌打得停止呼吸而不死，委實匪夷所思。這老僧既出於善心，原可事先明言，何必開這個大玩笑，以致累得蕭峯、慕容復驚怒如狂，更累得他自身受到蕭峯掌擊、口噴鮮血？眾人心中盡是疑團，但見那老僧全神貫注的轉身發掌，誰也不敢出口詢問。

漸漸聽得蕭遠山和慕容博二人呼吸由低而響，愈來愈粗重，跟著蕭遠山臉色漸紅，到後來便如要滴出血來，慕容博的臉色卻越來越青，碧油油的甚是怕人。旁觀眾人均知，一個是陽氣過旺，虛火上沖，另一個卻是陰氣太盛，風寒內塞。玄因、玄生、道清等身上均帶得有治傷妙藥，只不知那一種方才對症。

突然間聽得那老僧喝道：「咄！四手互握，內息相應，以陰濟陽，以陽化陰。王霸雄圖，血海深恨，盡歸塵土，消於無形！」

蕭遠山和慕容博的四手本來交互握住，聽那老僧一喝，不由得手掌一緊，各人體內的內息向對方湧了過去，融會貫通，以有餘補不足，兩人臉色漸漸分別消紅退青，變得蒼白；又過一會，兩人臉色如常，同時睜開眼來，相對一笑。

蕭峯和慕容復各見父親睜眼微笑，歡慰不可名狀。只見蕭遠山和慕容博二人攜手站起，一齊在那老僧面前跪下。那老僧道：「你二人由生到死、由死到生的走了一遍，心中可還有甚麼放不下？倘若適才就此死了，還有甚麼興復大燕、報復妻仇的念頭？」

蕭遠山道：「弟子空在少林寺旁躭了三十年，沒半點佛門弟子的慈心，懇請師父收錄。」那老僧道：「你的殺妻之仇，不想報了？」蕭遠山道：「弟子生平殺人，無慮百數，倘若爲我所殺之人的眷屬都來向我復仇索命，弟子雖死百次，亦自不足。」

那老僧轉頭問慕容博道：「你呢？」慕容博微微一笑，說道：「庶民如塵土，帝王亦如塵土。大燕不復國是空，復國亦空。」那老僧哈哈一笑，道：「大徹大悟，善哉，善哉！」慕容博道：「求師父收爲弟子，更加開導。」那老僧道：「你們想出家爲僧，須求少林寺中的大師們剃度。我有幾句話，不妨說給你們聽聽。」當即端坐說法。

蕭峯和慕容復見父親跪下，跟著便也跪下。玄因、玄生、神山、神音、道淸等聽那老僧說到精妙之處，不由得皆大歡喜，敬慕之心，油然而起，一個個都跪將下來。

段譽趕到之時，聽到那老僧正在爲衆人妙解佛義，他只想繞到那老僧對面，瞧一瞧他的容貌，不料鳩摩智忽然間會下毒手，胸口竟然中了他一招「火燄刀」。

山道中間並肩站著兩名大漢，一個手持大鐵杵，一個雙手各提一柄銅鎚，惡狠狠的望著眼前衆人。

四四　念枉求美眷　良緣安在

段譽隨即昏迷，也不知過了多少時候，才慢慢醒轉，睜開眼來，首先看到的是布帳頂子，跟著發覺是睡在床上被窩之中。他一時神智未曾全然清醒，用力思索，只記得是遭了鳩摩智的暗算，怎麼會睡在床上，卻無論如何也想不起來，只覺口中奇渴，便欲坐起，微一轉動，卻覺胸口一陣劇痛，忍不住「啊」的一聲，叫了出來。

只聽外面一個少女聲音說道：「段大哥醒了，段大哥醒了！」語聲中充滿了喜悅之情。段譽覺得這少女的聲音頗為熟悉，卻想不起是誰，跟著便見一個青衣少女急步奔進房來。圓圓的臉蛋，嘴角邊一個小小酒窩，正是當年在無量宮中遇到的鍾靈。

她父親「見人就殺」鍾萬仇，和段譽之父段正淳結下深仇，設計相害，不料段譽從石屋中出來之時，竟將個衣衫不整的鍾靈抱在懷中，將害人反成害己的鍾萬仇氣了個半死。在萬劫谷地道之中，各人拉拉扯扯，段譽胡裏胡塗的吸了不少人內力，此後不久便為鳩摩智擒來中原，當年一別，那想得到居然會在這裏相見。

鍾靈和他目光一觸，臉上一陣暈紅，似笑非笑的道：「你早忘了我罷？還記不記得我姓甚麼？」

段譽見到她的神情，腦中驀地裏出現了一幅圖畫。那是她坐在無量宮大廳的橫樑上，兩隻腳一盪一盪，嘴裏咬著瓜子，她那雙蔥綠鞋上所繡的幾朵黃色小花，這時竟似看得清清楚楚，脫口而出：「你那雙繡了黃花的蔥綠鞋兒呢？」鍾靈臉上又是一紅，甚是歡喜，微笑道：「早穿破啦，虧你還記得這些。你……你倒沒忘了我。」段譽笑道：「怎麼你沒吃瓜子？」鍾靈道：「好啊，這些時候服侍你養傷，把人家都急死啦，誰還有閒情吃瓜子？」一句話說出口，覺得自己眞情流露，不由得飛紅了臉。

段譽怔怔的瞧著她，想起她本來已算是自己的妻子，那知後來發覺竟又是自己的妹子，不禁嘆了口氣，說道：「好妹子，你怎麼到了這裏？」鍾靈臉上又是一紅，目光中閃耀著喜悅的光芒，說道：「你出了萬劫谷後，再也沒來瞧我，我好生惱你。」段譽道：「惱我甚麼？」鍾靈斜了他一眼，道：「惱你忘了我啊。」

段譽見她目光中全是情意，心中一動，說道：「好妹子！」鍾靈似嗔似笑的道：「這會兒叫得人家這麼親熱，可就不來瞧我一次。我氣不過，就到你鎮南王府去打聽，才知道你給一個惡和尚擄去啦。我……我急得不得了，這就出來尋你。」

段譽道：「我爹爹跟你媽的事，你媽沒跟你說嗎？」鍾靈道：「甚麼事啊？那晚上你跟你爹一走，我媽就暈了過去，後來一直身子不好，見了我直淌眼淚。我逗她說話，她一句話也不肯說。」段譽道：「嗯，她一句話也不說，那……那麼你是不知道的了。」鍾靈道：「不知道甚麼？」段譽道：「不知道你是我……是我的……」

鍾靈登時滿臉飛紅，低下頭去，輕輕的道：「我怎麼知道？那日從石屋子裏出來，你抱著我，突然之間見到了這許多人，我怕得要命，又是害羞，只好閉住了眼睛，可是你爹爹的話，我……我卻聽得淸淸楚楚的。」

她和段譽都想到了那日在石屋之外，段正淳對鍾萬仇所說的一番話：「令愛在這石屋中服侍小兒段譽，歷時已久。孤男寡女，赤身露體的躲在一間黑屋子裏，還能有甚麼好事做出來？我兒是鎭南王世子，雖然未必能娶令愛爲世子正妃，但三妻四妾，有何不可？你我不是成了親家嗎？哈哈，哈哈，呵呵呵！」

段譽見她臉上越來越紅，囁嚅道：「好妹子……原來你還不……還不知道這中間的緣由……好妹子，那……那是不成的。」鍾靈急道：「是木姊姊不許嗎？木姊姊呢？」段譽道：「不是的。她……她也是我的……」鍾靈微笑道：「不是她不許？那麼是你不要我啦！」說著伸了伸舌頭。

段譽見她仍是一副天眞爛漫的模樣，同時胸口又痛了起來，這時候實不方便跟她說明眞相，問道：「你怎麼到這裏來的？」

鍾靈道：「我一路來尋你，在中原東尋西找，聽不到半點訊息。前幾天說也眞巧，見到了你的徒兒岳老三，他可沒見到我。我聽到他在跟人商量，說各路好漢都要上少林寺來，有一場大熱鬧瞧，他們也要來。那個惡人雲中鶴取笑他，說多半會見到他師父。岳老三大發脾氣，說一見到你，就扭斷你脖子。我又歡喜，又躭心，便悄悄跟著來啦。我怕給岳老三和雲中鶴見到了，不敢跟得太近，只在山下亂走，見到人就打聽你的下落，想叫你小心，你徒兒要扭斷你脖子。見這裏有一所空屋沒人住，我便老實不客氣住下來了。」

段譽聽她說得輕描淡寫，但見她臉上頗有風霜之色，已不像當日在無量宮中初會時那麼全然的無憂無慮，心想她小小年紀，爲了尋找自己，孤身輾轉江湖，這些日子來自必吃了不少苦頭，對自己的情意實是可感，忍不住伸出手去握住她手，低聲道：「好妹子，總算天可憐見，敎我又見到了你！」

鍾靈微笑道：「總算天可憐見，也敎我又見到了你。嘻嘻，這可不是廢話？你既見到了我，我自然也見到了你。」在床沿上坐下，問道：「你怎麼會到這裏來的？」

段譽睜大了眼睛，道：「我正要問你呢，我怎麼會到這裏來的？我只知道那個惡和尙忽然對我暗算。我胸口中了他的無形刀氣，受傷甚重，以後便甚麼都不知道了。」

鍾靈皺起了眉頭，道：「那可真奇怪之極了！昨日黃昏時候，我到菜園子去拔菜，在廚房裏洗乾淨了切好，正要去煮，聽得房中有人呻吟。我嚇了一跳，拿了菜刀走進房來，見我炕上睡得有人。我連問幾聲：『是誰？是誰？』不聽見回答。我想定是壞人，舉起菜刀，便想先斬掉他的腳再說。幸虧……幸虧你是仰天而臥，刀子還沒砍到你身上，我已先見到了你的臉……那時候我……我真險些兒暈了過去，連菜刀掉在地下也不知道。」說到這裏，伸手輕拍自己胸膛，想是當時情勢驚險，此刻思之，猶有餘悸。

段譽尋思：「此處既離少林寺不遠，想必是我受傷之後，有人將我送到這裏來了。」

鍾靈又道：「我叫你幾聲，你卻只是呻吟，不來睬我。我摸你額頭，燒得可厲害，又見你衣襟上有許多鮮血，知道你受了傷，解開你衣衫想瞧瞧傷口，卻包紮得好好的。我怕觸動傷處，沒敢打開綳帶。等了好久，你總不醒。唉，我又歡喜，又焦急，可不知道怎樣辦才好。」段譽道：「累得你掛念，眞過意不去。」

鍾靈突然臉孔一板，道：「你不是好人，早知你這麼沒良心，我早不想念你了。現下我就不理你了，讓你死也好，活也好，我總不來睬你。」段譽道：「怎麼了？怎麼忽然生起氣來了？」鍾靈哼的一聲，小嘴一撅，道：「你自己知道，又來問我幹麼？」段譽急道：「我……我當眞不知，好妹子，你跟我說了罷！」鍾靈嗔道：「呸！誰是你的好妹子了？你在睡夢中說了些甚麼話？你自己知道，卻來問我？當眞好沒來由。」段譽急道：「我睡夢中說甚麼來著？那是胡裏胡塗的言語，作不得準。啊，我想起來啦，我定是在夢中見到了你，歡喜得緊，說話不知輕重，以致冒犯了你。」

鍾靈突然垂下淚來，低頭道：「到這時候，你還在騙我。你到底夢見了甚麼人？」段譽嘆了口氣，道：「我受傷之後，一直昏迷不醒，真的不知說了些甚麼亂七八糟的話。」鍾靈突然大聲道：「誰是王姑娘？王姑娘是誰？為甚麼你在昏迷之中只叫她的名字？」

段譽胸口一酸，道：「我叫了王姑娘的名字麼？」鍾靈道：「你怎麼不叫？你昏迷不醒的時候也在叫，哼，你這會兒啊，又在想她了，好！你去叫你的王姑娘來服侍你，我可不管了！」段譽嘆了口氣，道：「王姑娘心中可沒我這個人，我便是想她，卻也枉然。」鍾靈道：「為甚麼？」段譽道：「她只喜歡她表哥，對我向來愛理不理的，要不便板起了臉生氣。」

鍾靈轉嗔為喜，笑道：「謝天謝地，惡人自有惡人磨！」段譽道：「我是惡人麼？」鍾靈頭一側，半邊秀髮散了開來，笑道：「你徒兒岳老三是大惡人，徒兒都這麼惡，師父當然更惡上加惡了。」段譽笑道：「那麼師娘呢？岳老三不是叫你作『小師娘』嗎？」話一出口，登時好生後悔：「怎地我跟自己親妹子說這等風話？」

鍾靈臉上一紅，啐了一口，心中卻大有甜意，站起身來，到廚房去端了一碗鷄湯出來，道：「這鍋鷄湯煮了半天了，等著你醒來，一直沒熄火。」段譽道：「真不知道怎生謝你才好。」見鍾靈端著鷄湯過來，掙扎著便要坐起，牽動胸口傷處，忍不住輕輕哼了一聲。

鍾靈忙道：「你別起來，我來餵惡人小祖宗。」段譽道：「甚麼惡人小祖宗？」鍾靈道：「你是大惡人的師父，不是惡人小祖宗麼？」段譽笑道：「那麼你……」鍾靈用匙羹舀起了一匙熱氣騰騰的鷄湯，對準他臉，佯怒道：「你再胡說八道，瞧我不用熱湯潑你？」段譽伸了伸舌頭，道：「不敢了，不敢了！惡人大小姐、惡人姑奶奶果然厲害，夠惡！」鍾靈噗哧一笑，險些將湯潑到段譽身上，忙收歛心神，伸匙嘴邊，試試匙羹中鷄湯已不太燙，這才伸到段譽口邊。

段譽喝了幾口鷄湯，見她臉若朝霞，上唇微有幾粒細細汗珠，不禁心中一蕩，心想：「可惜她又是我的親妹子！她是我親妹子，那倒也不怎麼打緊……唉，如果這時候在餵我喝湯的是王姑娘，縱然是腐腸鴆毒，我卻也甘之如飴。」

鍾靈見他呆呆的望著自己，臉上顯得情意綿綿，萬料不到他這時竟會想著別人，微笑道：「有甚麼好看？」

忽聽得呀的一聲，有人推門進來，跟著一個少女聲音說道：「咱們且在這裏歇一歇。」一個男人的聲音道：「好！可真累了你，我……我眞過意不去。」那少女道：

「廢話！」

段譽聽那二人聲音，正是阿紫和丐幫幫主莊聚賢。他雖沒跟阿紫見面、說過話，但已得朱丹臣等人告知，這小姑娘是父親的私生女兒，又是自己的一個妹子，謝天謝地，幸好沒跟自己有甚情孽牽纏。這小妹子自幼拜在星宿老人門下，沾染邪惡，行事任性，鎮南王府四大護衛之一的褚萬里便因受她之氣而死。段譽自幼和褚古傅朱四大護衛甚爲交好，想到褚萬里之死，頗不願和這個頑劣的小妹子相見，何況昨日自己相助蕭峯而和莊聚賢爲敵，此刻給他見到，只怕性命難保，忙豎起手指，作個噤聲的手勢。

鍾靈點了點頭，端著那碗鷄湯，不敢放到桌上，深恐發出些微聲響。只聽得阿紫叫道：「喂，有人麼？有人麼？」鍾靈瞧了瞧段譽，並不答應，尋思：「這人多半是王姑娘了，她和表哥在一起，因此段郎不願和她見面。」她很想去瞧瞧這「王姑娘」的模樣，到底是怎生花容月貌，竟令段郎爲她這般神魂顚倒，卻又不敢移動腳步，心想段郎若和她相見，多半沒好事，且任她叫嚷一會，沒人理睬，她自然和表哥去了。

阿紫又大叫：「屋裏的人怎麼不死一個出來？再不出來，姑娘放火燒了你屋子。」鍾靈心道：「這王姑娘好橫蠻！」游坦之低聲道：「別作聲，有人來了！」阿紫道：「是誰？丐幫的？」游坦之道：「不知道。有四五個人，說不定是丐幫的。他們正向這邊走來。」阿紫道：「丐幫這些臭長老們，除了個全長老，沒半個好人，他們這可又想造你的反啦。要是給他們見到了，咱二人都要糟糕。」游坦之道：「那怎麼辦？」阿紫道：「到房裏躲一躲再說，你受傷太重，不能跟他們動手。」

段譽暗暗叫苦，忙向鍾靈打個手勢，要她設法躲避。但這是山農陋屋，內房狹隘，一進來便即見到，實在無處可躲。鍾靈四下一看，正沒作理會處，聽得腳步聲響，廳堂中那二人已向房中走來，低聲道：「躲到炕底下。」放下湯碗，抱起段譽，兩人都鑽入了炕底。少室山上一到冬天便甚寒冷，山民均在炕下燒火取暖，此時方當入冬，還不須燒火，但炕底下積滿了煤灰焦炭，段譽一鑽進去，滿鼻塵灰，忍不住便要打噴嚏，好容易才強自忍住了。

鍾靈往外瞧去，只見到一雙穿著紫色緞鞋的纖腳走進房內，卻聽得那男人的聲音說道：「唉，我要你背來背去，實在是太褻瀆了姑娘。」那少女道：「咱們一個盲，一個跛，只好互相照料。」鍾靈大奇，心道：「原來王姑娘是個瞎子，她將表哥負在背上，因此我瞧不見那男人的腳。」

阿紫將游坦之往炕上一放，說道：「咦！這床剛才有人睡過，被窩還是暖的。」

只聽得砰的一聲，有人踢開大門，幾個人衝了進來。一人粗聲道：「莊幫主，幫中大事未了，你這麼撒手便溜，算甚麼玩意？」正是宋長老。他率領著兩名七袋弟子、兩名六袋弟子，在這一帶追尋游坦之。

蕭氏父子、慕容父子以及少林羣僧、中原羣雄紛紛奔進少林寺後，羣丐都覺今日顏面喪盡，若不立即設法，只怕這中原第一大幫再難在武林中立足。蕭氏父子和慕容博怨仇糾纏，羣丐不想插手，雖對包不同說同仇敵愾，要找蕭峯晦氣，畢竟本幫今後如何安身立命，才是頭等大事，大家只掛念一件事：「須得另立英雄爲主，率領幫衆，重振雄風，挽回丐幫已失的令譽。」尋莊聚賢時，此人在混亂中已不知去向。羣丐均想他雙足已斷，走不到遠處，當下分路尋找。有人大罵他拜星宿老怪爲師，丟盡了丐幫臉面；有人罵他派人殺害本幫兄弟，非好好跟他算帳不可。至於全冠清，早已由宋長老、吳長老合力擒下，綁縛起來，待拿到莊聚賢後一併處治。

宋長老率領著四名弟子在少室山東南方尋找，遠遠望見樹林中紫色衣衫一閃，有人進了一間農舍，認得正是阿紫，又見她背負得有人，依稀是莊聚賢模樣，當即追了下來，闖進農舍內房，果見莊聚賢和阿紫並肩坐在炕上。

阿紫冷冷的道：「宋長老，你既然仍稱他爲幫主，怎麼大呼小叫，沒半點謁見幫主的規矩？」宋長老一怔，心想她的話倒非無理，便道：「幫主，咱們數千兄弟，此刻都還在少室山上，如何打算，要請幫主示下。」游坦之道：「你們還當我是幫主麼？你想叫我回去，只不過是要殺了我出氣，是不是？我不去！」

宋長老向四名弟子道：「快去報訊，幫主在這裏。」四名弟子應道：「是！」轉身出去。阿紫喝道：「下手！」游坦之應聲一掌拍出，炕底下鍾靈和段譽只覺房中突然一陣寒冷徹骨，那四名丐幫弟子哼也沒哼一聲，便已屍橫就地。宋長老又驚又怒，舉掌當胸，喝道：「你……你……你對幫中兄弟，竟然下這等毒手！」阿紫道：「將他也殺了。」游坦之又揮掌擊出，宋長老舉掌擋格，「啊」的一聲慘呼，摔出了大門。

阿紫格格一笑，道：「這人也料理了！你餓不餓？咱們去找些吃的。」負起游坦之，兩人同進廚房，將鍾靈煮好的飯菜拿到廳上吃了起來。

鍾靈在段譽耳邊說道：「這二人好不要臉，在喝我給你煮的鷄湯。」段譽低聲道：「他們心狠手辣，一出手便殺人，待會定然又進房來。咱們快從後門溜了出去。」鍾靈不願他和那個「王姑娘」相見，聽他這麼說，正求之不得。

兩人輕手輕腳的從炕底爬出來。鍾靈見段譽滿臉煤灰，忍不住好笑，伸手掋住了嘴。出了房門，穿過灶間，剛踏出後門，段譽忍了多時的噴嚏已沒法再忍，「乞嗤」一聲，打了出來。

只聽得游坦之叫道：「有人！」鍾靈見四下無處可躲，只廚房後面有間柴房，一拉段譽，鑽進了柴草堆。只聽阿紫叫道：「甚麼人？鬼鬼祟祟的，快滾出來！」她眼盲之後，耳音特別敏銳，依稀聽得有柴草沙沙之聲，說道：「柴草堆裏有人！」

鍾靈心下驚惶，忽覺有水滴落到臉上，伸手一摸，濕膩膩地，跟著又聞到一陣血腥氣，大吃一驚，低聲問道：「你……你傷口怎麼啦？」段譽道：「別作聲！」

阿紫向柴房一指，叫道：「在那邊。」游坦之呼的一掌，向柴房疾拍過去，喀喇喇一聲響，門板破碎，木片與柴草齊飛。

鍾靈叫道：「別打，別打，我們出來啦！」扶著段譽，從柴草堆爬了出來。段譽先前給鳩摩智斬了一刀「火燄刀」，受傷著實不輕，從炕上爬到炕底，又從炕底躱入柴房，這麼移動幾次，傷口迸裂，鮮血瀉出。他一受傷，便即鬥志全失，雖內力仍極充沛，卻道自己已命在頃刻，全想不起要以六脈神劍禦敵。

阿紫道：「怎麼有個小姑娘的聲音？」游坦之道：「有個男人帶了個小姑娘，躱在柴草堆中，滿身是血，這小姑娘的眼睛骨溜溜地，只瞧著你。」阿紫眼盲之後，最不喜旁人提到「眼睛」二字，問道：「甚麼骨溜溜地，她眼睛長得挺好看麼？」游坦之道：「她身上好髒，是個種田人家女孩，這雙眼睛嘛，倒是漆黑兩點，靈活得緊。」鍾靈在炕底下沾得滿頭滿臉盡是塵沙炭屑，一對眼睛卻仍黑如點漆，朗似秋水。

阿紫怒道：「好！莊公子，你快將她眼珠挖了出來。」游坦之一驚，道：「好端端地，爲甚麼挖她眼睛？」阿紫隨口道：「我的眼睛給丁老怪弄瞎了，你去將這小姑娘的眼睛挖出來，給我裝上，讓我重見天日，豈不是好？」

游坦之暗暗吃驚，尋思：「倘若她眼睛又看得見了，見到我的醜八怪模樣，立即便不睬我了，說不定更認出我眞面目，知道我便是那個『鐵丑』。這件事萬萬不能做！」說道：「倘若我能醫好你雙眼，那當眞好得很……不過，你這法子，恐怕不成罷！」

阿紫明知不能挖別人的眼珠來塡補自己盲了的雙眼，但她眼盲之後，一肚子怨氣，只盼天下個個人都沒眼睛，這才快活，說道：「你沒試過，怎知道不成？快動手，將她眼珠挖出來。」她本將游坦之負在背上，當即邁步，向段譽和鍾靈走去。

鍾靈聽了他二人的對答，心中怕極，發足狂奔，頃刻間便已跑在十餘丈外。阿紫雙眼盲了，又負上個游坦之，自難追上，何況游坦之並不想追上鍾靈，指點之時方向既歪了，出言也吞吞吐吐，失了先機。阿紫聽了鍾靈的腳步聲，已知追趕不上，回頭叫道：「女娃子既然逃走，將那男的宰了便是！」

鍾靈遙遙聽得，大吃一驚，當即站定，回轉身來，見段譽倒在地下，身旁已流了一攤鮮血。她奔了回來，叫道：「小瞎子！你不能傷他。」這時她與阿紫正面相對，見她容顏俏麗，果然是個小美人兒，說甚麼也想不到心腸竟如此毒辣。

阿紫喝道：「點了她穴道！」游坦之雖然不願，但對她的吩咐從不敢有半分違拗，在大遼南京南院大王府中是如此，做丐幫幫主後仍是如此，俯身伸指，將鍾靈點倒。

鍾靈叫道：「王姑娘，你千萬別傷他，他……他在夢中也叫你的名子，對你實在是一片眞心！」阿紫奇道：「你說甚麼？誰是王姑娘？」鍾靈道：「你……你不是王姑娘？那麼你是誰？」阿紫微微一笑，說道：「哼，你罵我『小瞎子』，你自己這就快變小瞎子了，還東問西問幹麼？乘著這時候還有一對眼珠子，快多瞧幾眼是正經。」將游坦之放落，說道：「將這小姑娘的眼珠子挖出來罷！」

游坦之道：「是！」伸出左手，抓住了鍾靈的頭頸。鍾靈嚇得大叫：「別挖我眼睛，別挖我眼睛！」

段譽迷迷糊糊的躺在地下，但也知這二人是要挖出鍾靈眼珠，來裝入阿紫的眼眶，也知鍾靈明明已然脫身，只爲了相救自己，這才自投羅網。他提一口氣，說道：「你們……還是剜了我的眼珠罷，咱們……咱們是一家人……更加合用些……」

阿紫不明白他說些甚麼，不加理睬，催游坦之道：「怎麼還不動手？」游坦之無可奈何，只得應道：「是！」將鍾靈拉近身來，右手食指伸出，向她右眼挖去。

忽聽得一個女人聲音道：「喂，你們在這裏幹甚麼？」游坦之抬起頭來，大驚失色，只見山澗旁站著二男四女。兩個男人是蕭峯和虛竹，四個少女則是梅蘭竹菊四劍。

蕭峯一瞥間見段譽躺在地下，一個箭步搶過來，抱起了段譽，皺眉道：「傷口又破了，出了這許多血！」左腿跪下，將他身子倚在腿上，檢視他傷口。虛竹跟著走近，看了段譽的傷口，道：「大哥不必驚慌，我這『九轉熊蛇丸』治傷大有靈驗。」點了段譽傷口周圍的穴道，止住血流，將「九轉熊蛇丸」餵他服下。

段譽叫道：「大哥、二哥……快……快救人……不許他挖鍾姑娘的眼珠，寧可挖我的眼珠。鍾姑娘是我的……我的……好妹子。」蕭峯和虛竹同時向游坦之瞧去。游坦之心下驚慌，何況本來就不想挖鍾靈眼珠，當即放開了她。

阿紫道：「姊夫，我姊姊臨死時說甚麼來？你將她打死之後，便把她的囑託全放在腦後了嗎？」蕭峯聽她提到阿朱，又傷心，又氣惱，哼了一聲，並不答話。阿紫又道：「你沒好好照顧我，丁老怪將我眼睛弄瞎，你也全沒放在心上。姊夫，人家都說你是當世第一大英雄，卻不能保護你的小姨子。哼，丁老怪明明打你不贏。只不過你不來照顧我、保護我而已。」

蕭峯黯然道：「你給丐幫擄去，以致雙目失明，是我保護不周，我確是對你不起。」他初時見到阿紫又在胡作非爲，叫人挖鍾靈的眼珠，甚是氣惱，但隨即見到她茫然無光的眼神，立時便想起阿朱臨死時的囑咐。在那個大雷雨的晚上，青石小橋之畔，阿朱受了他致命的一擊之後，在他懷中說道：「我只有一個同父同母的親妹子，咱們自幼不得在一起，求你照看於她，我躭心她入了歧途。」自己曾說：「別說一件，百件千件也答允你。」可是，阿紫終於失了一雙眼睛，不管她如何不好，自己總之是保護不周。蕭峯這時見她雙眼盲了，不禁心生憐惜，眼光中流露出溫柔的神色。

阿紫和他相處日久，深知蕭峯的性情，只要自己一提到阿朱，眞是百發百中，再爲難的事情也能答允，當下幽幽嘆了口氣，向蕭峯道：「姊夫，我甚麼也瞧不見了，不如死了倒好。」蕭峯道：「我已將你交給了你爹娘，怎地又跟莊幫主在一起了？」這時他已看出，阿紫與這莊聚賢在一起，實出自願，而且莊聚賢還很聽她的話，又道：「你還是跟你爹爹回大理去罷。你眼睛壞了，王府中有許多婢僕服侍，就不會太不方便。」

阿紫道：「我媽媽又不是眞的王妃，我到了大理，王府中勾心鬥角的事兒多著呢！爹爹那些手下人個個恨得我要命，我非給人害死不可。」蕭峯心想此言倒也有理，便道：「那麼你隨我回南京去，安安靜靜的，勝於在江湖上冒險。」阿紫道：「再到你王府去？唉喲，我以前眼睛不瞎，也悶得要生病，怎麼能再去呢？你又不肯像莊幫主那樣，從不違拗我。我寧可在江湖上流浪，日子總過得開心些。」

蕭峯向游坦之瞧了一眼，心想：「小阿紫似乎是喜歡上了這丐幫幫主。」問道：「這莊幫主到底是甚麼來歷，你可問過他麼？」阿紫道：「我自然問過的。不過一個人說起自己的來歷，未必便靠得住。姊夫，從前你做丐幫幫主之時，難道肯對旁人說你是契丹人麼？」蕭峯聽她話中含譏帶刺，哼了一聲，便不再說。

阿紫道：「姊夫，你不理我了麼？」蕭峯皺眉道：「你到底想怎樣？」阿紫道：「我要你挖了這小姑娘的眼珠出來，裝在我眼中。」頓了一頓，又道：「莊幫主本來正在給我辦這件事，你不來打岔，他早辦妥啦。嗯，你來給我辦也好，姊夫，我倒想知道，到底是你對我好些，還是莊幫主對我好。從前，你抱著我去關東療傷，那時候你也對我千依百順，我說甚麼你就幹甚麼。咱倆住在一個帳篷之中，你不論日夜，都是抱著我不離身子。姊夫，怎麼你將這些事都忘記了？」

游坦之眼中射出兇狠怨毒的神色，望著蕭峯，似乎在說：「阿紫姑娘是我的人，自今以後，你別想再碰她一碰，說甚麼也不能再讓你抱了。」

蕭峯對他並沒留神，說道：「那時你身受重傷，我爲了用眞氣給你續命，不得不順著你些兒。這位姑娘是我把弟的朋友，怎能挖她眼珠來助你復明？何況世上壓根兒就沒這樣的醫術，你這念頭當眞是異想天開！」

虛竹忽然插口：「我瞧段姑娘的雙眼，不過是外面一層給炙壞了，倘若有一對活人的眼珠給換上，說不定眞能復明。」虛竹於醫術雖然所知無多，但跟隨天山童姥數月，甚麼續腳、換手等諸般法門，卻也曾聽她說過。

阿紫「啊」的一聲，歡呼起來，叫道：「虛竹先生，你這話可不是騙我罷？」虛竹道：「出家人不打誑……」想起自己不是「出家人」，臉上微微一紅，道：「我自然不是騙你，不過……」阿紫道：「不過甚麼？好虛竹先生，你和我姊夫義結金蘭，咱二人便是一家人。你剛才總也聽到我姊夫的話，他可最疼我啦。姊夫，姊夫，無論如何，你得請你義弟治好我眼睛。」虛竹道：「我曾聽師伯言道，倘若眼睛沒全壞，換上一對活人眼珠，有時候確能復明。不過這換眼的法子我卻不會。」

阿紫道：「那你師伯他老人家一定會這法子，請你代我求求他老人家。」虛竹嘆了口氣，道：「我師伯已不幸逝世。」阿紫頓足叫道：「原來你是編些話來消遣我。」虛竹連連搖頭，道：「不是，不是！我縹緲峯靈鷲宮所藏醫書藥典甚多，相信這換眼之法也必藏在宮裏。可是……可是……」阿紫又歡喜，又躭心，道：「你這麼個大男人家，怎地說話吞吞吐吐，唉，又有甚麼『可是』不『可是』了？」

虛竹道：「可是……可是……眼珠子何等寶貴，又有誰肯換了給你？」

阿紫嘻嘻一笑，道：「我還道有甚麼爲難的事兒，要活人的眼珠子，那還不容易？你把這小姑娘的眼睛挖出來便是。」

鍾靈大聲叫道：「不成，不成！你們不能挖我眼珠！」

虛竹道：「是啊！將心比心，你不願瞎了雙眼，鍾姑娘自然也不願失了眼睛。雖然釋迦牟尼前生作菩薩時，頭目血肉、手足腦髓都肯布施給人，然而鍾姑娘又怎能跟如來佛相比？再說，鍾姑娘是我三弟的好朋友……」突然間心頭一震：「啊喲，不好！當日在靈鷲宮裏，我和三弟二人酒後吐露眞言，原來他的意中人便是我的『夢姑』。看來三弟對這位鍾姑娘實在極好。適才他對阿紫言道，寧可剜了他眼珠，卻不願傷害鍾姑娘，一個人的五官四肢，以眼睛最是重要，三弟居然肯爲鍾姑娘捨去雙目，則對她情意之深，可想而知。難道這鍾姑娘，便是在冰窖之中和我相聚三夕的夢姑麼？」

他想到這裏，不由得全身發抖，轉頭偷偷向鍾靈瞧去。見她雖然頭上臉上沾滿了煤灰草屑，但不掩其秀美之色。虛竹和「夢姑」相聚的時刻頗不爲少，只是處身於暗不見天日的冰窖，「夢姑」的相貌到底如何，自己卻半點也不知道，除非伸手去摸摸她的面龐，才依稀可有些端倪，如能摟一摟她的纖腰，便又多了三分把握，但在這光天化日、衆目睽睽之下，他如何敢伸手去摸鍾靈的臉？至於摟摟抱抱，更加不必提了。

一想到摟抱「夢姑」，臉上登時發燒，鍾靈的聲音顯然和「夢姑」頗不相同，但想一個人的話聲，在冰窖中和空曠處聽來差別殊大，何況「夢姑」跟他說的都是柔聲細語，綿綿情話，鍾靈卻是驚恐之際的尖聲呼叫，情景既別，語音有異，也不足爲奇。虛竹凝視鍾靈，心中似乎伸出一隻手掌來，在她臉上輕輕撫摸，要知道她究竟是不是自己的「夢姑」。他心中情意大盛，臉上自然而然現出溫柔款款的神色。

鍾靈見他神情和藹可親，看來不會挖自己眼珠，稍覺寬心。

阿紫道：「虛竹先生，我是你三弟的親妹子，這鍾姑娘只不過是他的朋友。妹子和朋友，這中間的分別可就大了。」

段譽服了靈鷲宮的九轉熊蛇丸後，片刻間傷口便不再出血，神智也漸漸清醒，甚麼換眼珠之事，並未聽得明白，阿紫最後這幾句話，卻十分淸晰的傳入了耳中，忍不住哼了一聲，道：「原來你早知我是你哥哥，怎麼又叫人來傷我性命？」

阿紫笑道：「我從來沒跟你說過話，怎認得你的聲音？昨天聽到爹爹、媽媽說起，才知道跟我姊夫和虛竹先生拜把子、打得慕容公子一敗塗地的大英雄，原來是我親哥哥，這可妙得很啊。我姊夫是大英雄，我親哥哥也是大英雄，眞正了不起！」段譽搖手道：「甚麼大英雄？丟人現眼，貽笑大方。」阿紫笑道：「啊喲，不用客氣。小哥哥，你躱在柴房中時，我怎知道是你？我眼睛又瞧不見。直到聽得你叫我姊夫作『大哥』，才知是你。」段譽心想倒也不錯，說道：「二哥既知治眼之法，他總會設法給你醫治，鍾姑娘的眼珠，卻萬萬碰她不得。她……她也是我的親妹子。」

阿紫格格笑道：「昨日在那邊山上，我聽得你拚命向那王姑娘討好，怎麼一轉眼間，又瞧上這鍾姑娘了？居然連『親妹子』也叫出來啦，小哥哥，你也不害臊？」段譽給她說得滿臉通紅，道：「胡說八道！」阿紫道：「這鍾姑娘倘若是我嫂子，自然動不得她的眼珠子。但若不是我嫂子，爲甚麼動她不得？小哥哥，她到底是不是我嫂子？」

虛竹斜眼向段譽看去，心中怦怦亂跳，實不知鍾靈是不是「夢姑」，假如不是，自然無妨，但如她果眞便是「夢姑」，卻給段譽娶了爲妻，那可不知如何是好了。他滿臉憂色，等待段譽回答，這一瞬之間過得比好幾個時辰還長。

鍾靈也在等待段譽回答，尋思：「原來瞎姑娘是你妹子，連她也在說你向王姑娘討好，那麼你心中喜歡王姑娘，決計不假了。那為甚麼剛才你又說我是岳老三的『小師娘』？為甚麼你又肯用你眼珠子來換我眼珠子？為甚麼你當衆叫我『親妹子』？」

只聽得段譽說道：「總而言之，不許你傷害鍾姑娘。你小小年紀，老是不做好事，咱們大理的褚萬里褚大哥，便是給你活活氣死的。你再起歹心，我二哥便不肯給你治眼了。」阿紫扁了扁嘴，道：「哼！倒會擺兄長架子。第一次生平跟我說話，也不親親熱熱的，卻教訓起人來啦！」

蕭峯見段譽精神雖仍十分委頓，但說話連貫，中氣漸旺，知道靈鷲宮「九轉熊蛇丸」已生奇效，他性命已然無礙，便道：「三弟，咱們同到屋裏歇一歇，商量行止。」段譽道：「甚好！」腰一挺，便即站起。鍾靈叫道：「唉喲，你不可亂動，別讓傷口又破了。」語音中充滿關切。蕭峯喜道：「二弟，你的治傷靈藥果眞神奇。」

虛竹「嗯」了幾聲，心中卻在琢磨鍾靈這幾句情意款款的關懷言語，恍恍惚惚，茫然若失。

衆人走進屋去。蕭峯一見到大門口宋長老與四名丐幫弟子的屍首，橫躺在地，不由得又驚又怒，向游坦之和阿紫狠狠瞪視一眼，隨即嘆了口氣，和虛竹同將這五人埋了。

這時天色已晚，梅蘭竹菊四姝點亮了油燈，分別烹茶做飯，依次奉給蕭峯、段譽、虛竹和鍾靈，對游坦之和阿紫卻不理不睬。阿紫心下惱怒，但她想到若要雙目復明，唯有求懇虛竹，只得強抑怒火。

蕭峯那去理會阿紫是否在發脾氣，順手拉開炕邊桌子的一隻抽屜，不禁一怔。段譽和虛竹見他神色有異，都向抽屜中瞧去，只見裏面放著的都是些小孩子玩物，有木彫的老虎、泥捏的小狗、草編的蟲籠、關蟋蟀的竹筒，還有幾把生了鏽的小刀。這些玩物皆是農家常見之物，毫不出奇。蕭峯卻拿起那隻木虎來，呆呆的瞧著出神。

阿紫不知他在幹甚麼，心中氣悶，伸手去掠頭髮，手肘啪的一下，撞到身邊一架紡棉花的紡車。她從腰間拔出劍來，唰的一聲，便將那紡車劈爲兩截。

蕭峯陡然變色，怒喝：「你……你幹甚麼？」阿紫道：「這紡車撞痛了我，劈爛了它，又礙你甚麼事了？」蕭峯怒道：「你給我出去！這屋裏的東西，你怎敢隨便損毀？」

阿紫道：「出去便出去！」快步奔出。她狂怒之下，走得快了，砰的一聲，額頭撞上門框。她一聲不出，摸清去路，急急走出。蕭峯心中一軟，搶上去挽住她手臂，柔聲道：「阿紫，你撞痛了麼？」阿紫回身過來，撲在他懷裏，放聲而哭。

蕭峯輕拍她背脊，低聲道：「阿紫，是我不好，不該對你這般粗聲大氣的。」阿紫哭道：「你變啦，你變啦！不像從前那樣待我好了。」蕭峯柔聲道：「坐下歇一會兒，喝口茶，好不好？」端起自己茶碗，送到阿紫口邊，左手自然而然的伸過去摟著她腰。

當年阿紫給他打斷肋骨之後，蕭峯足足服侍了她一年有餘，別說送茶餵飯，連更衣、梳頭、大小解等親暱的事也不得不幫她做。當時阿紫肋骨斷後，沒法坐直，蕭峯餵藥、餵湯之時，定須以左手摟住她身子，積久成習，此刻餵她喝茶，自也如此。阿紫在他手中喝了幾口茶，心情也舒暢了，嫣然一笑，道：「姊夫，你還趕我不趕？」

蕭峯放開她身子，轉頭將茶碗放到桌上，暮色之中，突見兩道野獸般的兇狠目光，怨毒無比的射向自己。蕭峯微微一怔，只見游坦之坐在屋角地下，緊咬牙齒，鼻孔一張一合，便似要撲上來向自己撕咬一般。蕭峯心想：「這人不知是甚麼來歷，處處透著古怪。」只聽阿紫又道：「姊夫，我劈爛一架破紡車，你又何必生這麼大的氣？」

蕭峯長嘆一聲，說道：「這是我義父、義母家裏，你劈爛的，是我義母的紡車。」

眾人都吃了一驚。

蕭峯手掌托著那隻小小木虎，凝目注視。燈火昏黃，他巨大的影子照在泥壁上，他手掌握攏，中指和食指在木彫小虎背上輕輕撫摸，臉上露出愛憐之色，說道：「這是我義父給我刻的，那一年我五歲，義父……那時候我叫他爹爹……就在這盞油燈旁邊，給我刻這隻小老虎。媽媽在紡紗。我坐在爹爹腳邊，眼看小老虎的耳朵出來了，鼻子出來了，心裏眞高興……」

段譽問道：「大哥，是你救我到這裏來的？」蕭峯點頭道：「是。」

原來那無名老僧正爲衆人說法之時，鳩摩智突施毒手，傷了段譽。無名老僧袍袖一拂，將鳩摩智推出數丈之外。鳩摩智不敢停留，轉身飛奔下山。

蕭峯見段譽身受重傷，忙加施救。玄生取出治傷靈藥，給段譽敷上。鳩摩智這一招「火燄刀」勢道淩厲之極，若非段譽內力深厚，刀勢及胸之時自然而然生出暗勁抵禦，當場便已死於非命。

蕭峯見山風猛烈，段譽重傷後不宜多受風吹，便將他抱到左近自己昔年的故居。他將段譽放在炕上，立即轉身，既要去和父親相見，又須安頓一十八名契丹武士，萬沒料到他義父母死後遺下來的空屋，這幾天中竟有人居住，而且所住的更是段譽的舊識。

他再上少林寺時，寺中紛擾已止。蕭遠山和慕容博已在無名老僧佛法點化之下，皈依三寶，在少林寺出家。兩人不但解仇釋怨，且成了師兄弟。

蕭遠山所學到的少林派武功既不致傳至遼國，中原羣雄便都放了心。蕭峯影蹤不見，十八名契丹武士在靈鷲宮庇護之下，沒法加害。各路英雄見大事已了，當即紛紛告辭下山。蕭峯不願和人相見，再起爭端，便藏身在寺旁的一個山洞之中，直到傍晚，才到山門求見，要和父親相會。

少林寺的知客僧進去稟報，過了一會，回身出來，說道：「蕭施主，令尊已在本寺出家爲僧。他要我轉告施主，他塵緣已了，心得解脫，深感平安喜樂，今後一心學佛參禪，願施主勿以爲念。蕭施主在大遼爲官，只盼宋遼永息干戈。遼帝若有侵宋之意，請施主發慈悲心腸，眷顧兩國千萬生靈。」

蕭峯合什道：「是！」心中悲傷，尋思：「爹爹年事已高，今日不願和我相見，此後只怕更無重會之期了。」又想：「我爲大遼南院大王，身負南疆重寄。大宋若要侵遼，我自是調兵遣將，阻其北上，但皇上如欲發兵征宋，我自亦當極力諫阻。」正尋思間，只聽得腳步聲響，寺中出來七八名老僧，卻是神山上人等一干外來高僧。玄寂、玄生等行禮相送。

蕭峯避在一旁，待神山、道清等相偕下山，他才慢慢跟在後面。只走得幾步，寺中又出來一人，卻是虛竹。他見到蕭峯，大喜之下，搶步走近，說道：「大哥，我正在到處找你，聽說三弟受了重傷，不知傷勢如何？」蕭峯道：「我救了下山，安頓在一家莊稼人家裏。」虛竹道：「咱們這便同去瞧瞧可好？」蕭峯道：「甚好！」兩人並肩而行，走出十餘丈後，梅蘭竹菊四姝從林中出來，跟在虛竹之後。虛竹說起，靈鷲宮諸女和七十二島、三十六洞羣豪均已下山，契丹一十八名武士與衆人相偕，料想中原羣豪不敢輕易相犯。蕭峯當即稱謝，心想：「我這個義弟來得甚奇，是三弟代我結拜而成金蘭之交，不料患難之中，得他大助。」

虛竹又說起已將丁春秋交給了少林寺戒律院看管，每年端午和重陽兩節，少林寺僧給他服食靈鷲宮的藥丸，以解他生死符發作時的苦楚，他生死懸於人手，料來不敢爲非作歹。蕭峯拊掌大笑，說道：「二弟，你爲武林中除去一個大害。這丁春秋在佛法陶冶之下，將來能逐步化去他的戾氣，亦未可知。」

虛竹愀然不樂，說道：「我想在少林寺出家，師祖、師父他們卻趕了我出來。這丁春秋傷天害理，作惡多端，卻能在少林寺清修，怎地我和他二人苦樂的業報如此不同？」蕭峯微微一笑，說道：「二弟，你羨慕丁老怪，丁老怪可更加千倍萬倍的羨慕你了。你身爲靈鷲宮主人，統率三十六洞洞主、七十二島島主，威震天下，有何不美？」虛竹搖頭道：「靈鷲宮中都是女人，我一個小和尚，處身其間，實在大大的不開心。」蕭峯哈哈大笑，說道：「你難道還是小和尚麼？」

虛竹又道：「星宿派那些吹牛拍馬之輩，又都纏住了我，不知如何打發才是。」蕭峯道：「這些人本就卑鄙無恥，加之在星宿老怪門下，若不吹牛拍馬，便難以活命。二弟，他們日後若不悔改，盡數轟了出去便是，不能讓這些奸徒留在身邊。」

虛竹想起父親母親在一天之中相認，卻又雙雙而死，更是悲傷，忍不住便滴下淚來。

蕭峯安慰他道：「二弟，世上不如意事，在所多有。當年我給逐出丐幫，普天下英雄豪傑，人人欲殺我而後快，我自是十分難過，但過一些時日，慢慢也就好了。」虛竹忽道：「不錯。如來當年在王舍城靈鷲山說法，靈鷲兩字，原與佛法有緣。總有一日，我要將靈鷲宮改作了靈鷲寺，教那些婆婆、嫂子、姑娘們都做尼姑。」蕭峯仰天大笑，說道：「和尙寺中住的都是尼姑，確是天下奇聞。」

兩人來到喬三槐屋後時，剛好碰上游坦之要挖鍾靈的眼珠，幸得及時阻止。

段譽問道：「大哥、二哥，你們見到我爹爹沒有？」蕭峯道：「後來沒再見到。」虛竹道：「混亂中羣雄一鬨而散，小兄沒能去拜候老伯，甚是失禮。」段譽道：「二哥不必客氣。那段延慶是我家大對頭，我怕他跟我爹爹爲難。」蕭峯道：「此事不可不慮，我便去找尋老伯，打個接應。」

阿紫道：「你口口聲聲老伯、小伯的，怎麼不叫一聲『岳父大人』？」蕭峯嘆道：「這是我畢生恨事，還有甚麼話好說？」說著站起身來，要走出房去。

這時梅劍端著一碗鷄湯，正進房來給段譽喝，聽到了各人的言語，說道：「蕭大俠，不用勞你駕去找尋，婢子這便傳下主人號令，命靈鷲宮屬下四周巡邏，要是見到段延慶有行兇之意，便放煙花爲號，咱們前往赴援，你瞧如何？」蕭峯喜道：「甚好！靈鷲宮屬下千餘之衆，分頭照看，自比我們幾個人找尋好得多了。」

當下梅劍自去發施號令。靈鷲宮諸部相互聯絡的法子極是迅捷，不多時陽天部諸女便已得到訊息，在符敏儀率領之下，趕到附近，以備奉命辦事。

段譽放下了心，跟著便想念起王語嫣來，尋思：「她心中恨我已極，只怕此後會面，再也不會睬我了。」言念及此，忍不住嘆了口氣。

鍾靈甚是關懷，問道：「你傷口痛麼？」段譽道：「也不大痛。」

阿紫道：「鍾姑娘，你雖喜歡我小哥哥，卻不明白他的心事，我瞧你這番相思，將來渺茫得緊。」鍾靈道：「我又沒跟你說話，誰要你插嘴？」阿紫笑道：「我不插嘴，那不相干。我只怕有個比你美麗十倍、溫柔十倍、體貼十倍的姑娘插了進來，我哥哥便再也不將你放在心上了。我哥哥爲甚麼嘆氣，你不知道麼？嘆氣，便是心有不足。你陪著我哥哥，心裏很滿足了，因此就不會嘆氣。我哥哥卻長吁短嘆，當然是爲了另外的姑娘。」阿紫沒法挖到鍾靈的眼珠，便以言語相刺，總是要她大感傷痛，這才快意。

鍾靈聽了，甚是惱怒，但她想這幾句話倒也有理，惱怒之情登時變了愁悶。好在她年紀幼小，向來天真活潑，雖然對段譽鍾情，卻不是銘心刻骨的相戀，只覺得和他在一起相聚，說不出的安慰快樂，段譽心中念著別人，不大理睬自己，自是頗爲難過，然而除此之外，卻也不覺得如何了。

段譽忙道：「鍾……鍾……靈妹妹，你別聽阿紫瞎說。」鍾靈聽段譽叫自己爲「靈妹妹」，不再叫「鍾姑娘」，顯得頗爲親熱，登時笑逐顏開，說道：「她說話愛刺人，我才不理呢。」

阿紫卻心中大怒，她眼睛瞎了之後，最恨人家提起這個「瞎」字，段譽倘若說她「胡說」、「亂說」，她只不過一笑，偏偏他漫不經心的用了「瞎說」二字，便道：「哥哥，你到底喜歡王姑娘多些呢，還是喜歡鍾姑娘多些？王姑娘跟我約好了，定於明日相會。你親口說的話，我要當面跟她說。」段譽一聽，當即坐起，忙問：「你約了王姑娘見面？在甚麼地方？甚麼時候？有甚麼事情商量？」

見了他如此情急模樣，不用他再說甚麼話，鍾靈自也知道在他心目之中，那個王姑娘比之自己不知要緊多少倍。她性子爽朗，先前心中一陣難過，到這時已淡了許多。倘若王語嫣和她易地而處，得知自己意中人移情別戀，自是淒然欲絕；木婉清多半是立即一箭向段譽射去；阿紫則是設法去將王語嫣害死。鍾靈卻道：「別起身，小心傷口破裂，又會流血。」

虛竹在側旁觀三人情狀，尋思：「鍾姑娘對三弟如此一往情深，多半不是我的夢姑。否則她聽到我的說話聲，豈有臉上毫無異狀之理？」但轉念又想：「啊喲，不對！童姥師伯、李秋水師叔，以及余婆、石嫂、符姑娘、梅蘭竹菊等等這一幫女子，個個心眼兒甚多，跟我們男子漢大不相同。說不定鍾姑娘便是夢姑，早認了我出來，卻絲毫不動聲色，將我蒙在鼓裏。」

段譽仍在催問阿紫，她明日與王語嫣約定在何處相見。阿紫見他如此情急，心下盤算如何戲弄他一番，說不定還可撿些便宜，當下只順口敷衍。

蘭劍進來回報，說陽天部已傳出號令，尋找段正淳一行，有事便即赴援，請段譽放心。段譽說道：「多謝姊姊費心，在下感激不盡。」蘭劍見他以大理國王子之尊，言語態度絕無半分架子，對他頗有好感，聽他又向阿紫詢問明日之約，忍不住插口：「段公子，你妹子在跟你開玩笑呢，你卻也當作了眞。」段譽道：「姊姊怎知舍妹跟我開玩笑？」蘭劍笑道：「我要是說了出來，段姑娘定然怪我多口，也不知主人許是不許。」

段譽忙向虛竹道：「二哥，你要她說罷！」

虛竹點了點頭，向蘭劍道：「三弟和我不分彼此，你們甚麼事都不必隱瞞。」

蘭劍道：「剛才我們見到慕容公子一行人下少室山去，聽到他們商量著要去西夏，王姑娘跟了她表哥同行，這會兒早在數十里之外了。明日又怎能跟段姑娘相會？」

阿紫啐道：「臭丫頭！明知我要怪你多口，你偏又說了出來。你們四姊妹都是一般的快嘴快舌，主人家在這裏說話，你們好沒規矩，卻來插嘴。」

忽然窗外一個少女聲音說道：「段姑娘，你爲甚麼罵我姊姊？靈鷲宮中神農閣的鑰匙是我管的，你知不知道？主人要找尋給你治眼的法門，非到神農閣去尋書、覓藥不可。」說話的正是竹劍。

阿紫心中一凜：「這臭丫頭說的只怕果是實情，在虛竹這死和尙給我治好眼睛之前，可不能得罪他身邊的丫頭，否則她們搗起蛋來，暗中將藥物掉換上幾樣，我的眼睛可糟糕了。哼，哼！我眼睛一治好，總要敎你們知道我的手段。」當下默不作聲。

段譽向蘭劍道：「多謝姊姊告知。他們到西夏去？卻又爲了甚麼？」

蘭劍道：「我沒聽到他們說去幹甚麼。」

虛竹道：「三弟，這一節我卻知道。我聽得公冶先生向丐幫諸長老說道：他們在途中遇到一個從西夏回歸中土的丐幫弟子，揭到一張西夏國國王的榜文，說道該國公主已到了婚配年紀，定明年三月淸明招親。西夏以弓馬立國，是以邀請普天下英雄豪傑，同去顯演武功，以備國王選擇才貌雙全之士，招爲駙馬。」

梅劍忍不住抿嘴道：「主人，你爲甚麼不到西夏去試試？只要蕭大俠和段公子不來跟你爭奪，你做西夏國的駙馬爺可說易如反掌。」

梅蘭竹菊四姝天性嬌憨，童姥待她們猶如親生小輩一般，雖有主僕之名，實則便似祖孫。童姥性子嚴峻，稍不如意，重罰立至，四姊妹倒還戰戰兢兢的不敢放肆。虛竹卻隨和之極，平時和她們相處，非但沒半分主人尊嚴，對她們簡直還恭而敬之，是以四姊妹想到甚麼便說甚麼，沒絲毫顧忌。

虛竹連連搖手，說道：「不去，不去！我一個出家……」順口又要把「出家人」三字說出來，總算最後一個「人」字咽回腹中。房裏的梅劍、蘭劍，房外的竹劍、菊劍卻已同時笑了出來。虛竹臉上一紅，轉頭偷眼向鍾靈瞧去，只見她怔怔的望著段譽，對自己的話似乎全沒留意。他心下驀地一動：「到西夏去？我……我和夢姑，是在西夏興州皇宮的冰窖之中相會的，夢姑此刻說不定尚在興州，三弟既不肯說她住在那裏，我何不到西夏去打聽打聽？」

他心中這麼想，段譽卻也說道：「二哥，你靈鷲宮和西夏國相近，反正要回去，何不便往西夏國走一遭？這位不知道是甚麼劍的姊姊……對不起，你們四位相貌一模一樣，我實在分不出來……這位姊姊要你去做駙馬爺，雖是說笑，但到了明年清明，四方豪傑畢集興州，定然十分熱鬧。大哥，你也不必急急忙忙的趕回南京啦，咱們同到西夏玩玩，然後再到靈鷲宮去嘗一嘗天山童姥留下來的百年美酒佳釀，實是賞心樂事。那日我在靈鷲宮，和二哥兩個喝得爛醉如泥，好不快活！」

蕭峯來到少室山時，十八名契丹武士以大皮袋盛烈酒隨行。但此刻衆武士不在身邊，他沒飲酒已久，聽得段譽說起到靈鷲宮去飲天山童姥的百年美酒，不由得舌底生津，嘴角邊露出微笑。

阿紫搶著道：「去，去，去！姊夫，咱們大夥兒一起都去。」她知要治自己眼盲，務須隨虛竹去靈鷲宮中，但若無蕭峯撐腰，虛竹縱然肯治，他手下那四個快嘴丫頭要是蓄意為難，不免夜長夢多。她聽蕭峯沉吟未答，心想：「姊夫外貌粗豪，心中卻著實精細，他此刻早已料到我的用心，不如直言相求，更易得他答允。」當即站起身來，扯著蕭峯的衣袖輕輕搖了幾下，求懇道：「姊夫，你如不帶我去靈鷲宮，我……我便終生不見天日了。」

蕭峯心想：「令她雙目復明，確是大事。」又想：「我在大遼位望雖尊，卻沒一個談得來的朋友。中原豪傑都得罪完了，好容易結交到這兩個慷慨豪俠的兄弟，若得多聚幾日，誠大快事。好在阿紫已經尋到，這時候就算回去南京，那也無所事事，氣悶得緊。」當下便道：「好，二弟、三弟，咱們同去西夏走一遭，然後再上二弟的靈鷲宮去，痛飲數日，還須請二弟爲段姑娘醫治眼睛。」虛竹道：「我當盡力而爲。」

次日衆人相偕就道。虛竹又到少林寺山門之前叩拜，喃喃祝告，一來拜謝佛祖恩德，二來拜謝寺中諸師的養育教導，三來向父親玄慈、母親葉二娘的亡靈告別。

到得山下，靈鷲宮諸女已僱就騾車，讓段譽和游坦之臥在車裏養傷。游坦之滿心不是滋味，但寧可忍辱受氣，說甚麼也不願和阿紫分離。只要阿紫偶然揭開車帷，和他說一兩句話，他便要興奮上好半天，只是阿紫騎在馬上，總是要蕭峯拉了馬韁引導，跟隨在蕭峯身邊，游坦之心中難過之極，卻不敢向她稍露不悅之意。

走了兩天，靈鷲宮諸部逐漸會合。鸞天部首領向虛竹和段譽稟報，她們已會到鎮南王，告知他段譽傷勢漸愈，並無大礙。鎭南王已放了心，要鸞天部轉告段譽，早日回去大理。鸞天部諸女又道：「鎭南王一行人是向東北方去，段延慶和南海鱷神、雲中鶴卻是向西，雙方決計碰不到頭。」段譽甚喜，向鸞天部諸女道謝。

鍾靈問段譽道：「令尊要你早回大理，他自己怎地又向東北方去？」段譽微微一笑，尙未回答，阿紫已笑道：「爹爹定是給我媽拉住了，不許他回大理去。鍾姑娘，你想拉住我哥哥的心，得學學我媽。」

這兩天中，段譽一直在尋思，要不要說明鍾靈便是自己妹子，總覺這件事說起來甚爲尷尬，旣傷鍾靈之心，又頗損父親名聲，還是暫且不說爲妙。鍾靈明知段譽所以要到西夏，全是爲了要去跟那王姑娘相會，但她每日得與段譽相見，心願已足，也不去理會日後段譽和王姑娘會見之後卻又如何，阿紫冷言冷語的對她譏嘲，她也渾不介意。

少室山位於京西北路河南府，要去西夏國，先得西赴永興軍路的陝州、解州、河中府，轉向西北，到坊州、鄜州、甘泉而至延安府，經保安軍而至西夏洪州，再西北行，沿邊塞而至鹽州、西平府靈州、懷州，過黃河而至西夏都城興慶府。一路上多見山嶺草原，黃沙撲面，風颳如刀。

段譽傷勢漸漸痊愈，虛竹爲游坦之的斷腿接上了骨，用夾板牢牢夾住了，看來頗有復原之望。游坦之跟誰也不說話，虛竹爲他醫腿，他臉色仍悻悻然，一個「謝」字也不說。兩人既身上有傷，衆人也只揀午間行路，每日只走幾十里，也就歇了。有時天氣嚴寒，大雪紛紛而下，便在大城鎮中飲酒休息，多日不行。衆人在河中府開開心心、熱熱鬧鬧的過了年，好在離清明節尙遠，也不急著西行，受那風沙之苦。

這日一行人來到同州一帶，段譽向蕭峯等述說當年劉、項爭霸的史蹟。蕭峯和虛竹都沒讀過甚麼書，聽段譽揚鞭說昔日英豪，都大感興味。

忽然間馬蹄聲響，後面兩乘馬快步趕來。蕭峯等將坐騎往道旁一拉，好讓後面的乘客先行。阿紫卻兀自攔在路中，待那兩乘馬將趕到她身後時，她提起馬鞭一抽，便向身後的馬頭上抽去。後面那騎者提起馬鞭，往阿紫的鞭子迎上，口中卻叫起來：「段公子！蕭大俠！」

段譽回頭看去，當先那人是巴天石，後邊那人是朱丹臣。巴天石揮鞭擋開阿紫擊來的馬鞭，和朱丹臣翻身下鞍，向段譽拜了下去。段譽忙下馬還禮，問道：「我爹爹平安？」只聽得颼的一聲響，阿紫又揮鞭向巴天石頭上抽落。

巴天石尙未站起，身子向左略挪，仍跪在地下。阿紫一鞭抽空，巴天石右膝一按，已將鞭梢揿住。阿紫用力回抽，卻抽之不動。她知自己內力決計不及對方，當即手掌一揚，將鞭子的柄兒向巴天石甩了過去。巴天石惱她氣死褚萬里，原有略加懲戒之意，不料她眼睛雖盲，行動卻仍極盡機變，鞭柄來得迅速，巴天石聽得風聲，忙側頭相避，頭臉雖然避開，但啪的一聲，已打中他肩頭。

段譽喝道：「紫妹，你又胡鬧！」阿紫道：「怎麼我胡鬧了?他要我的鞭子，我給了他便是。」巴天石嘻嘻一笑，道：「多謝姑娘賜鞭。」站起身來，從懷中取出一封書信，雙手遞給段譽。

段譽伸手接過，見封皮上「譽兒覽」三字正是父親的手書，忙雙手捧了，整了整衣衫，恭恭敬敬的拆開，見是父親命他到西夏之後，如有機緣，當設法娶西夏公主爲妻。信中言道：「我大理僻處南疆，國小兵弱，難抗外敵，如得與西夏結爲姻親，得一強援，實爲保土安民之上策。吾兒當以祖宗基業爲重，以社稷子民爲重，盡力圖之。」

段譽讀完此信，臉上一陣紅，一陣白，囁嚅道：「這個……這個……」

巴天石又取出一個大信封，上面蓋了「大理國皇太弟鎮南王保國大將軍」的朱紅大印，說道：「這是王爺寫給西夏皇帝求親的親筆函件，請公子到了興州之後，呈遞西夏皇帝。」朱丹臣也笑咪咪的道：「公子，祝你馬到成功，娶得一位如花似玉的公主回去大理，置我國江山如磐石之安。」段譽神色更加尷尬，問道：「爹爹怎知我去西夏？」巴天石道：「王爺得知慕容公子往西夏去求親，料想公子……也……也會前去瞧瞧熱鬧。王爺吩咐，公子須當以國家大事爲重，兒女私情爲輕。」

阿紫嘻嘻一笑，說道：「這叫做知子莫若父啦。爹爹聽說慕容復去西夏，料想王姑娘定然隨之同去，他自己這個寶貝兒子自然便也會巴巴的跟了去。哼，上樑不正下樑歪，他自己怎麼又不以國家大事爲重，以兒女私情爲輕？怎地離國如此之久，卻不回去？」

巴天石、朱丹臣、段譽三人聽阿紫出言對自己父親如此不敬，都駭然變色，她所說的雖是實情，但做兒女的，如何可以直言編排父親的不是？

阿紫又道：「哥哥，爹爹信中寫了甚麼？有提到我沒有？」段譽道：「爹爹不知你跟我在一起。」阿紫道：「嗯，是了，他不知道。爹爹有囑咐你找我嗎？有沒叫你設法照顧你這瞎了眼的妹子？」

段正淳的信中並未提及此節，段譽心想倘若照直而言，不免傷了妹子之心，便向巴朱二人連使眼色，要他們承認父王曾有找尋阿紫之命。那知巴朱二人假作不懂，並未迎合。朱丹臣道：「鎭南王命咱二人隨侍公子，聽由公子爺差遣，務須娶到西夏國公主。否則我二人回到大理，王爺就不怪罪，我們也臉上無光，難以見人。」言下之意，竟是段正淳派他二人監視段譽，非做上西夏的駙馬不可。

段譽苦笑道：「我本就不會武藝，何況重傷未愈，眞氣提不上來，怎能和天下的英雄好漢相比？」

巴天石轉頭向蕭峯、虛竹躬身說道：「鎭南王命小人拜上蕭大俠、虛竹先生，請二位念在金蘭之情，相助我們公子一臂之力。鎮南王又說：少室山上匆匆之間，未得與兩位多所親近，甚爲抱憾，特命小人奉上薄禮。」說著取出一隻碧玉彫琢的獅子，雙手奉給蕭峯。朱丹臣從懷中取出一柄象牙扇子，扇面上有段正淳鈔錄的心經，呈給虛竹。

二人稱謝接過，都道：「三弟之事，我們自當全力相助，何勞段伯父囑咐？蒙賜珍物，更不敢當了。」

阿紫道：「你道爹爹是好心麼？他是叫你們二人不要和我哥哥去爭做駙馬。我爹爹生怕他的寶貝兒子爭不過你們兩個。你們這麼一口答允，可上了我爹爹的當啦。」

蕭峯微微嘆了口氣，說道：「自你姊姊死後，我豈有再娶之意？」阿紫道：「你嘴裏自然這麼說，誰知道你心裏卻又怎生想？虛竹先生，你忠厚老實，不似我哥哥這麼風流好色，到處留情，你從來沒和姑娘結過情緣，去娶了西夏公主，豈不甚妙？」

虛竹滿面通紅，連連搖手，道：「不，不！我……我自己決計不行，我自當和大哥相助三弟，成就這頭親事。」

巴天石和朱丹臣相互瞧了一眼，向蕭峯和虛竹拜了下去，說道：「多承二位允可。」武林英豪一言既出，駟馬難追，蕭峯和虛竹同時答允相助，巴朱二人再來一下敲釘轉腳，倒不是怕他二人反悔，卻是要使段譽更難推托。

眾人一路向西北行，漸漸行近興州，道上遇到的武林之士便多了起來。

西夏疆土雖較大遼、大宋爲小，卻也是西陲大國，地據河套及甘州、肅州、涼州等肥沃之地。此時西夏國王早已稱帝，大宋爲元祐年間，大遼爲大安年間，西夏皇帝李乾順，史稱崇宗聖文帝，年號「天祐民安」，其時朝政清平，國泰民安。

武林中人如能娶到了西夏公主，榮華富貴，唾手而得，世上那還有更便宜的事？只是武林中的成名人物大都已娶妻生子，新進少年偏又武功不高，便有不少老年英雄攜帶了子姪徒弟，前去碰一碰運氣。許多江洋大盜、幫會豪客，倒是孤身一人，便不由得存了僥倖之想，齊往興州進發。許多人都想：「千里姻緣一線牽，說不定命中注定我和西夏公主有婚姻之份，也未必我武功一定勝過旁人，只須我和公主有緣，她瞧中了我，就有做駙馬爺的指望了。」

一路行來，但見一般少年英豪個個衣冠鮮明，連兵刃用具也都十分講究，竟像是去趕甚麼大賽會一般。道上相識之人遇見了，相互取笑之餘，不免打聽公主容貌如何，武藝高低；若是不識，往往怒目而視，將對方當作了敵人。

這一日蕭峯等正按轡徐行，忽聽得馬蹄聲響，迎面來了一乘馬，馬上乘客右臂以一塊白布吊在頸中，衣服撕破，極是狼狽。蕭峯等也不爲意，心想這人不是摔跌，便是給人打傷，那也平常得緊。不料過不多時，又有三乘馬過來，馬上乘客也都身受重傷，不是斷臂，便是折足。但見這三人面色灰敗，大有慚色，低著頭匆匆而過，不敢向別人多瞧一眼。梅劍道：「前面有人打架麼？怎地有好多人受傷？」

說話未了，又有兩人迎面過來。這兩人卻沒騎馬，滿臉是血，其中一人頭上裹了青布，血水不住從布中滲出來。竹劍道：「喂，你要傷藥不要？怎麼受了傷？」那人向她惡狠狠的瞪了一眼，向地下吐了口唾沫，掉頭而去。菊劍大怒，拔出長劍，便要向他刺去。虛竹搖頭道：「算了罷！這人受傷甚重，不必跟他一般見識。」蘭劍道：「竹妹好意問他要不要傷藥，這人卻如此無禮，讓他痛死了最好。」

便在此時，迎面四匹馬潑風也似奔將過來，左邊兩騎，右邊兩騎。只聽得馬上乘客相互戟指大罵。有人道：「都是你癩蝦蟆想吃天鵝肉，也不想想自己有多大道行，便想上興州去做駙馬。」另一邊一人罵道：「你若有本領，又幹麼不闖過關去？打輸了，偏來向我出氣。」這四人縱馬奔馳，說話又快，沒能聽清楚到底在爭些甚麼，霎時之間便到了跟前。四人見蕭峯等人多，不敢與之爭道，拉馬向兩旁奔了過去，但兀自指指點點的對罵，依稀聽來，這四人都是去興州想做駙馬的，但似有一道甚麼關口，四人都闖不過去，以致落得鎩羽而歸。

段譽道：「大哥，我看……」一言未畢，迎面又有幾個人徒步走來，也都身上受傷，有的頭破血流，有的一蹺一拐。鍾靈抑不住好奇之心，縱馬上前，問道：「喂，前面把關之人厲害得緊麼？」一個中年漢子道：「哼！你是姑娘，要過去沒人攔阻。是男的，還是乘早打回頭罷。」他這麼一說，連蕭峯、虛竹等也感奇怪，都道：「上去瞧瞧！」催馬疾馳。

一行人奔出七八里，只見山道陡峭，一條僅容一騎的山徑蜿蜒向上，只轉得幾個彎，便見黑壓壓的一堆人聚在一團。蕭峯等馳將近去，但見山道中間並肩站著兩名大漢，都是身高六尺有餘，異常魁偉，一個手持大鐵杵，一個雙手各提一柄銅鎚，惡狠狠的望著眼前衆人。

聚在兩條大漢之前的少說也有十七八人，言辭紛紛，各說各的。有的說：「借光，我們要上興州去，請兩位讓一讓。」這是敬之以禮。有的說：「兩位是收買路錢嗎？不知是一兩銀子一個，還是二兩一個？只須兩位開下價來，並非不可商量。」這是動之以利。有的說：「你們再不讓開，惹惱了老子，把你兩條大漢斬成肉漿，再要拼湊還原，可不成了，還是乘早乖乖的讓開，免得大禍臨頭。」這是脅之以威。更有人說：「兩位相貌堂堂，威風凜凜，何不到興州去做駙馬？那位如花似玉的公主倘若教旁人得了去，豈不可惜？」這是誘之以色。衆人七張八嘴，那兩條大漢始終不理。

突然人羣中一人喝道：「讓開！」寒光一閃，挺劍上前，向左首那大漢刺過去。那大漢身形巨大，兵刃又極沉重，殊不料行動迅捷無比，雙鎚互擊，正好將長劍夾在雙鎚之中。這一對八角銅鎚每一柄各有四十來斤，噹的一聲響，長劍登時斷為十餘截。那大漢飛出一腿，踢在那人小腹之上。那人大叫一聲，跌出七八丈外，一時爬不起身。

只見又有一人手舞雙刀，衝將上去，雙刀舞成一團白光，護住全身。將到兩條大漢身前，那人一聲大喝，突然變了地堂刀法，著地滾進，雙刀向兩名大漢腿上砍去。那持杵大漢也不去看他刀勢來路如何，提起鐵杵，便往這團白光上猛擊下去。但聽得「啊」的一聲慘呼，那人雙刀為鐵杵打斷，刀頭並排插入自己胸中，骨溜溜的向山下滾去。

兩名大漢連傷二人，餘人不敢再進。忽聽得蹄聲得答答，山徑上一匹驢子走了上來。驢背上騎著一個少年書生，不過十八九歲年紀，寬袍緩帶，神情既頗儒雅，容貌又極俊美。他騎著驢子走過蕭峯等一干人身旁時，眾人覺得他與一路上所見的江湖豪士頗不相同，不由得向他多瞧了幾眼。段譽突然「啊」的一聲，叫了出來，又道：「你……你……你……」那書生向他瞧也不瞧，挨著各人坐騎，搶到了前頭。

鍾靈奇道：「你認得這位相公？」段譽臉上一紅，道：「不，我看錯人了。他……他是個男人，我怎認得？」他這話實在有點不倫不類，阿紫登時便嗤的一聲笑了出來，說道：「哥哥，原來你只認得女子，不認得男人。」她頓了一頓，問道：「難道剛才過去的是男人麼？這人明明是女的。」段譽道：「你說他是女人？」阿紫道：「當然啦，她身上好香，全是女人的香氣。」段譽心中怦怦亂跳：「莫非……莫非當真是她？」

這時那書生已騎驢到了兩條大漢的面前，叱道：「讓開！」這兩字語音清脆，果是女子的喉音。

段譽更無懷疑，叫道：「木姑娘，婉清，妹子！你……你……你……我……我……」口中亂叫，催坐騎追上去。巴天石、朱丹臣兩人同時拍馬追去。

那少年書生騎在驢背上，只瞪著兩條大漢，卻不回頭。巴天石、朱丹臣從側面看去，但見他俏目俊臉，果然便是當日隨同段譽來到大理鎮南王府的木婉清。二人暗叫：「慚愧，咱們明眼人，還不如個瞎子。」殊不知阿紫目不見物，耳音嗅覺勝於常人，木婉清體有異香，她一聞到便知是女子。衆人卻明明看到一個少年書生，匆匆之間，難辨男女。

段譽縱馬馳到木婉清身旁，伸手往她肩上搭去，柔聲道：「妹子，這些日子你在那裏？我可想得你好苦！」木婉清縮肩避開他手，轉過頭來，冷冷的道：「你想我？你爲甚麼想我？你當眞想我了？」段譽一呆，她這三句問話，自己可一句也答不上來。

對面持杵大漢哈哈大笑，說道：「好，原來你是個女娃子，我便放你過去。」持鎚大漢叫道：「娘兒們可以過去，臭男人便不行。喂，你滾回去，滾回去！」一面說，一面指著段譽，喝道：「你這等小白臉，老子一見就生氣。再上來一步，老子不將你打成肉漿才怪。」

段譽道：「尊兄言之差矣！這是人人可行的大道，尊兄爲何不許我過？願聞其詳。」

那大漢道：「吐蕃國宗贊王子有令：此關封閉一個月，待過了三月清明再開。在清明節以前，女過男不過，僧過俗不過，老過少不過，死過活不過！這叫『四過四不過』。」

段譽道：「那是甚麼道理？」那大漢大聲道：「道理，道理！老子的銅鎚、老二的鐵杵便是道理。宗贊王子的話便是道理。你是男子，既非和尚，又非老翁，若要過關，除非是個死人。」

木婉清怒道：「呸，偏有這許多囉裏囉唆的臭規矩！」右手一揚，嗤嗤兩聲，兩枚小箭分向兩名大漢射去，只聽得啪啪兩下，如中敗革，眼見小箭射進了兩名大漢胸口衣衫，但二人竟如一無所損。木婉清大驚，心道：「這二人多半身披軟甲，我的毒箭居然射他們不死。」那持杵大漢大怒，伸出大手，向木婉清揪來。這人身子高大，木婉清雖騎在驢背，但他一手伸出，便揪向她胸口。

段譽叫道：「尊兄休得無禮！」左手疾伸去擋。那大漢手掌一翻，便將段譽手腕牢牢抓住。持鎚大漢叫道：「妙極！咱哥兒倆將這小白臉撕成兩半！」將雙鎚併於左手，右手一把抓住了段譽左腕，用力便扯。

木婉清急叫：「休得傷我哥哥！」嗤嗤數箭射出，都如石沉大海，雖中在兩名大漢身上，卻不損其分毫，想要射他二人頭臉眼珠，可是中間隔了個段譽，又怕傷及於他。

兩旁山峯壁立，巴天石和朱丹臣給段木二人坐騎阻住了，沒法上前相救。

這時蕭峯、虛竹等人也已近前，虛竹飛身離鞍，躍到持杵大漢身側，伸指正要往他脅下點去，卻聽得段譽哈哈大笑，說道：「二哥不須驚惶，他們傷我不得。」

只見兩條鐵塔也似的大漢漸漸矮了下來，兩顆大頭搖搖擺擺，站立不定，過不多時，砰砰兩聲，倒在地下。段譽的「北冥神功」專吸敵人功力，兩條大漢內力既竭，天生膂力也即無用，兩人委頓在地，形如虛脫。段譽說道：「你們已打死打傷了這許多人，也該受此懲罰，下次萬萬不可。」

鍾靈恰於此時趕到，向木婉清道：「木姊姊，我眞想不到是你！」木婉清冷冷的道：「你是我親妹子，只叫『姊姊』便了，何必加上個『木』字？」鍾靈奇道：「木姊姊，你說笑了，我怎麼會是你的親妹子？」木婉清向段譽一指道：「你去問他！」鍾靈轉向段譽，待他解釋。

段譽脹紅了臉，說道：「是，是，這個……這時候卻也不便細說。」

本來爲兩條大漢擋住的衆人，一個個從他身邊搶了過去，直奔興州。

阿紫叫道：「哥哥，這位好香的姑娘，也是你的老相好麼？怎不爲我引見引見？」

段譽道：「別胡說，這位……這位是你的……你的親姊姊，你過來見見。」木婉清怒道：「我那有這麼好福氣？」在驢臀上輕輕一鞭，逕往前行。

段譽縱騎趕了上去，問道：「這些時來，你卻在那裏？妹子，你……你可眞清減了。」木婉清心高氣傲，動不動便出手殺人，但聽了他這句溫柔言語，突然胸口一酸，兩年多來道路流離，種種風霜雨雪之苦，無可奈何之情，霎時之間都襲上了心頭，淚水再也沒法抑止，撲簌簌的便滾將下來。

段譽道：「好妹子，我們大夥兒人多，有個照應，你就跟我們在一起罷。」木婉清道：「誰要你照應？沒有你，我一個人不也這麼過日子了？」段譽道：「我有許多話要跟你說，好妹子，你答應跟我們在一起好不好？」木婉清道：「你又有甚麼話跟我說了？多半是胡說八道。」嘴裏雖沒答允，口風卻已軟了。段譽甚喜，搭訕道：「好妹子，你雖然清瘦了些，可越長越俊啦！」

木婉清臉一沉，道：「你是我兄長，可別跟我說這些話。」她心下煩亂已極，明知段譽是自己同父異母的哥哥，但對他的相思愛慕之情，別來非但並未稍減，更只有與日俱增。

段譽笑道：「我說你越長越俊，也沒甚麼不對。好妹子，你爲甚麼著了男裝上興州去？是去招駙馬麼？似你這麼俊美秀氣的少年書生，那西夏公主一見之後，非愛上你不可。」木婉清道：「那你爲甚麼又上興州去了？」段譽臉上微微一紅，道：「我是去瞧瞧熱鬧，更無別情。」木婉清哼的一聲，道：「你別儘騙我。爹爹叫你去做西夏駙馬，命這姓巴的、姓朱的送信給你，你當我不知道麼？」

段譽奇道：「咦，你怎麼知道？」木婉清道：「我媽撞到了咱們的好爹爹，我跟媽在一起，爹爹的事我自然也聽到了。」段譽道：「原來如此。你知道我要上興州去，因此跟著來瞧瞧我，是不是？」

木婉清臉上微微一紅，段譽這話正中了她的心事，但她兀自嘴硬，道：「我瞧你幹甚麼？我想瞧瞧那位西夏公主到底是怎樣美法，鬧得這般天下鬨動。」段譽想說：「她能有你一半美，也就算了不起啦！」隨即覺得這話跟情人說則可，跟妹妹說卻不可，話到口邊，又即忍住。木婉清道：「我又想瞧瞧，咱們大理國的段王子，是不是能攀上這門親事。」段譽低聲道：「我是決計不做西夏駙馬的，好妹子，這句話你可別洩漏出去。爹爹眞要逼我，我便逃之夭夭。」

木婉清道：「難道爹爹有命，你也敢違抗？」段譽道：「我不是抗命，我是逃走。」木婉清笑道：「逃走和抗命，又有甚麼分別？人家金枝玉葉的公主，你爲甚麼不要？」自從見面以來，這是她初展笑臉，段譽心下大喜，道：「你當我和爹爹一樣嗎？見一個，愛一個，到後來弄到不可開交。」

木婉清道：「哼，我瞧你跟爹爹也沒甚麼兩樣，當眞是有其父必有其子。只不過你沒爹爹這麼好福氣。」她嘆了口氣，說道：「像我媽，背後說起爹爹來，恨得甚麼似的，可是一見了他面，卻又眉花眼笑，甚麼都原諒了。現下的年輕姑娘們哪，可再沒我媽這麼好了。」

段譽於霎時之間，只覺全身飄飄盪盪地，若升雲霧，如入夢境，這些時候來朝思暮想的願望，驀地裏化爲眞實，兀自不信是眞。

四五　枯井底　污泥處

巴天石和朱丹臣等過來和木婉淸相見，又爲她引見蕭峯、虛竹等人。巴朱二人雖知她是鎭南王之女，但因未正式行過收養之禮，公告於衆，仍稱她爲「木姑娘」。

衆人行得數里，忽聽得左首傳來一聲驚呼，更有人嘶聲號叫，卻是南海鱷神的聲音，似乎遇上了甚麼危難。段譽道：「是我徒弟！」鍾靈叫道：「咱們快去瞧瞧，你徒弟爲人倒也不壞。」虛竹也道：「正是！」他母親葉二娘是南海鱷神的同夥，不免有些香火之情。

衆人催騎向號叫聲傳來處奔去，轉過幾個山坳，見是一片密林，對面懸崖之旁，出現一片驚心動魄的情景：

一大塊懸崖突出於深谷之上，崖上生著一株孤另另的松樹，形狀古拙。松樹上一根粗大枝幹臨空伸出，有人以一根桿棒搭在大枝幹上，這人一身青袍，正是段延慶。他左手抓著桿棒，右手抓著另一根桿棒，那根桿棒的盡端也有人抓著，卻是南海鱷神。南海鱷神的另一隻手抓住了一人的長髮，乃是窮凶極惡雲中鶴。雲中鶴雙手分別握著一個少女的兩隻手腕。四人宛如結成一條長繩，臨空飄盪，著實凶險，不論那一人失手，下面的人立即墮入底下數十丈的深谷。谷中萬石森森，猶如一把把刀劍般向上聳立，倘若有人墮下，決難活命。

其時一陣風吹來，將南海鱷神、雲中鶴、和那少女三人吹得轉了半個圈子。這少女本來背向衆人，這時轉過身來，段譽大叫：「啊喲！」險些從馬上掉將下來。

那少女正是他朝思暮想、無時或忘的王語嫣。

段譽一定神間，眼見懸崖奇險，沒法縱馬上前，當即躍下馬背，搶著奔去。將到松樹之前，只見一個頭大身矮的胖子手執大斧，正在砍那松樹。

段譽這一驚更加非同小可，叫道：「喂，喂，你幹甚麼？」那矮胖子毫不理睬，只一斧斧的往樹上砍去，嘭嘭大響，碎木飛濺。段譽手指一伸，提起眞氣，欲以六脈神劍傷他，不料他這六脈神劍要它來時卻未必便來，連指數指，劍氣影蹤全無，惶急大叫：「大哥、二哥，兩個好妹子、四位好姑娘，快來，快來救人！」

呼喝聲中，蕭峯、虛竹等都奔將過來。原來這胖子給大石擋住了，在下面全然見不到。幸好那松樹粗大，一時之間沒法砍倒。

蕭峯等一見這般情狀，都大爲驚異，說甚麼也想不明白，如何會出現這等希奇古怪的局面。虛竹叫道：「胖子老兄，快停手，這棵樹砍不得！」那胖子道：「這是我種的樹，我愛砍回家去，做口棺材來睡，你管得著麼？」說著手上絲毫不停。下面南海鱷神的大呼小叫之聲，不絕傳將上來。段譽道：「二哥，此人不可理喻，請你快去制止他再說。」虛竹道：「甚好！」便要奔將過去。

突見一人撐著兩根木杖，疾從衆人身旁掠過，幾個起落，已擋在那矮胖子之前，卻是游坦之，不知他何時從驢車中溜了出來。游坦之一杖拄地，一杖提起，森然道：「誰也不可過來！」

木婉清從沒見過此人，突然看到他奇醜可怖的面容，只嚇得花容失色，「啊」的一聲低呼。段譽忙道：「莊幫主，你快制止這位胖子仁兄，叫他不可再砍松樹。」游坦之冷冷的道：「我爲甚麼要制住他？有甚麼好處？」段譽道：「松樹一倒，下面的人都要摔死了。」

虛竹見情勢凶險，縱身躍近，心想就算不能制住那胖子，也得將段延慶等人拉上。他當日所以能解開那「珍瓏棋局」，全仗段延慶指點，此後學到一身本領，便由此發端，雖然這件事對他是禍是福，實所難言，但段延慶對他總是一片好意，有恩當報。

游坦之右手將木杖在地下一插，右掌立即拍出，一股陰寒之氣伴著掌風直逼而至。虛竹雖不怕他的寒陰毒掌，卻也知此掌功力深厚，不能小覷，當即凝神還了一掌。游坦之第二掌卻對準松樹的枝幹拍落，松枝大晃，懸掛著的四人更搖晃不已。

段譽急叫：「二哥別再過去了，有話大家好說，不必動蠻。」

游坦之道：「段公子，你要我制住這胖子，那也不難，可是你給我甚麼好處？」段譽道：「你要甚麼，我給甚麼，決不討價還價。快，快，救人可遲不得！」游坦之道：「我制住那胖子後，立即要和阿紫姑娘離去，你和蕭峯、虛竹一干人，誰也不得阻攔。」

段譽道：「阿紫？她……她要請我二哥施術復明，跟了你離去，她眼睛怎麼辦？」游坦之道：「虛竹先生能為她施術復明，我自也能設法治好她的眼睛。」段譽道：「這個……這個……」眼見那矮胖子還是一斧、一斧的不斷砍那松樹，心想此刻千鈞一髮，終究是救命要緊，便道：「我答允你便了！你……你……快……」

游坦之右掌揮出，擊向那胖子。那胖子嘿嘿冷笑，拋下斧頭，紮起馬步，一聲斷喝，雙掌向游坦之的掌力迎上，掌風虎虎，聲勢威猛，游坦之這一掌卻半點聲息也無。

突然之間，那胖子臉色大變，本是高傲無比的神氣，忽然變得異常詫異，似乎見到了天下最奇怪、最難相信之事，跟著嘴角邊流下兩條鮮血，身子漸漸縮成一團，慢慢向崖下深谷中掉了下去。隔了好一會，才聽得騰的一聲，自是他身子撞在谷底亂石之上，聲音悶鬱，衆人想像這矮胖子腦裂肚破的慘狀，都是身上一寒。

虛竹飛身躍上松樹枝幹，只見段延慶的鋼杖深深嵌入樹枝，全憑一股內力黏勁，掛住了下面四人，內力之深厚，委實非同小可。虛竹伸左手抓住鋼杖，提將上來。

南海鱷神在下面大讚：「小和尚，我早知你是個好和尚。你是我二姊的兒子，是我岳老二的姪兒。既是岳老二的姪兒，本領自然不會太差。若不是你來相助一臂之力，我們在這裏吊足三日三夜，滋味便不大好受了。」雲中鶴道：「這當兒還在吹大氣，怎能吊得三日三夜？」南海鱷神怒道：「我支持不住之時，右手一鬆，放開了你頭髮，不就成了，要不要我試試？」他二人雖在急難之中，仍不住拌嘴。

片刻之間，虛竹將段延慶接了上來，跟著將南海鱷神與雲中鶴一一提起，最後才拉起王語嫣。她雙目緊閉，呼吸微弱，已然暈去。

段譽先是大為欣慰，跟著便心下憐惜，但見她雙手手腕上都有一圈紫黑色，現出雲中鶴深深的指印，想起雲中鶴兇殘好色，對木婉清和鍾靈都曾意圖非禮，每一次都蒙南海鱷神搭救，今日自又是惡事重演，不由得惱怒之極，說道：「大哥、二哥，這雲中鶴壞極，咱們把他殺了罷！」

南海鱷神叫道：「不對，不對！段……那個師父……今日全靠雲老四救了你這個……你這個老婆……我這個師娘……不然的話，你老婆早一命嗚呼了。」

他這幾句話雖顛三倒四，衆人卻也都聽得明白。適才段譽爲了王語嫣而焦急逾恆之狀，木婉清和鍾靈一一都瞧在眼裏，未見王語嫣上來，已不禁黯然自傷，迨見到她神清骨秀、端麗無雙的容貌，心中更說不出的難受。只見她雙目慢慢睜開，「嚶」的一聲，低聲道：「這是在黃泉地府麼？我……我已經死了麼？」

南海鱷神怒道：「你這小妞兒當眞胡說八道！倘若這是黃泉地府，難道咱們個個都是死鬼？你現下還不是我師父的老婆，我得罪你幾句，也不算是以下犯上。不過時日無多，依我看來，你遲早要做我師娘，良機莫失，還是及早多叫你幾聲小妞兒比較上算。喂，我說小妞兒啊，好端端地幹甚麼尋死覓活？你死了是你自己甘願，卻險些兒陪上我把弟雲中鶴的一條性命。雲中鶴死了也就罷了，咱們段老大死了，那就可惜得緊。就算段老大死了也不打緊，我岳老二陪你死了，可眞大大的犯不著啦！」

段譽柔聲安慰：「王姑娘，這可受驚了，且靠著樹歇一會。」王語嫣哇的一聲，哭了出來，雙手捧著臉，低聲道：「你們別來管我，我……我……我不想活啦。」段譽吃了一驚：「她眞的是要尋死，那爲甚麼？難道……難道……」斜眼瞧向雲中鶴，見到他暴戾兇狠的神色，暗叫：「啊喲！莫非王姑娘受了此人之辱，以致要自尋短見？」

鍾靈走上一步，說道：「岳老三，你好！」南海鱷神一見大喜，大聲道：「小師娘，你也好！我現下是岳老二，不是岳老三了！」鍾靈道：「你別叫我小甚麼的，怪難聽的。岳老二，我問你，這位姑娘到底爲甚麼要尋死？又是這個竹篙兒惹的禍麼？我呵他的癢！」說著雙手湊在嘴邊，向十根手指吹了幾口氣。雲中鶴臉色大變，退開兩步。

南海鱷神連連搖頭，說道：「不是，不是。天地良心，這一次雲老四變了性，忽然做起好事來。咱三人少了葉二娘這個伴兒，都悶悶不樂，出來散散心，走到這裏，剛好見到這小妞兒跳崖自盡，她跳出去的力道太大，雲老四又沒抓得及時，唉，他本來是個窮凶極惡的傢伙，突然改做好事，不免有點自不量力……」

雲中鶴怒道：「你奶奶的，我幾時大發善心，改做好事了？姓雲的最喜歡美貌姑娘，見到這王姑娘跳崖尋死，我自然捨不得，我是要抓她回去，做幾天老婆。」

南海鱷神暴跳如雷，戟指罵道：「你奶奶的，岳老二當你變了性，伸手救人，念著大家是天下有名惡人的情誼，才伸手抓你頭髮，早知如此，讓你掉下去摔死了倒好。」

鍾靈笑道：「岳老二，你本來外號叫作『兇神惡煞』，原是專做壞事，不做好事的，幾時又轉了性啦？是跟你師父學的嗎？」

南海鱷神搔了搔頭皮，道：「不是，不是！決不轉性，決不轉性！只不過四大惡人少了一個，不免有點不帶勁。我一抓到雲老四的頭髮，給他一拖，不由得也向谷下掉去，幸好段老大武功了得，一杖伸將過來，給我抓住了。可是我們三人四百來斤的份量，這一拖一拉，一扯一帶，將段老大也給牽了下來。他一杖甩出，鉤住了松樹，正想慢慢設法上來，不料來了個吐蕃國的矮胖子，拿起斧頭，便斫松樹。」

鍾靈問道：「這矮胖子是吐蕃國人麼？他又爲甚麼要害你們性命？」

南海鱷神向地下吐了口唾沫，說道：「我們四大惡人是西夏國一品堂中數一數二，不，不，是數三數四的高手，你們大家自然都是久仰的了。這次皇上爲公主招駙馬，吩咐一品堂的高手四下巡視，不准閒雜人等前來搗亂。那知吐蕃國的王子蠻不講理，居然派人把守西夏國的四處要道，不准旁人去招駙馬，只准他小子一個兒去招。我們自然不許，大夥兒就打了一架，打死十來個吐蕃武士。所以嘛，如此這般，我們三大惡人和吐蕃國的武士們，就不是好朋友啦。」

他這麼一說，衆人才算有了點頭緒，但王語嫣爲甚麼要自尋短見，卻還是不明白。

南海鱷神又道：「王姑娘，我師父來啦，你們還是做夫妻罷，你不用尋死啦！」

王語嫣抬起頭來，抽抽噎噎的道：「你再胡說八道的欺侮我，我……我就一頭撞死在這裏。」段譽忙道：「使不得，使不得！」轉頭向南海鱷神道：「岳老三，你不可……」南海鱷神道：「岳老二！」段譽道：「好，就是岳老二！你別再胡說八道。不過你救人有功，爲師感激不盡。下次我眞的教你幾手功夫！」

南海鱷神睜著怪眼，斜視王語嫣，說道：「你不肯做我師娘，肯做的人還怕少了？這位大師娘，這位小師娘，都是我的師娘。」說著指著木婉清，又指著鍾靈。

木婉清臉一紅，啐了一口，道：「咦，那個醜八怪呢？」衆人適才都全神貫注的瞧著虛竹救人，這時才發現游坦之和阿紫已不知去向。

段譽問道：「大哥，他們走了麼？」蕭峯道：「他們走了。你既答允了他，我就不便再加阻攔。」言下不禁茫然，不知阿紫隨游坦之去後，將來究竟如何。

南海鱷神叫道：「老大、老四，咱們回去了嗎？」見段延慶和雲中鶴向北而去，轉頭向段譽道：「我要去了！」放開腳步，跟著段延慶和雲中鶴逕回興州。

鍾靈道：「王姑娘，咱們坐車去。」扶著王語嫣，跨進阿紫原先乘坐的驢車。

一行人齊向興州進發。傍晚時分，到了興州城內。

其時西夏國勢方張，擁有二十二州。黃河之南有靈州、洪州、銀州、夏州諸州，河西有興州、涼州、甘州、肅州諸州，即今甘肅、寧夏一帶。其地有黃河灌溉之利，五穀豐饒，所謂「黃河百害，惟利一套」，西夏國所佔的正是河套之地。兵強馬壯，控甲五十萬。西夏士卒驍勇善戰，《宋史》云：「用兵多立虛巖，設伏兵包敵。以鐵騎爲前軍，乘善馬，重甲，刺斫不入，用鉤索絞聯，雖死馬上，不墜。遇戰則先出鐵騎突陣，陣亂則衝擊之，步兵挾騎以進。」大宋與之連年交鋒，累戰累敗。西夏皇帝雖是姓李，其實是胡人拓跋氏，唐太宗時賜姓李，宋時賜姓趙，但西夏仍喜姓李。西夏人轉戰四方，疆界變遷，國都時徙。這時的都城興州是西夏大城，但與中原名都相比，自遠遠不及。

這一晚蕭峯等沒法找到宿店。興州本不繁華，此時清明將屆，四方來的好漢豪傑不計其數，幾家大客店早住滿了。蕭峯等又再出城，好容易才在一座廟宇中得到借宿之所，男人擠在東廂，女子住在西廂。

段譽自見到王語嫣後，又歡喜，又憂愁，這晚上翻來覆去，卻如何睡得著？心中只想：「王姑娘爲甚麼要自尋短見？我怎生想個法子勸解於她才是？唉，我既不知她尋短見的原由，卻又何從勸解？」

眼見月光從窗格中洒將進來，一片清光，鋪在地下。他難以入睡，悄悄起身，走到庭院之中，只見牆角邊兩株疏桐，葉子初生未茂，一彎弦月漸漸升到梧桐頂上。這時方當入春，甘涼一帶，夜半仍頗爲寒冷，段譽在桐樹下繞了幾匝，又想：「她爲甚麼要自尋短見？」

信步出廟，月光下只見遠處池塘邊人影一閃，依稀是個白衣女子，更似便是王語嫣的模樣。段譽吃了一驚，暗叫：「不好，她又要去尋死了。」使開凌波微步，搶了過去，霎時間便到了那白衣人背後。池塘中碧水如鏡，反照那白衣人的面容，果然便是王語嫣。

段譽不敢冒昧上前，心想：「她在少室山上對我嗔惱，此次重會，仍絲毫不假辭色，想必餘怒未息。她所以要自尋短見，說不定爲了生我的氣。唉，段譽啊段譽，你唐突佳人，害得她淒然欲絕，當眞是百死不足以蔽其辜了。」他躲在一株大樹之後，自怨自嘆，越思越覺自己罪愆深重。世上如必須有人自盡，自然是他段譽，而決計不是眼前這位王姑娘。

只見那碧玉般的池水面上，忽然起了漪漣，幾個小小的水圈慢慢向外擴展開去，段譽凝神看去，見幾滴水珠落在池面，原來是王語嫣的淚水。段譽更加憐惜，但聽得她幽幽嘆了口氣，輕輕說道：「我……我還是死了，免得受這無窮無盡的煎熬。」

段譽再也忍不住，從樹後走了出來，說道：「王姑娘，千不是、萬不是，都是我段譽的不是，千萬請你擔代。你……你倘若仍要生氣，我只好給你跪下了。」他說到做到，雙膝一屈，登時便跪在她面前。

王語嫣嚇了一跳，忙道：「你……你幹甚麼？快起來，要是給人家瞧見了，成甚麼樣子？」段譽道：「要姑娘原諒了我，不再見怪，我才敢起來。」王語嫣奇道：「我原諒你甚麼？怪你甚麼？那干你甚麼事？」段譽道：「我見姑娘傷心，心想姑娘事事如意，定是我得罪了慕容公子，令他不快，以致惹得姑娘煩惱。下次若再撞見，他要打我殺我，我只逃跑，決不還手。你如要我不可逃跑，我也遵命。」

王語嫣頓了頓腳，嘆道：「唉，你這……你這獃子，我自己傷心，跟你全不相干！」段譽道：「如此說來，姑娘並不怪我？」王語嫣道：「自然不怪！」段譽道：「那我就放心了。」站起身來，突然間心中老大的不是滋味。倘若王語嫣為了他而傷心欲絕，打他罵他，甚至拔劍刺他，提刀砍他，他都會覺得十分開心，可是她偏偏說：「我自己傷心，跟你全不相干！」霎時間不由得茫然若失。

只見王語嫣又垂下了頭，淚水一點一點的滴在胸口，她的綢衫不吸水，淚珠順著衣衫滾了下去，段譽胸口一熱，說道：「姑娘，你到底有何為難之事，快跟我說了。我盡心竭力，定然給你辦到，總要想法子讓你轉嗔為喜。」

王語嫣慢慢抬頭，月光照著她含著淚水的眼睛，宛如兩顆水晶，那兩顆水晶中現出了光輝喜意，但光采隨即又黯淡了，她幽幽的道：「段公子，你一直待我很好，我心裏……我心裏自然很感激。只不過這件事，你實在無能為力，幫不了我。」

段譽道：「我自己確沒甚麼本事，但我蕭大哥、虛竹二哥都是一等一的武功，他們都在這裏，我跟他兩個是結拜兄弟，親如骨肉，我求他們甚麼事，諒無不允之理。王姑娘，你究竟為甚麼傷心，你說給我聽。就算眞的棘手之極，無可挽回，你把傷心的事說了出來，心中也會好過些。」

王語嫣慘白的臉頰上忽然罩上了一層暈紅，轉過了頭，不敢和段譽的目光相對，輕輕說話，聲音低如蚊蚋：「他……他要去做西夏駙馬。公冶二哥來勸我，說甚麼為了興復大燕，可不能顧兒女私情。」她一說了這幾句話，一回身，伏在段譽肩頭，哭了出來。

段譽受寵若驚，不敢有半點動彈，恍然大悟之餘，不由得呆了，也不知是歡喜呢還是難過，原來王語嫣傷心，是爲了慕容復要去做西夏駙馬，他娶了西夏公主，自然將王語嫣置之不顧。段譽自然而然的想到：「她若嫁不成表哥，說不定對我便能稍假辭色。我不敢要她委身下嫁，只須我得能時時見到她，那便心滿意足了。她喜歡清靜，我可陪她到人跡不到的荒山孤島上去，朝夕相對，樂也如何？」想到快樂之處，忍不住手舞足蹈。

王語嫣身子一顫，退後一步，見段譽滿臉喜色，嗔道：「你……你……我還當你好人呢，因此跟你說了，那知你幸災樂禍，反來笑我。」段譽急道：「不，不！皇天在上，我段譽若有半分對你幸災樂禍之心，教我天雷劈頂，萬箭攢身！」王語嫣道：「你沒壞心，也就是了，誰要你發誓？那麼你爲甚麼高興？」

她這句話剛問出口，心下立時也明白了：段譽所以喜形於色，只因慕容復娶了西夏公主，他去了這個情敵，便有望和自己成爲眷屬。段譽對她一見傾心，情致殷殷，她豈有不知？只是她滿腔情意，自幼便注在表哥身上，有時念及段譽的痴心，不免歉然，但這個「情」字，卻萬萬牽扯不上。她一明白段譽手舞足蹈的原由，不由得既驚且羞，紅暈雙頰，嗔道：「你雖不是笑我，卻也是不安好心。」

段譽心中一驚，暗道：「段譽啊段譽，你何以忽起卑鄙之念，竟生乘火打劫之心？豈不是成了無恥小人？」見到她楚楚可憐之狀，只覺但教能令得她一生平安喜樂，自己縱然萬死，亦所甘願，不由得胸間豪氣陡生，心想：「適才我只想，如何和她在荒山孤島之上，晨夕與共，其樂融融，可是沒想到這『其樂融融』，是我段譽之樂，卻不是她王語嫣之樂。我段譽之樂，其實正是她王語嫣之悲。我只求自己之樂，那是愛我自己，只有設法令她心中歡樂，那才是眞正的愛她，是爲她好。」

王語嫣低聲道：「是我說錯了麼？你生我的氣麼？」段譽道：「不，不，我怎會生你的氣？」王語嫣道：「那麼你怎地不說話？」段譽道：「我在想一件事。」

他心中不住盤算：「我和慕容公子相較，文才武功不如，人品風采不如，倜儻瀟洒、威望聲譽不如，可說樣樣及不上他。更何況他二人是中表之親，自幼兒青梅竹馬，鍾情已久，我更加沒法相比。可是有一件事我卻須得勝過慕容公子，我要令王姑娘知道，說到眞心爲她好，慕容公子卻不如我了。日後王姑娘和慕容公子生下兒孫，她內心深處或仍想到我段譽，知道這世上全心全意爲她設想的，沒第二個人能及得上我。」當下心意已決，說道：「王姑娘，你不用傷心，我去勸告慕容公子，叫他不可去做西夏駙馬，要他及早和你成婚。」

王語嫣吃了一驚，說道：「不！那怎麼可以？我表哥恨死了你，他不會聽你勸的。」

段譽道：「我當曉以大義，向他點明，人生在世，最要緊的是夫婦間情投意合，兩心相悅。他和西夏公主素不相識，既不知她是美是醜，是善是惡，旦夕相見，便成夫妻，那是大大不妥。我又要跟他說，王姑娘清麗絕俗，世所罕見，溫柔嫻淑，找遍天下再也遇不到第二個。過去一千年中固然沒有，再過一千年仍然沒有。何況王姑娘對你慕容公子鍾情多年，一往情深，你豈可做那薄倖郎君，爲天下有情人齊聲唾罵，爲江湖英雄好漢鄙視恥笑？」

王語嫣聽了他這番話，甚是感動，幽幽的道：「段公子，你說得我這麼好，那是你有意誇獎，討我歡喜……」段譽忙道：「非也，非也！」話一出口，便想到這是受了包不同的感染，學了他的口頭禪，忍不住一笑，又道：「我是一片誠心，句句乃肺腑之言！」王語嫣也給他這「非也非也」四字引得破涕爲笑，說道：「你好的不學，卻去學我包三哥。」

段譽見她開顏歡笑，十分喜歡，說道：「我自必多方勸導，要慕容公子不但消了做西夏駙馬之念，還須及早和姑娘成婚。」王語嫣道：「你這麼做，又爲了甚麼？於你能有甚麼好處？」段譽道：「我能見到姑娘言笑晏晏，心下歡喜，那便是極大的好處了。」

王語嫣心中一凜，只覺他這一句輕描淡寫的言語，實是對自己鍾情到十分。但她一片心思都放在慕容復身上，一時感動，隨即淡忘，嘆了口氣道：「你不知我表哥的心思。在他心中，興復大燕是天下第一等大事。公冶二哥跟我說，我表哥說道：男兒漢當以大業爲重，倘若兒女情長，英雄氣短，都便不是英雄了。他又說：西夏公主是無鹽嫫母也罷，是潑辣悍婦也罷，他都不放在心上，最要緊的是能助他光復大燕。」

段譽沉吟道：「那確是實情，他慕容氏一心一意想做皇帝，西夏能起兵助他復國。這件事……這件事……倒有些爲難。」眼見王語嫣又淚水盈盈，只覺便爲她上刀山、下油鍋，也是閒事一樁，一挺胸膛，說道：「你放一百二十個心，我挺身去做西夏駙馬。你表哥做不成駙馬，就非和你成婚不可了。」

王語嫣又驚又喜，問道：「甚麼？」段譽道：「我去搶這個駙馬都尉來做。」

王語嫣便即想到，那日公冶乾來向她開導，說道慕容復要去西夏求親，盼得成爲駙馬，以助燕國興復。她傷心欲絕，泣不成聲，公冶乾一面勸說，一面詳加分剖：「段公子是大理國王子，她父親段正淳是皇太弟鎭南王，日後必定繼位爲君，段公子乃是獨子，大理國皇位千準萬確，必定傳到他身上。公子爺要興復燕國，固然千難萬難，前途荆棘重重，而他是否能登位爲君，半分把握也沒有。他眼前只不過是一介白丁，如何是段譽這十拿九穩的皇太子可比？西夏國要招駙馬，招個皇太子自然好過招個白丁，他女兒做皇后娘娘，勝過了做平民庶人的妻子。他大理國皇子來到興州，金銀賄賂早花了十萬八萬，再花二三十萬也不稀奇，慕容家無論如何比不上。」（王語嫣心想：這書獃子是大理國皇子嗎？我倒不知道，他怎麼從來不說？他眞的已賄賂了這麼多錢麼？）

「再說到文才武功，段公子飽讀詩書，出口成章。以武功而論，他以大理段氏的

『六脈神劍』在少室山頭打得公子爺全無招架之力，天下英雄人所共見，公子爺渾不能用『以彼之道，還施彼身』來對付他。」（王語嫣心道：段公子還會「凌波微步」、「六陽融雪功」，這些功夫，表哥可都不會。）

「說到相貌英俊，兩人倒差不多。不過王姑娘，男子漢的神情氣概，不在俊美，要講究瀟洒大方。段公子有點兒獃頭獃腦，那不錯，他勝在無心無事，泰然自若，就只一見到你，立刻變得手足無措，魂不附體，成了個傻不裏幾的大傻瓜。我們的公子爺，他從早到晚，心裏念念不忘的，就是怎樣興復燕國。憂心忡忡之下，懷抱既放不開，自難瀟洒了。只要你不出現，我們旁人瞧兩位公子爺，自覺段公子瀟洒大方得多。包三弟譏刺他、奚落他，他洋洋自得，毫不在乎。段公子胸襟寬廣，風度閒雅，人中罕見。只不過他比我們公子小了幾歲，比較稚嫩一些。」（王語嫣心想：段公子比表哥要小八九歲吧，大概只大我一兩歲。表哥最近有了一兩根白頭髮，我必須假裝瞧不見，免得他不高興。）

「說到輔佐他的人呢？段公子手下的大理三公、四大護衛，智謀武功，不在我們鄧、公冶、包、風四人之下。他的把兄蕭峯蕭大王、虛竹先生，武功可說天下無敵，我們卻有位王姑娘，各家各派武功盡在胸中，勉強也可打個平手。」（王語嫣心道：蕭大王和虛竹先生的武功，我半點兒也不懂，怎能跟他們打個平手？）

「就算西夏國王當眞挑中了咱們公子，蕭大王手握大遼數十萬雄兵，只消他說一句：『皇帝陛下，我瞧你還是招我把弟、大理國皇子段殿下爲駙馬，於貴我兩國邦交有利得多，免得兩國兵戎相見，傷了和氣。再加大理在南夾攻，西夏只怕有點兒難擋。』這幾句話一說，咱們公子爺只好向段殿下拱手道：『段殿下，恭喜，恭喜！敝人今日即刻攜同舍表妹東歸，不喝殿下這杯喜酒了！』」（王語嫣心想：原來這書獃子竟有這許多好處，我一副心思一直放在表哥身上，全沒半分想到這書獃子。嗯，他便再好上十倍，跟我也渾沒相干。）

「聽說段公子果然也到興州來了，千里迢迢的，定是來招駙馬。」（王語嫣心道：我來興州，他便跟著來了。）

「段公子倘若也去求親，公子爺非輸不可。包三弟說，不妨找個機會砍去他腦袋。我和鄧大哥、風四弟都說不行，慕容家做這等事，豈不成了無恥小人？最好段公子心甘情願的離去，不向西夏求親，但如何勸得他自行回去，卻是個難題。公子爺和我們商議了幾天，至今仍束手無策。」（王語嫣心道：你們是盼我出馬，勸他回去。他如聽了我的話，表哥豈不是要去做駙馬？）

「公子爺一心一意，便是要興復大燕，眼前有個千載難逢的良機，偏偏有個大障礙擋住了。只消除去了障礙，公子爺得到西夏這個大援，興復大業便大有可爲。他身登大寶，西夏公主是正宮娘娘，公子爺對你情深意眞，便封你做西宮娘娘，那時他每天身在西宮，陪著你飲酒賦詩，十天八天也不去正宮一次。唉，就是想不出一個妙法，怎生叫段公子不來搶做西夏駙馬？這是個大功勞，可是我們誰也沒法爲公子爺分憂立功……」（王語嫣心想：你們想不出法子，我倒希望段公子去搶了做西夏駙馬，表哥便做不成了。卻不知段公子願不願做駙馬呢？）

王語嫣這時聽段譽說肯去搶做西夏駙馬，猶似在滿天烏雲中突然見到一絲陽光，不由得喜不自勝，低低的道：「段公子，你待我眞好，不過這樣一來，我表哥可眞要恨死你啦。」段譽道：「那又有甚麼干係？反正現下他早就恨我了。」王語嫣道：「你剛才說，也不知那西夏公主是美是醜，是善是惡，你卻爲了我而去和她成親，豈不是……豈不是……太委屈了你？」

段譽當下便要說：「只要爲了你，不論甚麼委屈我都甘願忍受。」但隨即便想：「我爲你做事，倘若居功要你感恩，不是君子的行逕。」便道：「我不是爲了你而受委屈，我爹爹有命，要我去設法娶得這位西夏公主。我是秉承爹爹之命，跟你全不相干。」

王語嫣冰雪聰明，段譽對她一片深情，豈有領略不到的？心想他對自己如此痴心，怎會甘願去娶一個素不相識的女子？他爲了自己而去做大違本意之事，卻毫不居功，不由得更加感激，伸手握住了段譽的手，說道：「段公子，我……我……今生今世，難以相報，但願來生……」說到這裏，喉頭哽咽，再也說不下去了。

他二人數度同經患難，背負扶持，肌膚相接，亦非止一次，但過去都是不得不然，這一次卻是王語嫣心下感動，伸手與段譽相握。段譽但覺她一隻柔膩軟滑的手掌款款握著自己的手，霎時之間，只覺便天塌下來也顧不得了，歡喜之情，充滿胸臆，心想她這麼待我，別說要我娶西夏公主，便是大宋公主、遼國公主、吐蕃公主、高麗公主一起娶了，卻又如何？他重傷初愈，心情激盪之下，熱血上湧，突然間天旋地轉，頭暈腦脹，身子搖了幾搖，一個側身，咕咚一聲，摔入了碧波池中。

王語嫣大吃一驚，叫道：「段公子，段公子！」伸手去拉。

幸好池水甚淺，段譽給冷水一激，腦子也清醒了，拖泥帶水的爬將上來。

王語嫣這麼一呼，廟中許多人都驚醒了。蕭峯、虛竹、巴天石、朱丹臣等都奔出來。見到段譽濕淋淋的十分狼狽，王語嫣卻滿臉通紅的站在一旁，忸怩尷尬，都道他二人深宵在池邊幽會，定是段譽毛手毛腳，給王語嫣推入池中，不由得暗暗好笑，卻也不便多問。段譽要待解釋，也不知說甚麼好。

次日是三月初七，離清明尚有二日。巴天石一早便到興慶府投文辦事。巳牌時分，他匆匆趕回廟中，向段譽道：「公子，王爺向西夏公主求親的書信，小人已投入了禮部。蒙禮部尚書親自延見，十分客氣，說公子前來求親，西夏國大感光寵，相信必能如公子所願。」

過不多時，廟門外人馬雜沓，跟著有吹打之聲。巴天石和朱丹臣迎了出去，原來是西夏禮部陶尚書率領人員，前來迎接段譽，遷往賓館款待。蕭峯是遼國的南院大王，遼國國勢之盛，遠過大理，西夏若知他來，接待更當隆重，只是他囑咐衆人不可洩露他的身分，和虛竹等一干人都認作是段譽的隨從，遷入了賓館。

衆人剛安頓好，忽聽後院中有人粗聲粗氣的罵道：「你是甚麼東西，居然也來打西夏公主的主意？這西夏駙馬，我們小王子是做定了的，我勸你還是夾著尾巴早些走罷！」巴天石等一聽，都是怒從心上起，心想甚麼人如此無禮，膽敢上門辱罵？開門看時，只見七八條粗壯大漢，站在院子中亂叫亂嚷。

巴天石和朱丹臣都是十分精細之人，只朱丹臣多了幾分文采儒雅，巴天石卻多了幾分霸悍之氣。兩人各不出聲，只在門口一站。但聽那幾條大漢越罵越粗魯，還夾雜著許多聽不懂的番話，口口聲聲「我家小王子」如何如何，似乎是吐蕃國王子的下屬。

巴天石和朱丹臣相視一笑，便欲出手打發這幾條大漢，突然間左首一扇門砰的開了，搶出兩個人來，一穿黃衣，一穿黑衣，指東打西，霎時間三條大漢躺在地下哼聲不絕，另外幾人給那二人拳打足踢，都拋出了門外。那黑衣漢子道：「痛快，痛快！」那黃衣人道：「非也，非也！還不夠痛快。」一個正是風波惡，一個是包不同。

但聽得逃到了門外的吐蕃武士兀自大叫：「姓慕容的，我勸你早些回蘇州去的好。

你想娶西夏公主爲妻，惹惱了我家小王子，『以汝之道，還施汝身』，娶了你妹子做小老婆，讓她在吐蕃天天喝酥油茶，她就開心得很了。」風波惡一陣風般趕將出去。只聽得噼啪、哎唷幾聲，幾名吐蕃武士漸逃漸遠，罵聲漸漸遠去。

王語嫣坐在房中，聽到包風二人和吐蕃衆武士的聲音，愁眉深鎖，珠淚悄垂，一時打不定主意，是否該出來和包風二人相會。

包不同向巴天石、朱丹臣一拱手，說道：「巴兄、朱兄來到西夏，是來瞧瞧熱鬧呢，還是別有所圖？」巴天石笑道：「包風二位如何，我二人也就如何了。」包不同道：「大理段公子也是來求親麼？」巴天石道：「正是。我家公子乃大理國皇太弟的世子，日後身登大位，在大理國南面爲君，與西夏結爲姻親，正是門當戶對。慕容公子一介白丁，人品雖佳，門第卻是不襯。」包不同臉色一變，道：「非也，非也！你只知其一，不知其二。我家公子人中龍鳳，豈是你家這個段獃子所能比並？」風波惡衝進門來，說道：「三哥，何必多作這口舌之爭？待來日金殿比試，大家施展手段便了。」包不同道：「非也，非也！金殿比試，那是公子爺他們的事；口舌之爭，卻是我哥兒們之事。」

巴天石笑道：「口舌之爭，包兄天下第一，古往今來，無人能及。小弟甘拜下風，這就認輸別過。」一拱手，與朱丹臣回入房中，說道：「朱賢弟，聽那包不同說來，似乎公子爺還得參與一場甚麼金殿比試。公子爺傷勢初愈，他的武功又時靈時不靈，並無把握，倘若比試之際六脈神劍施展不出，不但駙馬做不成，還有性命之憂，那便如何是好？」朱丹臣也束手無策。兩人去找蕭峯、虛竹商議。

蕭峯道：「這金殿比試，不知如何比試法？是單打獨鬥呢，還是許可部屬出陣？倘若旁人也可參與角鬥，那就不用躭心了。」巴天石道：「正是。朱賢弟，咱們去瞧瞧陶尚書，把招婿、比試的諸般規矩打聽明白，再作計較。」當下二人自去。

蕭峯、虛竹、段譽三人圍坐飲酒，你一碗，我一碗，意興甚豪。蕭峯問起段譽學會六脈神劍的經過，想要授他一項運氣法門，得能任意運使眞氣。那知段譽對內功、外功一竅不通，豈能在旦夕之間學會？蕭峯知無法可施，只得搖了搖頭，舉碗喝酒。虛竹和段譽的酒量都遠不及他，喝到五六碗烈酒時，段譽已頹然醉倒，人事不知了。

段譽待得矇矇矓矓的醒轉，只見窗紙上樹影扶疏，明月窺人，已是深夜。他心中一凜：「昨晚我和王姑娘沒說完話，一不小心，掉入了水池，不知她可還有甚麼話要跟我說？會不會又在外面等我？啊喲，不好，倘若她已等了半天，不耐煩起來，又回去安睡，豈不誤了大事？」急忙跳起，悄悄挨出房門，過了院子，正想去拔大門的門閂，忽聽得身後有人低聲道：「段公子，你過來，我有話跟你說。」

段譽出其不意，嚇了一跳，聽那聲音陰森森地似乎不懷好意，待要回頭去看，突覺背心一緊，已給人一把抓住。段譽依稀辨明聲音，問道：「是慕容公子麼？」

那人道：「不敢，正是區區，敢請段兄移駕一談。」果然便是慕容復。段譽道：「慕容公子有命，敢不奉陪？請放手罷！」慕容復道：「放手倒也不必。」段譽突覺身子一輕，騰雲駕霧般飛了上去，卻是給慕容復抓住後心，提著躍上了屋頂。

段譽倘若張口呼叫，便能將蕭峯、虛竹等驚醒，出來救援，但想：「我一叫之下，王姑娘也必聽見了，她見我二人重起爭鬥，定然大大不快。她決不會怪她表哥，總是編派我的不是，我又何必惹她生氣？」當下並不叫喚，任由慕容復提在手中，向外奔馳。

其時雖是深夜，但月亮凌空，月色澄明，只見慕容復腳下初時踏的是青石板街道，到後來已是黃土小徑，小徑兩旁都是半青不黃的長草。

慕容復奔得一會，突然停步，將段譽往地下重重一摔。砰的一聲，段譽肩腰著地，摔得好不疼痛，心想：「此人貌似文雅，行爲卻頗野蠻。」哼哼唧唧的爬起身來，道：「慕容兄有話好說，何必動粗？」

慕容復冷笑道：「昨晚你跟我表妹說甚麼話來？」段譽臉上一紅，囁嚅道：「也……也沒甚麼，只不過剛巧撞到，閒談幾句罷了。」慕容復道：「你是男子漢大丈夫，說過的話，做過的事，又何必抵賴隱瞞？」段譽給他一激，不由得氣往上衝，說道：「當然也不必瞞你，我跟王姑娘說，要來勸你一勸。」慕容復冷笑道：「你說要勸我道：人生在世，最要緊的是夫婦間情投意合，兩心相悅。你又說：我和西夏公主素不相識，既不知她是美是醜，是善是惡，旦夕相見，便成夫妻，那是大大不妥，是不是？又說我若辜負了我表妹的美意，便爲天下有情人齊聲唾罵，爲江湖上的英雄好漢鄙視恥笑，是也不是？」

他說一句，段譽吃一驚，待他說完，結結巴巴的道：「王……王姑娘都跟你說了？」慕容復道：「她怎會跟我說？」段譽道：「那麼是你昨晚躲在一旁聽見了？」慕容復冷笑道：「你騙得了這等不識世務的無知姑娘，可騙不了我。」

段譽奇道：「我騙你甚麼？」慕容復道：「事情再明白也沒有了，你自己想做西夏駙馬，怕我來爭，便編好了一套說辭，想誘我上當。嘿嘿，慕容復不是三歲孩兒，怎會墮入你彀中？你當眞是在做清秋大夢。」段譽嘆道：「我是一片好心，但盼王姑娘和你成婚，結成神仙眷屬，舉案齊眉，白頭偕老。」慕容復冷笑道：「多謝你的金口啦。大理段氏和姑蘇慕容無親無故，素無交情，你何必對我這般好心？只要我給我表妹纏住了不得脫身，你便得其所哉，披紅掛彩的去做西夏駙馬了。」

段譽怒道：「你這不是胡說八道麼？我是大理皇子，大理雖是小國，卻也沒將這『駙馬』兩字看得比天還大。慕容公子，我善言勸你，榮華富貴，轉瞬成空，你就算做成了西夏駙馬，再要做大燕皇帝，還不知要殺多少人？就算中原給你殺得血流成河，屍骨如山，你這大燕皇帝是否做得成，那也難說得很。」

慕容復卻不生氣，只冷冷的道：「你滿口子仁義道德，一肚皮卻是蛇蝎心腸。」段譽急道：「你不相信我是一番好意，那也由你，總而言之，我不能讓你娶西夏公主，我不能眼見王姑娘為你傷心腸斷，自尋短見。」慕容復道：「你不許我娶？哈哈，你當真有這麼大的能耐？我偏要娶，你便怎樣？」段譽道：「我自當盡心竭力，阻你成事。我一個人無能為力，便請朋友們幫忙。」

慕容復心中一凜，蕭峯、虛竹二人的武功如何，他自是熟知，甚至段譽本人，當他施展六脈神劍之際，自己也萬萬抵敵不住，幸好他劍法有時靈，有時不靈，未能得心應手，總算還有可乘之隙，當即微微抬頭，高聲道：「表妹，你過來，我有話跟你說。」

段譽又驚又喜，忙回頭去看，但見遍地清光，卻那裏有王語嫣的人影？他凝神張望，似乎對面樹叢中有甚麼東西一動，突然間胸口一緊，又給慕容復抓住了穴道，身子給他提了起來，才知上當，苦笑道：「你又來動蠻，再加謊言欺詐，實非君子之所為。」

慕容復冷笑道：「對付你這等小人，又豈能用君子手段？」心想：「你兩個義兄武功再高，你變成了死人，總做不成西夏駙馬了。」提著他向旁走去，想找個坑穴，將他一掌擊死，便即就地掩埋，走了數丈，見到一口枯井，舉手一擲，將他投了下去。段譽大叫：「啊喲！」已摔入井底。

慕容復正待找幾塊大石壓在井口之上，讓他在裏面活活餓死，忽聽得一個女子聲音道：「表哥，你瞧見我了？要跟我說甚麼話？啊喲，你把段公子怎麼啦？」正是王語嫣。慕容復一呆，皺起了眉頭，他向著段譽背後高聲說話，意在引得他回頭觀看，以便拿他胸前要穴，不料王語嫣眞的便在附近。

原來王語嫣這一晚愁思綿綿，難以安睡，倚窗望月，卻將慕容復抓住段譽的情景都瞧在眼裏，生怕兩人爭鬥起來，慕容復不敵段譽的六脈神劍，當即追隨在後，危急之際，可以喝止段譽。兩人的一番爭辯，句句都給她聽見了。只覺段譽相勸慕容復的言語確是出於肺腑，慕容復卻認定他別有用心。待得慕容復出言欺騙段譽，王語嫣還道他當眞見到了自己，便即現身。

王語嫣奔到井旁，俯身下望，叫道：「段公子，段公子！你有沒受傷？」段譽給摔下去時，頭下腳上，腦袋撞上硬泥，已然暈去。王語嫣叫了幾聲，不聽到回答，只道段譽已然跌死，想起他平素對自己的種種好處，這一次又確是爲了自己而送命，忍不住哭了出來，叫道：「段公子，你……你怎麼……怎麼就這樣死了？」

慕容復冷冷的道：「你對他果然是一往情深。」王語嫣哽咽道：「他好好相勸於你，聽不聽在你，又爲甚麼殺了他？」慕容復道：「這人是我大對頭，你沒聽他說，他要盡心竭力，阻我成事麼？那日少室山上，他令我喪盡臉面，難以在江湖立足，這人我自然容他不得。」王語嫣道：「少室山的事情，確是他不對，我早怪責過他了，他已自認不是。」慕容復冷笑道：「哼，自認不是！這麼輕描淡寫一句話，就想把這樑子揭過去了麼？我慕容復行走江湖，人人在背後指指點點，說我敗在他大理段氏的六脈神劍之下，你倒想想，我今後怎麼做人？」

王語嫣柔聲道：「表哥，一時勝敗，又何必常自掛懷在心？那日少室山鬥劍，姑父也已開導過你了，過去的事，再說作甚？」她不知段譽是否眞的死了，探頭井口，又叫道：「段公子，段公子！」仍不聞應聲。

慕容復道：「你這麼關心他，嫁了他也就是了，又何必假惺惺的跟著我？」

王語嫣胸口一酸，說道：「表哥，我對你一片眞心，難道……難道你還不信麼？」

慕容復冷笑道：「你對我一片眞心，嘿嘿！那日在太湖之畔的碾坊中，你赤身露體，和這姓段的一同躲在柴草堆中，卻在幹些甚麼？那是我親眼目睹，難道還有假的了？那時我要一刀殺死了這姓段的小子，你卻指點於他，不斷的跟我爲難，你的心到底是向著那一個，還不清楚得很嗎？嘿嘿……」

王語嫣驚得呆了，顫聲道：「太湖畔的碾坊中……那個……那個蒙面的……蒙面的西夏武士……」慕容復道：「不錯，那假扮西夏武士李延宗的，便是我了。」王語嫣低聲說道：「怪不得，我一直有些疑心。那日你曾說：『要是我一朝做了中原的皇帝』，那……那……原是你的口吻，我早該知道的。」慕容復冷笑道：「你雖早該知道，可是現下方知，卻也還沒太遲。」

王語嫣急道：「表哥，那日我中了西夏人所放的毒霧，承蒙段公子相救，中途遇雨，濕了衣衫，這才在碾坊中避雨，你……你……可不能多疑。」

慕容復道：「好一個碾坊中避雨！可是我來到之後，你二人仍在鬼鬼祟祟，這姓段的伸手來摸你臉蛋，你毫不閃避。那時我說甚麼話了，你可記得麼？只怕你一心都貫注在這姓段的身上，我的話全沒聽進耳去。」

王語嫣心中一凜，回思那日碾坊中之事，那蒙面西夏武士「李延宗」的話清清楚楚在腦海中顯現了出來。她喃喃的道：「那時候……你也是這般嘿嘿冷笑，說甚麼了？你說……你說……『我叫你去學了武功前來殺我，卻不是叫你二人……叫你二人……』」她心中記得，當日慕容復說的是：「卻不是叫你二人打情罵俏，動手動腳。」但這八個字卻無論如何說不出口，突然心中一動：「表哥爲此生氣，那是在喝醋了。他喝醋，心中便對我有幾分愛意。」

慕容復道：「那日你又說道：倘若我殺了這姓段的小子，你便決意殺我爲他報仇。王姑娘，我聽了你這句話，這才饒了他性命，不料養虎貽患，教我在少室山衆家英雄之前丟盡臉面。」

王語嫣聽他忽然不叫自己作「表妹」，改口而叫「王姑娘」，心中又是一寒，顫聲道：「表哥，那日我如知道是你，自不會說這種話。眞的，表哥，我……我要是知道了，決不會說的。你知道我心中對你一向……一向很好。」慕容復道：「就算我戴了人皮面具，你認不出我的相貌，就算我故意裝作啞了嗓子，你認不出我的口音，可是難道我的武功你也認不出？嘿嘿，你於武學之道，淵博非凡，任誰使出一招一式，你便知他的門派家數，可是我和這小子動手百餘招，你難道還認不出我？」王語嫣低聲道：「我確實有一點點疑心，不過……表哥，咱們好久沒見面了，我對你的武功進境不大了然……」

慕容復心下更加不忿，王語嫣這幾句話，明明說自己武功進境太慢，不及她意料，說道：「那日你道：『我初時看你刀法繁多，心中暗暗驚異，但看到五十招後，覺得也不過如此，說你一句黔驢技窮，似乎刻薄，但總言之，你所知遠不如我。』王姑娘，我所知確實遠不如你，你……你又何必跟在我身旁？你心中瞧我不起，不錯，可是我慕容復堂堂丈夫，也用不著給姑娘們瞧得起。」

王語嫣走上幾步，柔聲說道：「表哥，那日我說錯了，這裏跟你賠不是啦。」說著彎膝襝衽行禮，又道：「我實在不知道是你……你大人大量，千萬別放在心上。我從小敬重你，自小咱們一塊玩兒，你說甚麼，我總是依甚麼，從來不會違拗於你。當日我胡言亂語，你總要念著昔日的情份，原諒我一次。」

那日王語嫣在碾坊中說這番話，慕容復自來心高氣傲，聽了自是耿耿於懷，大爲不快，自此之後，兩人雖相聚時多，心中總是存了介蒂，不免格格不入。這時聽她軟言相求，月光下見到這樣一個清麗絕俗的姑娘，如此情致纏綿的對著自己，又深信她和段譽之間確無曖昧情事，當日言語衝撞，確也出於無心，想到自己和她青梅竹馬的情份，不禁動心，伸出手去，握住她雙手，叫道：「表妹！」

王語嫣大喜，知道表哥原諒了自己，投身入懷，將頭靠在他肩上，低聲道：「表哥，你生我的氣，儘管打我罵我，可千萬別藏在心中不說出來。」慕容復抱著她溫軟的身子，聽得她低聲軟語的央求，不由得心神盪漾，伸手輕撫她頭髮，柔聲道：「我怎捨得打你罵你？以前生你的氣，現下也不生氣了。」王語嫣柔聲問道：「表哥，你不去做西夏駙馬了罷？」

慕容復陡然間全身劇震，心道：「糟糕，糟糕！慕容復，你兒女情長，英雄氣短，險些兒誤了大事。倘若連這一點點的私情也割捨不下，那裏還說得上謀幹『打天下』的大業？」當即伸手將她推開，硬起心腸，搖頭道：「表妹，你我緣份已經盡了。你知道，我向來很會記恨，你說過的話，做過的事，我總難以忘記。」

王語嫣淒然道：「你剛才說不生我的氣了。」慕容復道：「我不生你的氣，可是……可是咱們這一生，終究不過是表兄妹的緣份。」王語嫣道：「你是決計不肯原諒我了？」

慕容復心中「私情」和「大業」兩件事交戰，遲疑半刻，終於搖了搖頭。王語嫣萬念俱灰，仍問：「你定要去娶那西夏公主，從此不再理我？」

慕容復本想做了西夏駙馬，得遂復國大業，再娶王語嫣爲嬪妃，但又想此念萬萬洩漏不得，若給西夏人得知，駙馬便決難中選，於是硬起心腸，點了點頭。

王語嫣先前得知表哥要去娶西夏公主，還是由公冶乾婉言轉告，當時便萌死志，藉故落後，避開了鄧百川等人，跳崖自盡，卻給雲中鶴救起，此刻爲意中人親口所拒，傷心欲狂，幾乎要吐出血來，本來段譽已允她去搶駙馬，但他既已給表哥投入井中害死，這番指望也沒有了，萬念俱灰，心想便死在表哥面前，一了百了，慢慢走向井邊，轉頭道：「表哥，祝你得遂心願，娶了西夏公主，又做大燕皇帝。」

慕容復知她要去尋死，走上一步，伸手想拉住她手臂，口中想呼：「不可！」但心中知道，只要一語出口，伸手一拉，此後能否擺脫表妹這番柔情糾纏，那就難以逆料。表妹溫柔美貌，世所罕有，得妻如此，復有何求？何況她自幼便對自己情根深種，倘若一個克制不住，結下了孽緣，興復燕國的大計便不免遭到挫折。他言念及此，嘴巴張開，卻無聲音發出，一隻手伸了出去，卻不當眞去拉。

王語嫣見此神情，猜到了他的心情，心想你就算棄我如遺，但我們是表兄妹至親，眼見我踏入死地，你竟不加阻攔，連那窮兇極惡的雲中鶴尚自不如，我除死之外，更無別路，當下縱身一躍，向井中墮了下去。

慕容復「啊」的一聲，跨上一步，伸手想去拉她腳，憑他武功，要抓住王語嫣原屬輕而易舉，但終究打不定主意，便任由她跳了下去。他嘆了口氣，搖頭道：「表妹，你畢竟深愛段公子，你二人雖生不能成爲夫婦，但死而同穴，也總算得遂了你心願。」

忽聽得背後有人說道：「假惺惺，僞君子！」慕容復一驚：「怎地有人到了我身邊，竟沒知覺？」向後拍出一掌，這才轉身，月光之下，但見一個淡淡的影子隨掌飄開，身法輕靈，實所罕見。

慕容復飛身而前，不等他身子落下，又揮掌拍去，怒道：「甚麼人？這般戲弄我！」那人在半空中發掌擊落，與慕容復掌力一對，又向外飄開丈許，這才落下地來，卻是吐蕃國師鳩摩智。

只聽他說道：「明明是你逼王姑娘投井自盡，卻在說甚麼得遂她心願，慕容公子，這未免太過陰險毒辣了罷？」慕容復怒道：「這是我的私事，誰要你來多管閒事？」鳩摩智道：「你幹這傷天害理之事，和尚便要管上一管。何況你想做西夏駙馬，那便不是私事了。」

慕容復道：「遮莫你這和尚，也想做駙馬？」鳩摩智哈哈大笑，說道：「和尚做駙馬，焉有是理？」慕容復冷笑道：「我早知吐蕃國存心不良，那你是爲你們小王子出頭了？」鳩摩智道：「甚麼叫做『存心不良』？倘若想娶西夏公主，便是存心不良，然則閣下之存心，良乎？不良乎？」慕容復道：「我要娶西夏公主，乃憑自身所能爭爲駙馬，卻不是指使手下人來攪風攪雨，弄得興州道上，英雄眉蹙，豪傑齒冷。」鳩摩智笑道：「咱們把許多不自量力的傢伙打發了去，免得西夏京城滿街盡是油頭粉臉的光棍，烏煙瘴氣，見之煩心。那是爲閣下淸道啊，有何不妥？」慕容復道：「如眞如此，卻也甚佳，然則吐蕃國小王子，是要憑一己功夫和人爭勝了？」鳩摩智道：「正是！」

慕容復見他一副有恃無恐、勝劵在握的模樣，不禁起疑，說道：「貴國小王子莫非武功高強，英雄無敵，已有必勝的成算？」鳩摩智道：「小王子殿下是我徒兒，武功還算不錯，英雄無敵卻不見得，必勝的成算倒是有的。」慕容復道：「這可奇了，貴國小王子有必勝的成算，我卻也有必勝的成算，也不知到底是誰眞的必勝。」

鳩摩智笑道：「我們小王子到底有甚麼必勝成算，你很想知道，是不是？不妨你先將你的法子說出來，然後我說我們的。咱們一起參詳參詳，且瞧是誰的法子高明。」

慕容復所恃者不過武功高明，形貌俊雅，眞的要說有甚麼必勝成算，卻是沒有，便道：「你這人詭計多端，言而無信。我如跟你說了，你卻不說，豈不是上了你當？」

鳩摩智哈哈一笑，說道：「慕容公子，我和令尊相交多年，互相欽佩。我僭妄一些，總算得上是你長輩。你對我說這些話，不也過份麼？」

慕容復躬身行禮，道：「明王責備得是，晚輩錯了，還請恕罪。」

鳩摩智笑道：「公子聰明得緊，你既自認晚輩，我瞧在你爹爹份上，可不能佔你便宜了。吐蕃國小王子的必勝成算，說穿了不值半文錢。那一個想跟我們小王子爭做駙馬，我們便一個個將他料理了。既沒人來爭，我們小王子豈有不中選之理？哈哈。」

慕容復倏地變色，說道：「如此說來，我……」鳩摩智道：「我和令尊交情不淺，自不能要了你性命。我誠意奉勸公子，速離西夏，是爲上策。」慕容復道：「我要是不肯走呢？」鳩摩智微笑道：「那也不會取你性命，只須將公子剜去雙目，或是砍斷一手一足，成爲殘廢之人。西夏公主自不會下嫁一個五官不齊、手足不完的英雄好漢。」

慕容復大怒，但忌憚他武功了得，不敢貿然和他動手，低頭尋思，如何對付。月光下忽見腳邊有一物蠕蠕而動，凝神看去，卻是鳩摩智右手的影子，慕容復一驚，只道對方正自凝聚功力，轉瞬便欲出擊，當即暗暗運氣，以備抵禦。卻聽鳩摩智道：「公子，你逼得令表妹自盡，實在太傷陰德。你如速離西夏，那麼你逼死王姑娘的事，我也可以不加追究。」慕容復哼了一聲，道：「那是她自己投井殉情，跟我有甚相干？」口中說話，目不轉瞬的凝視地下影子，只見鳩摩智雙手的影子都在不住顫動。

慕容復心下起疑：「他武功高強，若要出手傷人，何必這般不斷的蓄勢作態？難道是裝腔作勢，想將我嚇走麼？」再一凝神間，只見他褲管、衣角，也都不住的微微擺動，顯似不由自主的全身發抖。他一轉念間，驀地想起：「那日在少林寺藏經閣中，那無名老僧說鳩摩智強練少林派七十二絕技，又說他『次序顛倒，大難已在旦夕之間』，說道修練少林諸門絕技，倘若心中不存慈悲之念，戾氣所鍾，奇禍難測。那位老僧說到我爹爹和蕭遠山的疾患，靈驗無比，那麼他說鳩摩智的話，想來也不會虛假。」想到此節，登時大喜：「嘿嘿，這和尚自己大禍臨頭，卻還在恐嚇於我，說甚麼剜去雙目，斬手斷足。」但究竟不能確定，要試他一試，便道：「唉！次序顛倒，大難已在旦夕之間！這般修練上乘武功而走火入魔，最是厲害不過。」

鳩摩智突然縱身大叫，若狼嗥，若牛鳴，聲音可怖之極，伸手便向慕容復抓來，喝道：「你說甚麼？你……你在說誰？」

慕容復側身避開。鳩摩智跟著也轉過身來，月光照到他臉上，只見他雙目通紅，眉毛直豎，滿臉都是暴戾之色，神氣雖然兇猛，卻也無法遮掩流露在臉上的惶怖。慕容復更無懷疑，說道：「我有一句良言誠意相勸。明王即速離開西夏，回歸吐蕃，只須不運氣，不動怒，不出手，當能回歸故土，否則啊，那位少林神僧的話便要應驗了。」

鳩摩智喃喃呼喚，平素雍容自若的神情已蕩然無存，大叫：「你……你知道甚麼？你知道甚麼？」慕容復見他臉色猙獰，渾不似平日寶相莊嚴的聖僧模樣，不由得暗生懼意，當即退了一步。鳩摩智喝道：「你知道甚麼？快說！」慕容復強自鎮定，嘆了一口氣，道：「明王內息走入岔道，凶險無比，若不即刻回歸吐蕃，那麼到少林寺去求那神僧救治，也未始不是沒有指望。」

鳩摩智獰笑道：「你怎知我內息走入岔道？當眞胡說八道。」說著左手一探，向慕容復面門抓來。

慕容復見他五指微顫，但這一抓法度謹嚴，沉穩老辣，絲毫沒內力不足之象，心下暗驚：「莫非我猜錯了？」便運起內力，凝神接戰，右手擋格來招，隨即反鉤他手腕。鳩摩智喝道：「瞧在你父親面上，十招之內，不使殺手，算是我一點故人的香火之情。」左拳呼的擊出，直取慕容復右肩。

慕容復飄身閃開，鳩摩智第二招已緊接而至，中間竟沒絲毫空隙。慕容復雖擅「斗轉星移」的借力打力之法，但對方招數實在太過精妙，每一招都只使半招，下半招倏生變化，慕容復要待借力，卻無從借起，只得緊緊守住要害，俟敵之隙。鳩摩智招數奇幻，一拳打到半途，已化爲指，手抓拿出，近身時卻變爲掌。堪堪十招打完，鳩摩智喝道：「十招已完，你認命罷！」

慕容復眼前一花，但見四面八方都是鳩摩智的人影，左邊踢來一腳，右邊擊來一拳，前面拍來一掌，後面戳來一指，諸般招數一時齊至，不知如何招架才是，只得雙掌飛舞，凝運功力，只守不攻，自己打自己的拳法。

忽聽得鳩摩智不住喘氣，呼呼聲響，越喘越快，慕容復精神陡振，心道：「這和尚內息已亂，快透不過氣來了。我只須努力支持，不給他擊倒，時刻稍久，他當會倒地自斃。」可是鳩摩智喘氣雖急，招數卻也跟著加緊，驀地裏一聲大喝，慕容復只覺腰間「脊中穴」、腹部「商曲穴」同時疼痛，已給點中穴道，手足痲軟，再也動彈不得。

鳩摩智冷笑幾聲，不住喘息，說道：「我好好叫你滾蛋，你偏不滾，如今可怪不得我了。我……我……我怎生處置你才好？」撮唇大聲作哨。

過不多時，樹林中奔出四名吐蕃武士，躬身道：「明王有何法旨？」鳩摩智道：「將這小子拿去砍了！」四名武士道：「是！」

慕容復身不能動，耳中卻聽得淸淸楚楚，心中只是叫苦：「適才我若和表妹兩情相悅，答允她不去做甚麼西夏駙馬，如何會有此刻一刀之厄？我死了之後，還有甚麼興復大燕的指望？」他只想叫出聲來，願意離開興州，不再和吐蕃王子爭做駙馬，苦在難以出聲，而鳩摩智的眼光卻向他望也不望，便想以眼色求饒，也是不能。

四名吐蕃武士接過慕容復，其中一人拔出彎刀，便要向他頸中砍去。

鳩摩智忽道：「且慢！我和這小子的父親昔日有點交情，且容他留個全屍。你們將他投入這口枯井，快去抬幾塊大石來，壓住井口，免得他衝開穴道，爬出井來！」

吐蕃武士應道：「是！」將慕容復投入了枯井，四下張望，不見有大巖石，當即快步奔向山後去尋覓大石。

鳩摩智站在井畔，不住喘氣，煩惡難當。那日他以火燄刀暗算了段譽後，生怕衆高手向他羣起而攻，立即奔逃下山，還沒下少室山，已覺丹田中熱氣如焚，當即停步調息，卻覺內力運行艱難，不禁暗驚：「那老賊禿說我以小無相功爲底子，強練少林七十二絕技，戾氣所鍾，種下了禍胎，本末倒置，大難便在旦夕之間。莫非……莫非這老賊禿的鬼話，當眞應驗了？」當下找個山洞，靜坐休息，只須不運內功，體內熱燄便慢慢平伏，可是略一使勁，丹田中便即熱燄上騰，有如火焚。

挨到傍晚，聽得少林寺中無人追趕下來，這才緩緩南歸。途中和吐蕃傳遞訊息的探子接上了頭，得悉吐蕃國王已派遣小王子前往興州求親，應聘駙馬。吐蕃以佛教爲國教，鳩摩智是吐蕃國師，與聞軍政大計，雖身上有病，但求親成敗有關吐蕃國運，當即前赴西夏，主持全局，派遣高手武士對付各地前來競爲駙馬的敵手。在三月初一前後，吐蕃國武士已將數百名聞風前來的貴族少年、江湖豪客都逐了回去。來者雖衆，卻人人存了私心，臨敵之際，互相決不援手，當然敵不過吐蕃國衆武士的圍攻。

鳩摩智到了興州，覓地靜養，體內如火炙柴燒的煎熬漸漸平伏，但心情略一動盪，四肢百骸便不由自主的顫抖不已。到得後來，即令心定神閒，手指、口角、肩頭仍然不住自行牽動，永無止息。他自不願旁人看到這等醜態，平日離羣索居，極少和人見面。

這一日得到手下武士稟報，說慕容復來到了興州，他手下人又打死打傷了好幾個吐蕃武士。鳩摩智心想慕容復相貌英俊，文武雙全，實是當世武學青年中一等一的人才，若不將他打發走了，小王子定會給他比了下去，自忖手下諸武士無人是他之敵，非自己出馬不可；又想自己武功之高，慕容復早就深知，多半不用動手，便能將他嚇退，這才尋到賓館之中。

他趕到時，慕容復已擒住段譽離去。賓館四周有吐蕃武士埋伏監視，鳩摩智問明方向，追將下來。他趕到林中時，慕容復已將段譽投入井中，正和王語嫣說話。一場爭鬥，慕容復雖給他擒住，鳩摩智卻也內息如潮，在各處經脈穴道中衝突盤旋，似是要突體而出，卻無一個宣洩的口子，當眞難過無比。

他伸手亂抓胸口，內息不住膨脹，似乎腦袋、胸膛、肚皮都在向外脹大，立時便要將全身炸得粉碎。他低頭察看胸腹，一如平時，絕無絲毫脹大，然而周身所覺，卻似身子已脹成了一個大皮球，內息還在源源湧出。鳩摩智驚惶之極，伸右手在左肩、左腿、右腿三處各戳一指，刺出三洞，要導引內息從三個洞孔中洩出，三個洞孔中血流如注，內息卻沒法宣洩。

少林寺藏經閣中那老僧的話不斷在耳中鳴響，這時早知此言非虛，自己貪多務得，以小無相功爲基，誤練少林派七十二絕技，佛道兩派武功本有牴觸，他又均是照本自練，未得旁人指點，再加本末顛倒，大禍已然臨頭。他心下惶懼，但究竟多年修爲，尤其佛家的禪定功夫甚是深厚，其時神智並不錯亂，驀地裏腦中靈光一閃：「他……他自己爲甚麼不一起都練？爲甚麼只練數種，卻將七十二門絕技的秘訣都送了給我？」

當日慕容博以秘訣相贈，鳩摩智曾疑他不懷好意，但展閱秘訣，每一門絕技都精妙難言，詳加研察，自是眞假立判，當即疑心盡去，自此刻苦修習，每練成一項，對慕容博便增一分感激之情。直到此刻求生不得，求死不能，這才想到：「那日他與我邂逅相遇，將這些絕技秘訣送了給我。一來是報答我傳他『火燄刀』之德，更想和我交換《六脈神劍劍譜》；二來是要我和少林寺結怨，挑撥吐蕃國和大宋相爭。他慕容氏便可混水摸魚，興復燕國。」

他適才擒住慕容復，不免念及他父親相贈少林武學秘笈之德，是以明知他是心腹大患，卻也不將他立時斬首，只投入枯井，讓他得留全屍。此刻一想到慕容博贈技之舉未必盡是善意，自己苦受這般煎熬，全是此人所種的惡果，不由得怒發如狂，俯身井口，向下連擊三掌。

三掌擊下，井中聲息全無，顯然此井極深，掌力難以及底。鳩摩智狂怒之下，猛力又擊出一拳。這一拳打出，內息更加奔騰鼓盪，似要從全身十萬八千個毛孔中衝將出來，偏生處處碰壁，衝突不出。

正自又驚又怒，突然間胸口一動，衣襟中有物掉下，落入井中。鳩摩智伸手疾抄，已自不及，忙運起「擒龍手」凌空抓落，若在平時，定能將此物抓了回來，但這時內勁不受使喚，只向外四散，卻運不到掌心之中，只聽得啪的一聲響，那物落入了井底。鳩摩智暗叫：「不好！」伸手懷中探去，發覺落入井中的便是那本「辛」字《小無相功》。

他知自己內息運錯，全因「小無相功」而起。當日從曼陀山莊偷來的《小無相功》少了「庚」字第七本，恐是練錯了其中關竅，便想再鑽研第八本，以求改正錯失，這是關涉他生死的要物，如何可以失落？當下更不思索，縱身便向井底跳落。

他生恐井底有甚尖石硬枝之類刺痛足掌，又恐慕容復自行解開穴道，伺伏偷襲，雙足未曾落地，右手便向下拍出兩掌，減低下落之勢，左掌使招「迴風落葉」，護住周身要害。殊不知內息既生重大變化，招數雖精，力道使出來時卻散漫歪斜，全無準繩。這兩下掌擊非但沒減低落下時的衝力，反將他身子旁推，砰的一聲，腦袋重重撞上了井圈內緣的磚頭。以他本來功力，雖不能說已練成銅筋鐵骨之身，但腦袋這般撞上磚頭，自身決無損傷，磚頭必成粉碎，可是此刻百哀齊至，但覺眼前金星直冒，一陣天旋地轉，俯身跌在井底。

這口井廢置已久，落葉敗草，堆積腐爛，都化成了軟泥，數十年下來，井底軟泥高積。鳩摩智這一摔下，口鼻登時都埋入泥中，只覺身子慢慢沉落，要待掙扎著站起，手腳卻使不出半點力道。

正驚惶間，忽聽得上面有人叫道：「國師，國師！」正是那四名吐蕃武士。鳩摩智叫道：「我在這裏！」他一開口，爛泥立即湧入嘴裏，那裏還發得出聲來？卻隱隱約約聽得井邊那四名吐蕃武士的話聲。一人道：「國師不在這裏，不知那裏去了？」另一人道：「想是國師不耐煩久等，他老人家吩咐咱們用大石壓住井口，那便遵命辦理好了。」又一人道：「正是！」

鳩摩智大叫：「我在這裏，快救我出來！」心越慌亂，爛泥入口越多，一個不留神，竟連吞了兩口。只聽得砰嘭、轟隆之聲大作，四名武士抬起一塊塊大石，壓上井口。這些人對鳩摩智敬若天神，國師有命，實不亞於國王的諭旨，揀石唯恐不巨，堆疊唯恐不實，片刻之間，將井口牢牢封死，百來斤的大石足足堆了十二三塊。

耳聽得那四名武士堆好了大石，呼嘯而去。鳩摩智心想千餘斤的大石壓住了井口，別說此刻武功喪失，便在昔日，也不易在下面掀開大石出來，此身勢必畢命於這口枯井之中。他武功佛學，智計才略，莫不雄長西域，冠冕當時，怎知竟會葬身於污泥之中。人孰無死？然如此死法，實在太不光采。佛家觀此身猶似臭皮囊，色無常，無常是苦，此身非我，須當厭離，這些最根本的佛學道理，鳩摩智登壇說法之時，自然妙慧明辯，說來頭頭是道，聽者無不歡喜讚嘆。但此刻身入枯井，頂壓巨石，口含爛泥，與法壇上檀香高燒、舌燦蓮花的情境畢竟大不相同，甚麼涅槃後的常樂我淨、自在無礙，盡數抛到了受想行識之外，但覺五蘊皆實，心有掛礙，生大恐怖，不得渡此泥井之苦厄矣。

想到悲傷之處，眼淚不禁奪眶而出。他滿身泥濘，早已髒得不成模樣，但習慣成自然，還是伸手去拭抹眼淚，左手一抬，忽在污泥中摸到一物，順手抓來，正是那本「辛字」《小無相功》。霎時之間，不禁啼笑皆非，功法是找回了，可是此刻更有何用？

忽聽得一個女子聲音說道：「你聽，吐蕃武士用大石壓住了井口，咱們卻如何出去？」聽說話聲音，正是王語嫣。鳩摩智聽到人聲，精神一振，心想：「原來她沒死，卻不知在跟誰說話？既有旁人，合數人之力，或可推開大石，得脫困境。」但聽得一個男人的聲音道：「只須得能和你厮守，不能出去，又有何妨？你既在我身旁，臭泥井便是衆香國。東方琉璃世界，西方極樂世界，甚麼兜率天、夜摩天的天堂樂土，也及不上此地了。」鳩摩智微微一驚：「這姓段的小子居然也沒死？此人受了我火燄刀之傷，和我仇恨極深。此刻我內力不能運使，他若乘機報復，那便如何是好？」

說話之人正是段譽。他給慕容復摔入井中時已昏暈過去，手足不動，雖入污泥，反不如鳩摩智那麼狼狽。井底狹隘，待得王語嫣躍入井中，偏就有這麼巧，她腦袋所落之處，正好是段譽胸口的「膻中穴」，一撞之下，段譽便醒了轉來。王語嫣跌入他懷中，非但沒絲毫受傷，連污泥也沒濺上多少。

段譽陡覺懷中多了一人，奇怪之極，忽聽得慕容復在井口說道：「表妹，你畢竟深愛段公子，你二人雖生不能成爲夫婦，但死而同穴，也總算得遂了你心願。」這幾句話清清楚楚的傳到井底，段譽一聽之下，不由得痴了，喃喃說道：「甚麼？不，不！我……我段譽那有這等福氣？」

突然間他懷中那人柔聲道：「段公子，你一直待我這麼好，我……我卻……」段譽驚得呆了，問道：「你是王姑娘？」王語嫣道：「是啊！」

段譽對她素來十分尊敬，不敢稍存絲毫褻瀆之念，一聽到是她，驚喜之餘，急忙站起身來，要將她放開。可是井底地方既窄，又滿是污泥，段譽身子站直，兩腳便向泥中陷下，泥濘直升至小腹，覺得若將王語嫣放入泥中，委實大大不妥，只得將她身子橫抱，連聲道歉：「得罪，得罪！王姑娘，咱們身處泥中，只得從權了。」

王語嫣陡然得知段譽沒死，驚喜交集。她兩度從生到死，又從死到生，於慕容復的心境用意實已清清楚楚，此刻縱欲自欺，亦復不能。想到段譽對自己一片眞誠，兩相比較，更顯得一個情深義重，一個自私涼薄。她從井口躍到井底，雖只一瞬之間，內心卻已起了極大變化，當時爲一向鍾情的表哥所拒，決意一死，卻不料段譽與自己都沒死，猶似人在大海，正當爲水所淹、勢在必死之際，忽然碰到一根大木，自然牢牢抱住，再也不肯放手。

她自幼相識的青年男子，便只一個表哥慕容復，少女情懷，一顆心便繫在表哥身上。她廣讀武學經書，博記武家招數，全是爲了表哥。她如偶爾拿表哥跟別的男子比較，也必表哥大佔上風，相去不可以道里計。她遇到段譽，這書獃子纏在身旁，儘獻殷勤，雖然幾次蒙他忠誠相助，總覺有幾分可厭，盼他離得越遠越好。

直到最近公冶乾跟她分剖段譽的種種優越之處，竟勝過了表哥，登時眼界大開，才想到世上可嫁之人，實不止表哥一個。當時還只盼段譽去搶做西夏駙馬，表哥無可奈何，只得來娶自己。這次投井自盡，表哥近在身旁，竟不出一指相阻，則他對自己委實沒半點眞心，比之甘願爲自己「上刀山、下油鍋、身入十八層地獄」的段譽，更加萬萬不如了。

她倒也不是突然改而愛上段譽，而是走投無路之際，忽現生機，驀地裏大夢初醒。她向來端莊自持，但此刻倏經巨變，激動之下，忍不住向段譽吐露心事，說道：「段公子，我只道你給我表哥打死了。想到你過去救我性命，爲我解毒，對我的種種好處，實在傷心難過。我眞後悔過去對你無禮冷漠，要想對你好一些兒，也來不及了。」說到這裏，不由得嬌羞無限，將臉蛋藏在段譽頸邊。

段譽喜悅不勝，說道：「謝謝老天爺保佑，你要待我好一點兒，現在倒還來得及。你要怎樣待我好一點兒？是不是要我去搶西夏駙馬來做？」王語嫣忙道：「不，不！我不要你去娶西夏公主！」段譽大喜，問道：「爲甚麼？」王語嫣柔聲道：「是我要你反悔的，你不算失信。」段譽問道：「你……你不嫁你表哥嗎？」王語嫣心頭一酸，道：「我不想嫁表哥了。因爲……因爲……你待我太好。」

段譽於霎時之間，只覺全身飄飄盪盪地，若升雲霧，如入夢境，這些時候來朝思暮想的願望，驀地裏化爲眞實，他大喜之下，雙足一軟，登時站立不住，背靠井欄，雙手仍摟著王語嫣的身軀。不料王語嫣好幾根頭髮鑽進他的鼻孔，段譽「啊嚏，啊嚏！」接連打了幾個噴嚏。王語嫣道：「你……你怎麼啦？受傷了麼？」段譽道：「沒……沒有……啊嚏，啊嚏……我沒受傷，啊嚏……也不是傷風，是開心得過了頭，王姑娘……啊嚏……我歡喜得險些暈了過去。」

「我不想嫁表哥了，因爲你待我太好。」這句話鑽入段譽耳中，當眞如聆仙樂，只怕西方極樂世界中伽陵鳥一齊鳴叫，也沒這麼好聽，她意思顯然是說，她此後將和他長此相守。段譽乍聞好音，兀自不信，問道：「你說，以後咱們能時時在一起麼？」

王語嫣伸臂摟著他脖子，在他耳邊低聲說道：「段郎，只須你不嫌我，不惱我昔日對你冷漠無情，我願終身跟隨著你，再……再也不離開你了。」段譽一顆心幾乎要從口中跳將出來，問道：「那你表哥怎麼樣？你一直……一直喜歡慕容公子的。」王語嫣道：「他卻從來沒將我放在心上。我直至此刻方才知道，這世界上是誰眞的愛我、憐我，是誰把我看得比他自己性命還重。」段譽顫聲道：「你是說我？」

王語嫣垂淚說道：「對啦！我表哥一生之中，便是夢想要做大燕皇帝。本來呢，這也難怪，他慕容家世世代代，做的便是這個夢。他祖宗幾十代做下來的夢，傳到他身上，怎又能盼望他醒覺？我表哥原不是無情之人，只不過爲了想做大燕皇帝，別的甚麼事都擱在一旁了。」段譽聽她似在爲慕容復開脫分辯，又焦急起來，忙問：「倘若你表哥一旦悔悟，忽然又對你好了，那你……你……怎麼樣？」

王語嫣嘆道：「段郎，今日我和你訂下三生之約，若再三心兩意，又如何對得起你對我的深情厚意？除非……除非你忽然不要我了。」

段譽心花怒放，抱著她身子一躍而起，「啊哈」一聲，啪的一響，重又落入污泥之中，伸嘴過去，便要吻她櫻唇。王語嫣宛轉相就，四唇正欲相接，突然間頭頂呼呼風響，甚麼東西落將下來。

兩人吃了一驚，忙向井欄邊靠去，砰的一聲響，有人落入井中。

段譽問道：「是誰？」那人哼了一聲，道：「是我！」正是慕容復。

原來段譽醒轉之後，便得王語嫣柔聲相向，兩人全副心神都貫注在對方身上，當時就算天崩地裂，也置若罔聞，鳩摩智和慕容復在上面呼喝惡鬥，自然更充耳不聞。驀地裏慕容復摔入井來，二人都大吃一驚，都道他是下井干預。

王語嫣顫聲道：「表哥，你……你又來幹甚麼？你若要殺他，那就連我也殺了。」

段譽大喜，他倒也不躭心慕容復來加害自己，只怕王語嫣見了表哥之後，舊情復燃，又再回到表哥身畔，聽她這麼說，登時放心，又覺王語嫣伸手出來，握住了自己雙手，更加信心百倍，說道：「慕容公子，你去做你的西夏駙馬，我決計不再勸阻。你的表妹，卻是我的了，你再也奪不去了。語嫣，你說是不是？」

王語嫣道：「不錯，段郎，不論是生是死，我都跟隨著你。」

慕容復給鳩摩智點中了穴道，雖立即撞開啞穴，卻仍不能動彈，聽他二人這麼說，尋思：「他二人不知我大敗虧輸，已然受制於人，反而對我仍存忌憚之意，怕我出手加害。如此甚好，我且施個緩兵之計。」當下說道：「表妹，你嫁段公子後，咱們已成了一家人，段公子已成了我的表妹婿，我如何再會相害？段兄弟，我要去做西夏駙馬，你便不再從中作梗了？」

段譽道：「這個自然。」王語嫣輕輕倚在段譽身旁，聽慕容復口口聲聲，仍一心一意要做西夏駙馬，不由得一陣悵然。

慕容復暗暗運氣，要衝開給鳩摩智點中的穴道，一時沒法辦到，卻又不願求段譽相助，心下暗自恚怒：「人道女子水性楊花，果然不錯。若在平日，表妹早就奔到我身邊，扶我起身，這時卻睬也不睬。」

那井底圓徑不到一丈，三人相距甚近。王語嫣聽得慕容復躺在泥中，卻並不站起。她只須跨出一步，便到了慕容復身畔，扶他起來，但她怕段譽多心，是以這一步卻終沒跨將出去。

慕容復好容易定下心來，運氣解開了被封穴道，手扶井欄站直，啪的一聲，有物從身旁落下，正是鳩摩智那第八本《小無相功》，黑暗中也不知是甚麼東西，慕容復自然而然的向旁一讓。幸好這麼一讓，鳩摩智躍下時才得不碰到他身子。

鳩摩智拾起功法秘本，突然間哈哈大笑。那井極深極窄，笑聲在一個圓筒中迴旋盪漾，只振得段譽等三人耳鼓中嗡嗡作響，甚是難受。鳩摩智笑聲竟沒法止歇，內息鼓盪，神智昏亂，在污泥中拳打足踢，一拳一腳都打到井圈磚上。

王語嫣甚是害怕，靠在段譽身畔，低聲道：「他瘋了，他瘋了！」段譽道：「他當眞瘋了！」慕容復施展壁虎遊牆功，貼著井圈向上爬起。

鳩摩智只是大笑，又不住喘息，拳腳卻越打越快，有時力大無窮，打得磚塊粉碎，有時卻又全無氣力。

王語嫣鼓起勇氣，勸道：「大師，你坐下來歇一歇，須得定一定神才是。」鳩摩智笑罵：「我……我定一定……我能定就好了！我定你個頭！」伸手便向她抓來。井圈之中，能有多少迴旋餘地？一抓便抓到了王語嫣肩頭。王語嫣嬌聲驚呼，急速避開。

段譽搶過去擋在她身前，叫道：「你躲在我後面。」便在這時，鳩摩智雙手已扣住他咽喉，用力收緊。段譽頓覺呼吸急促，說不出話來。王語嫣大驚，忙伸手去扳他手臂。這時鳩摩智瘋狂之餘，內息雖不能運用自如，氣力卻大得異乎尋常，王語嫣的手扳將下去，宛如蜻蜓撼石柱，不能動搖其分毫。王語嫣驚惶之極，深恐鳩摩智將段譽扼死，急叫：「表哥，表哥，你快來幫手，這和尚……這和尚要扼死段公子啦！」

慕容復心想：「段譽這小子在少室山上打得我面目無光，令我從此在江湖上聲威掃地，他要死便死他的，我何必出手相救？何況這兇僧武功極強，我遠非其敵，且讓他二人鬥個兩敗俱傷，最好是同歸於盡。我此刻插手，殊為不智。」當下手指穿入磚縫，貼身井圈，默不作聲。

王語嫣心念急轉：「段公子萬萬死不得！」握拳在鳩摩智頭上、背上亂打，只盼鳩摩智放開段譽。鳩摩智又氣喘，又大笑，使力扼緊段譽的咽喉。

天龍八部(大字版) / 金庸作.　-- 二版.
-- 臺北市：遠流，2017.10
冊；　公分. -- (大字版金庸作品集；41–50)

ISBN 978-957-32-8133-7 (全套：平裝).

857.9　　　　　　　　106016868